MANIOBRA DE EVASIÓN

UN THRILLER DE SUSPENSE Y MISTERIO DE
KATERINA CARTER, DETECTIVE PRIVADA

COLLEEN CROSS

Traducido por
ÁNGELES ARAGÓN LÓPEZ

SLICE THRILLERS

MANIOBRA DE EVASIÓN
UN THRILLER DE SUSPENSE Y MISERIO DE KATERINA CARTER, DETECTIVE
PRIVADA

ISBN: 9781990422621

ISBN: 978-1-988272-22-1 Libro de bolsillo
ISBN: 978-1-983272-09-2 Ebook

Publicado por Slice Publishing

Para más información vea: http://www.ColleenCross.com

OTRAS OBRAS DE COLLEEN CROSS

Los misterios de las brujas de Westwick

Caza de brujas

La bruja de la suerte

Bruja y famosa

Brujil Navidad

Serie de suspenses y misterios de Katerina Carter, detective privada

Maniobra de evasión

Teoría del Juego

Fórmula Mortal

Greenwash: Un Engaño Verde

Fraude en rojo

Luna azul

No-Ficción:

Anatomía de un esquema Ponzi: Estafas pasadas y presentes

¡Inscríbete su boletín para estar al tanto de sus nuevos lanzamientos!
http://eepurl.com/c0js9v

www.colleencross.com

Un thriller de suspense y misterio de Katerina Carter, detective privada

Diamantes, peligro y desaparición

La investigadora de fraudes Katerina Carter no sabe retirarse a tiempo, y eso la coloca en situaciones peligrosas y precarias. Ahora que está sin trabajo y casi sin dinero, necesita conseguir clientes o se verá obligada a volver arrastrándose al cubículo de la empresa en la que trabajaba antes. Y para Kat, ese es un destino peor que las deudas.

Por eso, cuando Susan Sullivan, directora ejecutiva de Liberty Diamond Mines, la contrata para buscar al director financiero, que ha desaparecido junto con una gran suma de dinero, Kat se apresura a aceptar el trabajo. La pobreza abyecta motiva mucho a la hora de aceptar casos difíciles, pero la alegría de Kat no tarda en dar paso al terror cuando dos empleados de la empresa son brutalmente asesinados. Eso hace que se dé cuenta de que la investigación puede ser más peligrosa de lo que anticipaba.

Como si el caso no fuera ya bastante complicado, descubre una conexión siniestra entre diamantes de guerra y el crimen organizado. Lo único que tiene que hacer ya es conseguir pruebas... e impedir que la maten antes de que desenmascare a los criminales. Kat cuenta con la ayuda de sus amigos y de su excéntrico tío, pero tendrá que ir con cuidado si no quiere que su primer caso sea también el último.

Maniobra de evasión *es un suspense legal, económico y criminal al estilo de Michael Connelly y John Grisham.*

ELOGIOS A MANIOBRA DE EVASIÓN

"Un estupendo primer libro en una serie de suspense que supone el debut de la autora Colleen Cross... La contable forense Katerina Carter aprende del modo más duro que cuando algo huele mal, probablemente esté podrido hasta el núcleo. Hablamos de diamantes de guerra, de tráfico de armas y más... con la cantidad exacta de enredos para hacernos seguir pasando las páginas".

"Una historia internacional de diamantes, peligro y desaparición, *Maniobra de evasion* me agarró desde la primera página y me hizo seguir pasando páginas hasta mucho después de la hora en la que quería dormir".

"*Maniobra de evasión, la primera novela llena de acción de la serie de suspenses de Katerina Carter, es un thriller psicológico lleno de intriga que no le permitirá dejar de leer*"..

"*... Tensión e intriga de vértigo*".

CAPÍTULO 1

BUENOS AIRES, ARGENTINA

*L*a luz del dormitorio se encendió de golpe y el mundo de Clara saltó por los aires. Tres hombres con máscaras de luchadores entraron en la habitación y rodearon la cama como los relevos en un cuadrilátero de lucha libre. Ella volvió la cabeza para mirar a Vicente, pero solo vio la espalda de su esposo.

Por la calle, abajo, pasaban grupos de carnaval bailando y todo Buenos Aires era ajeno al teatro que se desarrollaba en su dormitorio. De abajo llegaba el sonido de los tambores y timbales con los que la Murga Porteños atacaba las notas finales de la *Despedida*, su última canción.

El más grueso de los tres hombres golpeó a Vicente en las piernas con un bate de béisbol. Clara se estremeció cuando el colchón se hundió con el impacto. Vicente gruñó, pero permaneció inmóvil. Un millón de imágenes pasaron por la cabeza de Clara: su madre, los compinches de su padre, sus competidores… Todas aquellas desapariciones habrían empezado así.

"Date la vuelta".

Vicente se puso tenso a su lado. Deslizó la mano hacia la de ella y se la agarró debajo de la sábana sin mirarla. Ella le devolvió el apretón luchando por calmar sus pensamientos desbocados. Sus planes, aunque detallados, no habían incluido la posibilidad de que los pillaran.

El hombre grueso se volvió hacia ella. Llevaba una máscara verde chillón con bordes rojos gruesos alrededor de los ojos y de la boca. La miró a los ojos, desafiándola. Ella se agarró con la mano libre a la colcha de seda de color de mora y tiró de ella hacia arriba. Cada latido de su corazón galopante hacía reverberar la tela.

Los diamantes. Su padre conocía su plan.

—Diga su precio. Se lo pagaré —dijo en un susurro.

Habían retrasado la fuga dos días, esperando el pago del último cargamento de diamantes. Vicente había protestado, había insistido en que un año de preparativos no se debían cambiar en un día. Pero Clara quería arrancarle hasta el último peso a su padre, quería arruinarlo, hacerle pagar. Demostraría que podía ser más lista que él, llevaba dos años haciéndolo. Y ahora su fuga corría peligro. ¿Cómo se había enterado su padre?

—No puedes comprarme, Clara. —Rodríguez no se molestó en disfrazar la voz. O era demasiado estúpido o demasiado chulo para preocuparse por eso.

—¿Por qué no? Mi padre lo ha hecho. ¿Cuánto quieres? —dijo ella con calma a pesar de la bilis que le subía por la garganta. Su padre había enviado a Rodríguez a propósito, porque sabía que ella lo despreciaba.

Vicente le apretó la mano, que ahora estaba húmeda de sudor. Los otros dos hombres seguían a los pies de la cama, apuntándoles cada uno con un AK47.

—No es dinero lo que quiero. —Rodríguez se quitó la máscara y la luz del techo arrancó reflejos a su diente de oro—. Todavía puedes elegirme a mí. Al menos yo tengo un futuro.

Uno de sus compinches, el hombre alto y delgaducho que llevaba una máscara de hombre lobo, se echó a reír y movió el arma.

¡Bastardo! Ella no era un trofeo al que entregar en matrimonio. Y

Rodríguez podía creer que pertenecía al círculo íntimo de su padre, pero Clara estaba mejor informada. No sería extraño que él se encontrara también en el punto de mira de un rifle. Y al igual que a las langostas del acuario de un restaurante, antes o después le llegaría su turno.

Vicente se sentó en la cama.

—No la metas en esto.

Clara tiró de su brazo. Sabía que no debían enfurecer a Rodríguez. Por algo se le conocía como el ejecutor.

—¡Cállate! —Rodríguez hizo caer a Vicente de nuevo en la cama con la culata del rifle.

—Llama a mi padre, esto es un malentendido. —Clara podía explicar los diamantes y convencer a su padre de que tendrían beneficios aún mayores. La idea de cambiar armas y municiones por diamantes de guerra había sido una gallina de los huevos de oro para la organización, pero su padre no se había dignado ni darles las gracias, así que Vicente y ella se habían adjudicado una parte. Se la merecían.

—Demasiado tarde. Está fuera del país. Imposible contactarlo.

—Embustero. Llámalo, Rodríguez. Te lo ordeno. Llámalo ahora mismo.

Rodríguez era poco más que un matón que había ascendido en las filas de la organización de su padre por estar dispuesto a hacer cualquier cosa, a matar a quien fuera. No sabía que su padre planeaba traspasar la dirección del cartel a Vicente. O eso decía. Solo hacía unas horas que habían cenado con él en Resto, su restaurante favorito. ¿Había despachado ya su padre a sus matones mientras cenaban? No, probablemente había organizado la cena y el castigo con días de antelación, esperando el momento de la venganza final. Esa ironía le habría encantado.

—Yo no acepto órdenes de mocosas mimadas.

—¡Llámalo ahora! —Clara casi se sentó en la cama, olvidando que estaba desnuda bajo las sábanas.

—No, ya es hora de que yo consiga algo de lo que quiero —Rodríguez se acercó lentamente a su lado de la cama. El Hombre Lobo y su compañero el Diablo seguían en su sitio, apuntándolos con los rifles. Vicente se movió en el colchón, a su lado, y le apretó la mano debajo de las sábanas.

Clara probó un tono más suave.

—Por favor. Necesito hablar con mi padre.

—Habla con él en el funeral de Vicente. —Rodríguez se volvió y caminó hacia los otros dos. Les hizo una seña con un movimiento de la muñeca y desapareció en el cuarto de baño.

Los hombres bajaron un poco las armas y, uno primero y el otro después, miraron la colcha, empezando por los pies y avanzando lentamente hasta encontrarse con los ojos de ella. Clara no necesitaba verles la cara para saber lo que pensaban. Lo sentía.

Se estremeció y tiró de la colcha hacia arriba. El Hombre Lobo rio y se acercó más. Obviamente era uno de los secuaces de su padre, pero ella no lo reconocía.

Él deslizó el cañón del rifle debajo de la colcha y tiró hacia arriba. No apartó la vista de ella ni un momento. Clara se estremeció, pero no se atrevió a moverse.

Vicente se puso tenso a su lado.

Las cortinas transparentes se movieron con la suave brisa que entró en el dormitorio. Los juerguistas se habían ido y faltaba poco para el amanecer. Se oían ya los débiles sonidos del tráfico en la cercana Avenida Libertador y otros porteños empezaban su jornada laboral. ¡Cuánto habría dado ella en aquel momento por una rutina de ese tipo!

—Vete a la puerta —le dijo el Hombre Lobo al Diablo. Señalaba el pasillo, pero no apartaba la vista de Clara.

Se acercó más, apuntándole todavía la cabeza con el rifle. Olía a tabaco rancio. Se sentó en el lateral de la cama, bloqueando la ventana. De pronto la habitación le pareció sofocante y claustrofóbica a Clara.

Rodríguez salió del cuarto de baño y el otro se levantó rápidamente de la cama.

—Ahora no —dijo Rodríguez. Hizo señas al Hombre Lobo de que se colocara contra la pared y miró a Vicente—. Levanta, imbécil.

Vicente le soltó la mano a Clara y esta sintió que la deslizaba hacia la almohada donde guardaba su pistola.

—Deja esa mierda. Date la vuelta con las manos fuera de la colcha o te las corto.

Rodríguez disfrutaba de su dominio sobre Vicente.

Este hizo lo que le decía.

—Levántate. Despacio.

Vicente seguía de espaldas a Clara, que no podía verle los ojos.

—Dame un momento.

—Yo a ti no te doy nada, estúpido. Hazlo ya.

Vicente se puso de pie, desnudo. Alzó las manos en un gesto de rendición.

—Entra en el cuarto de baño, vamos. —Rodríguez le puso el cañón del rifle en la espalda y lo empujó hacia delante.

—¡No! —Clara tomó el vaso de agua que había en la mesilla de noche y se lo lanzó a Rodríguez. Falló y el vaso se estrelló contra la pared.

Vicente se volvió a mirarla.

"Mi amor, nuestro sueño. Nunca olvides".

Se tambaleó cuando Rodríguez le clavó el cañón del rifle en la espalda.

Cuando empezaron los disparos, Clara tenía el rostro de él grabado en su mente.

"Nuestro sueño. Nunca olvides".

Nunca.

El ruido de los disparos ahogó su último pensamiento.

Después todo se volvió negro.

CAPÍTULO 2

VANCOUVER, CANADÁ

*H*ay dos clases de ladrones. Los primeros te roban a punta de pistola y a veces te matan. Las contables forenses como Katerina Carter trabajaban con la segunda clase. No llevaban armas ni proferían amenazas ni exigían nada excepto tu confianza. Y se les daba bien conseguirla. El director financiero Paul Bryant entraba en la segunda categoría. Robaba a plena luz del día.

—¡Maldita sea! Siempre tuve un mal presentimiento con Bryant. ¿Pero cinco mil millones de dólares? Imposible.

Susan Sullivan, directora ejecutiva de Liberty Diamond Mines, estaba sentada en el borde del escritorio de Bryant y observaba a Kat desde su atalaya. Llevaba un bolso de Prada marrón chocolate y lucía una expresión hostil.

Kat tiró de su falda en un intento por ocultar la carrera de veinte centímetros que llevaba en las medias de nailon. Buscó con los dedos de los pies sus zapatos de tacón Jimmy Choos, demasiado pequeños para ella, arrepentida de no haberse puesto zapatos planos.

—Está justo aquí. —Kat sacó los documentos del préstamo de la carpeta. ¿Por qué había contratado Susan a un pez pequeño como ella y no a una compañía más grande? Su mayor caso hasta la fecha, un fraude de medio millón de dólares en el bingo, no era nada comparado con lo de Liberty. Se dedicaba principalmente a buscar patrimonio oculto en casos de divorcios rencorosos o ayudaba a compañías de seguros a esquivar reclamaciones fraudulentas. Y hasta ese trabajo se había terminado con la recesión. Ni siquiera estaba segura de que su calculadora tuviera ceros suficientes para las cifras del caso actual.

Se echó hacia atrás en el sillón de Paul Bryant y pasó los dedos por la piel suave de los brazos. Tenía que mantener la calma y una distancia segura con Susan. Había llegado a Liberty aquella mañana, después de una llamada de auxilio de Susan y eran ya más de las cinco de una tarde lluviosa de viernes. Llevaban más de una hora repitiendo la misma conversación de cinco minutos y la directora ejecutiva de Liberty seguía negando la evidencia.

—Liberty no tiene tanto dinero. Y además, ¿cómo podría haber robado esa cantidad? —Susan apuñaló el secante del escritorio con su pluma Mont Blanc y le rompió la punta.

Kat se encogió cuando la pluma con gemas incrustadas rasgó el fieltro y lanzó tinta por el escritorio. Los salpicones no llegaron por poco a las transferencias de banca electrónica y los documentos de préstamos, únicas pruebas del engaño de Bryant. Los apartó de la línea de fuego.

—Con estos —dijo. Alzó los papeles observando su PaperMate, contenta de tener gustos más sencillos—. Dinero del préstamo.

¿Cómo podían haber tardado dos días enteros en descubrir una estafa tan grande? Era como pasar por alto un robo de obras de arte en pleno día en el Louvre. Pero Kat sabía que Susan no le daría una respuesta sincera. Las directoras ejecutivas narcisistas siempre culpaban a otra persona.

Nadie había pensado ni por un momento que fuera real. Después de todo, los débitos y créditos sumaban cero y Liberty no era tan grande como para manejar miles de millones en una sola transacción. El contable que había descubierto el fraude había esperado para informar a Paul Bryant, quien estaba fuera en un viaje de negocios. Cuando no regresó, la razón resultó dolorosamente obvia.

—¿Qué préstamo? Tiene que haber un error.

Paul Bryant había hipotecado a Liberty al máximo con un crédito de alto riesgo, el equivalente empresarial a préstamos sobre el sueldo. Y después había desaparecido junto con el dinero. Kat había encontrado copias arrugadas de tres transferencias electrónicas en el escritorio de Bryant hacía menos de una hora.

—Mire. —Señaló el pie del documento—. Bryan y usted, los dos firmaron los papeles del préstamo.

—Deme eso.

Susan le quitó los papeles de la mano, y estuvo a punto de cegarla con el enorme solitario que reflejaba las luces halógenas del despacho. Debía de ser de tres quilates por lo menos y probablemente procedía de una de las minas de Liberty.

—Falsificada, obviamente. ¿De verdad crees que te habría llamado si estuviera mezclada en esto?

—No —repuso Kat, con voz neutra—. Solo necesito verificar si…

—Katerina, cada segundo que pasamos discutiendo minucias le da más tiempo a Paul Bryant para escapar.

Susan se puso en pie y lanzó la estilográfica rota a la papelera. Cayó al suelo y Kat tuvo que reprimirse para no recogerla. La pluma de dos mil dólares cubriría los pagos mínimos de sus tarjetas de crédito.

Probó una táctica diferente.

—¿Cuándo vio a Bryant por última vez?

Susan se acercó a la ventana, de espaldas a ella.

—¿La semana pasada? No lo recuerdo. —Se volvió a mirar a Kat y se cruzó de brazos—. No veo qué tenga que ver eso.

El BlackBerry de Kat empezó a vibrar. Miró la ventanita de la pantalla y dejó que saltara el contestador. Su casero volvía a llamar por el alquiler que le adeudaba.

—Todos los detalles ayudan, y usted trabajó con él a diario durante dos años. ¿No notó nada sospechoso?

—Si lo hubiera notado, ¿tendríamos ahora esta conversación? —

Susan descruzó los brazos y se miró las manos—. Nunca imaginé que arruinaría a la empresa así.

—¿Tiene adicciones? ¿Juego, drogas, problemas de dinero...?

—¿Cómo demonios voy a saberlo?

Susan parecía más agitada y a Kat le pareció captar un ligero acento en su voz, aunque no pudo situarlo.

—¿Sentía rencor por algo? ¿Lo habían pasado por alto en un ascenso o algo de ese tipo?

—No. Y el psicoanálisis no va a devolver el dinero.

La mayoría de los criminales de guante blanco necesitaban nutrir algo, o una adicción o su ego. Pero según Susan, Bryant no tenía problemas.

—Probablemente podré rastrear del dinero en unos días. —Recuperarlo sería otra cuestión, pero no podía permitirse perder más tiempo discutiendo con Susan—. ¿La policía tiene alguna pista?

—No saben nada todavía. La llamé a usted y no a ellos.

Kat la miró sorprendida.

—¿No ha denunciado su desaparición?

—No. Si esto se sabe, las acciones caerán en picado.

—Pero Liberty es una empresa que cotiza en bolsa. Como mínimo, tiene que sacar un comunicado de prensa antes de que abran los mercados el lunes. Es la ley. Y yo busco dinero, no personas. Aunque el rastro del dinero lleve hasta él, eso es un trabajo para la policía. Yo no puedo...

Susan se quitó una pelusa invisible de la falda de lana.

—"No puedo" no entra en mi vocabulario. Le pago muy bien. ¿Quiere el caso, sí o no?

Se volvió y salió del despacho sin esperar la respuesta de Kat.

CAPÍTULO 3

Kat cerró con fuerza el cuaderno, furiosa con Susan por no haber denunciado el crimen y habérselo ocultado. Ya no le extrañaba que la hubiera contratado a ella en lugar de a una de las grandes firmas de contabilidad. Estas no arriesgarían su reputación con alguien que no respetaba las leyes sobre valores. ¿Acaso Susan creía que podía poner en peligro la reputación de Kat?

Guardó los papeles en el maletín. Este, de Hermès, había sido una compra frívola que había hecho el año anterior, antes de que empezara a recortar gastos. Era un recuerdo de días mejores, antes de que golpeara la crisis financiera. Cuando se preguntaba cuánto podría sacar por él en eBay, se enganchó una uña en la cremallera y se la partió. Pasó la vista por el escritorio en busca de tijeras con las que cortar el borde irregular de la uña y entonces vio la fotografía.

Un grupo de hombres y una mujer de pie delante de un refugio Quonset. En el suelo quedaban rodales de nieve y el paisaje circundante estaba desierto excepto por un par de árboles enanos de hoja perenne. El cartel descolorido del refugio decía: *Liberty Diamond Mines – Mystic Lake.*

Kat observó la fotografía. Reconoció a Nick Racine, presidente de la Junta Directiva, por el informe anual de Liberty Diamond Mines.

Estaba en el centro de la foto, sonriente, con una cinta azul en una mano y unas tijeras en la otra. En la cinta, en letras doradas, se leía: *Reapertura de Mystic Lake.*

Susan estaba a su derecha, al lado de Paul Bryant, tan cerca que casi se tocaban. Dos hombres de constitución fuerte completaban la fotografía. Todos llevaban pantalones vaqueros y chaquetas de *Gore Tex*, con una ligera capa de nieve sobre los hombros.

—¿Qué es lo que mira?

Kat alzó la vista y vio a un hombre obeso y calvo en el umbral. Volvió a mirar la fotografía y la dejó sobre el escritorio. Era el mismo hombre.

—Mystic Lake. Usted está en la foto.

—Alex Braithwaite. Soy accionista.

Hablaba entre respiraciones breves y ruidosas y se acercó a estrecharle la mano a Kat. Después se aposentó enfrente de ella, donde su cuerpo voluminoso se desparramaba por encima de los brazos del sillón.

Según los archivos de accionistas de Liberty, el trust Familia Braithwaite poseía un tercio de las acciones de Liberty. Junto con Nick Racine, el otro accionista mayoritario, tenían acciones suficientes para controlar la empresa.

Él tomó la fotografía y Kat notó que se mordía las uñas.

—Ah, sí. Dos chimeneas nuevas de kimberlita que estábamos a punto de empezar a explotar. El crecimiento desde entonces ha sido fenomenal. —Suspiró—. Ahora Bryant lo ha arruinado todo.

Devolvió la fotografía a la mesa y se recostó en el sillón.

—¿Tiene ya alguna pista? —preguntó.

—Nada definitivo. Hasta el momento he rastreado el dinero hasta tres números de cuentas de Bermudas y las Islas Caimán. Pero es muy difícil penetrar el velo del secreto en paraísos fiscales.

Aunque aquello no importaba. Iba a dejar el caso. Solo tenía que decírselo a Susan.

Bryant se inclinó hacia delante.

—Tenga cuidado con quién habla por aquí —susurró—. Hay personas que no quieren que encuentre el dinero.

—¿Por ejemplo? —preguntó ella.

—¿Quién cree usted?

Braithwaite la observaba enarcando las cejas. Se abrochó los botones de la chaqueta arrugada de su traje y se puso de pie.

—No me gustaría acusar a nadie sin pruebas —dijo—. Cuando averigüe algo más, venga a verme.

¿Por qué tenían que ser todos tan crípticos? Kat sintió una punzada de irritación cuando su BlackBerry volvió a vibrar. Estuvo a punto de dejarlo caer cuando lo sacó subrepticiamente de la funda para ver la pantalla. El mensaje de Jace contenía solo tres palabras: *"Ya es nuestra"*.

Jace y Kat habían hecho una oferta muy baja por una casa victoriana decrépita que estaba en la lista de ventas por impuestos del Ayuntamiento y habían ganado. Habían pujado en un impulso, sabiendo que había pocas probabilidades incluso con recesión. La gente siempre se las arreglaba para pagar sus impuestos en el último momento, en especial si no hacerlo implicaba perder la casa. La economía debía de estar peor de lo que ella creía.

El estómago le dio un vuelco. ¿Dónde iba a encontrar su parte del dinero? El anticipo de Liberty estaba destinado a pagar el alquiler que debía de su oficina, donde también vivía en secreto después de haber tenido que renunciar a su apartamento un mes atrás.

Pero si dejaba Liberty, tendría que encontrar otro modo de pagar el alquiler.

Comprar una casa con un exnovio no era lo más raro que había hecho en su vida. Además, en los dos últimos años se habían hecho más amigos de lo que habían sido nunca como pareja. Y la casa era una inversión. Solo tardarían unos meses en arreglarla y venderla con beneficios. Se las arreglaría para encontrar del dinero. Escribió una respuesta al mensaje.

"¿Cuándo hay que dar el dinero?".

"Mañana a las dos de la tarde. Está todo controlado".

Imposible.

Kat marcó el teléfono de Jace, con la esperanza de que no fuera demasiado tarde. No había vuelta de hoja, tendría que decirle que se hallaba en la ruina.

Él respondió al primer timbrazo.

—Lo de la casa, no puedo encontrar el...

—No me vas a dejar plantado, ¿verdad?

—Jace, quiero hacerlo. Pero no puedo reunir el dinero.

—Kat. No me hagas esto. Ven a verme y lo hablamos.

—No puedo, estoy ocupada. —Una hora después tendría todo el tiempo del mundo.

—¿Tienes un caso?

—Más o menos. Pero estoy a punto de dejarlo. —Le habló a Jace de Liberty, de Susan y de Bryant.

—¿Dejarlo? Eso es una locura. Tú siempre te retiras cuando las cosas se ponen feas.

Kat no podía discutir aquello.

—Esto es diferente. No es ético.

—¿Tú personalmente haces algo ilegal?

—No, pero si estoy relacionada con alguien que sí, soy igual de culpable.

—¿Y los abogados que defienden a sus clientes? Hasta las personas culpables merecen una defensa. Susan te ha contratado para recuperar el dinero, ¿no? Tú ayudas a los accionistas. No tienes la culpa de que ella no denuncie el crimen.

Jace tenía cierta razón. Kat colgó el teléfono.

Aunque no estuviera de acuerdo con la postura de Susan, sabía por qué esta no quería sacar un comunicado de prensa. Las acciones quedarían inservibles de la noche a la mañana. Y Susan y los ejecutivos de Liberty tenían acciones. Además, el precio de las acciones era el único barómetro por el que se medía el valor de muchos directivos de empresas, incluida Susan.

¿Pero le habían contado toda la historia? Su instinto le decía que la versión oficial era tan improbable como una nevada en junio.

CAPÍTULO 4

*E*l sonido de su teléfono sacó a Kat de su ensoñación.

—Me han dado las llaves. Ahora estoy en la casa. ¿Vienes a verla o qué?

Nadie podría acusar a Jace de desidia. Al igual que a un perro de caza que seguía un olor, cuando se marcaba un objetivo, nadie podía pararlo. En su carrera como periodista *freelance*, eso a menudo significaba la diferencia entre conseguir una exclusiva o no tener nada que publicar.

Kat respiró hondo. No perdía nada por preguntar.

—¿Cuál ha sido el precio final de puja?

—Ochenta mil. Nos ensuciamos un poco las manos y podremos vender esta belleza por cinco veces esa cantidad.

Kat hundió los hombros. Era una ganga, sí, ¿pero dónde iba a encontrar ella cuarenta mil dólares?

—Jace, hay algo que tengo que decirte. —No podía ni encontrar una mínima parte de esa cantidad para hacer los pagos mínimos en sus tarjetas de crédito.

—Dímelo en persona. Tienes que ver este sitio. ¿Recuerdas la posada de Salt Spring Island, la de las ventanas en saliente? El dormitorio principal tiene el mismo banco de ventana.

Kat recordaba muy bien el primer fin de semana que habían viajado juntos. Casi no habían salido de la habitación, solo para comer. ¡Cuántas cosas habían cambiado en dos años! ¿De verdad podía comprar una casa con su exnovio?

—Hay algo más. No hemos comprado solo la casa, también todos los muebles. Al parecer, la propietaria desapareció sin dejar rastro. No la han vaciado desde que la pusieron en la lista de ventas.

—¿Desaparecido? ¿No tiene familia?

No hubo respuesta.

—¿Jace? ¿Estás ahí?

—¡Oh!

—¿Qué ocurre? —Kat oyó un ruido de choque y el teléfono al otro lado quedó en silencio.

—¿Jace? ¿Qué ha sido ese ruido?

—Hay un... ¡Ay! Los escalones necesitan un arreglo. Y eso los que todavía están enteros.

—¿Estás bien?

—Sí. Solo me he torcido el tobillo. Es difícil ver sin electricidad. ¿Cuándo puedes llegar aquí?

Kat miró su reloj. Después de desactivar los nombres de usuario y contraseñas de Bryant, había escaneado todos los archivos de su ordenador y todos los demás papeles del despacho. En diez horas, no había visto otra cosa que los documentos de transferencias que había en el cajón del escritorio. Un cambio de escenario quizá le despejara la mente y al día siguiente podría empezar más fresca.

—Antes tengo que pasar por mi oficina. ¿En un par de horas?

Conociendo a Jace, él tendría ya una lista de cosas que hacer, ordenada con el tiempo estimado para cada tarea, y Kat estaba deseando ver lo que les esperaba. Quizá pudiera lograrlo. Si resolvía el caso rápidamente, tendría algo de dinero para dárselo a Jace. No podía ser muy difícil rastrear las transferencias electrónicas.

Kat tomó su bolso y el maletín y se dirigió a la zona de recepción, donde había un bloque de piedra enorme con una veta de diamantes. Cuando pasó por allí, oyó que alzaban la voz en un despacho que hacía esquina. Perder dinero solía tener ese efecto.

Caminó de puntillas por el pasillo hacia el despacho de Susan. Se tambaleaba con los zapatos de tacón, pero se esforzaba por evitar un traspié, para no ser descubierta en el proceso.

—¿Lo dices en serio? —preguntó Susan—. La policía tiene una larga lista de estafas en la que trabajar. Necesitamos a alguien que se concentre plenamente en Liberty para recuperar el dinero. ¿Crees que la policía nos consideraría una prioridad?

"¿Pero ni siquiera denunciarlo?".

—Al menos ellos tienen fuerza bruta. ¿Qué hará Katerina si encuentra el dinero? Está impotente para recuperarlo —contestó una voz masculina.

Susan no reconoció la voz, aunque era evidente que él sí la conocía.

—Tal vez. Pero cuando haya hecho el trabajo preliminar, llamamos a las autoridades. Así recortamos tiempo y eludimos toda esa buro-cracia jurisdiccional. Cuanto más tiempo pase, menos probable es que recuperemos el dinero.

—Vamos, Susan. Seamos serios. Carter y Asociados es una empresa de tres al cuarto.

Fuera quien fuera, Kat lo odiaba ya. Y las expectativas de Susan eran muy poco realistas. Pero si la iban a despedir, prefería dimitir antes.

—Estamos perdiendo el tiempo. Ella no puede lidiar con algo tan complejo. ¿Por qué no acudiste a una de las grandes firmas? Tienen mucha más plantilla que ella. Esto es un asunto internacional, maldi-ción. Katerina es solo local. Las grandes firmas tienen gente por todo el mundo para seguirle el rastro al dinero.

Kat se acercó más, esforzándose por oír.

—Viene muy bien recomendada, Nick. Mientras yo sea directora ejecutiva, no me quedaré sentada esperando que ocurra algo. Yo hago que ocurra. Cuando me contrataste, dijiste que dirigiría el cotarro sin interferencias de la Junta Directiva y ahora no te fías de mí. Tienes que darme libertad en esto. Sé lo que hago.

Kat estiró el cuello. Ya podía verlo. Nick Racine, el presidente de la Junta Directiva de Liberty, estaba enmarcado en el umbral de la puerta, de espaldas a ella. Tenía ambos brazos apretados contra el dintel, como un animal pequeño que intentara causar el efecto de ser más grande. Sin duda tenía cierto síndrome de hombre pequeño. Independientemente del poder que tuviera como presidente, y como hijo del legendario Morley Racine, cofundador de Liberty, no podía escapar al hecho de que apenas medía un metro sesenta de estatura. Sus trajes probablemente eran hechos a medida por necesidad, más que por lujo. Kat estaba ya a tres metros de la puerta. Si la descubrían, no podría dar media vuelta.

—Eso fue antes de que desaparecieran cinco mil millones de dólares. Eso ocurrió contigo de directora. Por supuesto que estoy preocupado. Tú permitiste que ocurriera —Nick alzó la voz y golpeó la pared con el puño.

Kat oyó una tos a sus espaldas. La habían descubierto. Se sobresaltó y estuvo a punto de caerse.

Al otro lado del vestíbulo estaba el portero, que miraba con una mezcla de curiosidad y regocijo cómo se esforzaba ella por mantener la vertical en una imitación extraña de la postura de yoga del guerrero. Kat ignoró al hombre y fijó la vista al frente, rezando para que el portero no dijera nada que llamara la atención de Nick, que seguía en el umbral de la puerta. Solo quería oír lo que decían de ella. Recuperó el equilibrio y buscó al portero con la mirada, pero ya no estaba allí. Sacó el teléfono del bolso. Si la veían, podía fingir que se había parado a contestar una llamada.

Miró el interior del despacho y vio a Susan de pie delante de la ventana. Estaba de espaldas a Nick, con los brazos cruzados y su delgada figura delineada por la oscuridad que había fuera de aquellos cristales del piso veinte.

Se volvió y miró a Nick. Alzó también la voz, que contenía un tono de desesperación que Kat no le había oído antes.

—Oye, Nick, te prometo que recuperaremos el dinero. Solo dame algo de espacio y un poco…

—No me hagas más promesas, Susan. Quiero resultados antes del viernes a esta hora. Si no ha aparecido el dinero, te largas de aquí.

Kat no pudo reprimir un respingo. El plazo de treinta días de

Susan ya era bastante duro. Encontrar a Bryant y el dinero en una semana sin tener ninguna pista sería casi imposible aunque trabajara día y noche.

Nick se volvió con brusquedad y salió del despacho con el rostro rojo de rabia. Kat se lanzó al escritorio de la recepcionista, abrió una carpeta y fingió estar concentrada leyéndola, aunque se tambaleaba sobre los tacones y estuvo a punto de torcerse un tobillo.

Se enderezó y se esforzó por respirar sin jadear. Miró a Nick, quien la correspondió con una mirada abierta de desprecio en su marcha hacia el ascensor.

Kat pensó que había cosas que era mejor no decir en alto. El mensaje estaba claro. Tenía que encontrar el dinero y hacerlo pronto.

CAPÍTULO 5

$\mathcal{K}$at llegó a su oficina a las seis. Posó un momento la vista en la placa dorada, donde se leía *Carter y Asociados* en letras negras.

En realidad, no tenía asociados, a menos que contara como tal a Harry Denton, que se ocupaba de la oficina sin cobrar nada. Su tío Harry siempre buscaba excusas para ir por allí y Kat había terminado por decidir que era mejor hacerlo oficial y así podía vigilarlo. O mejor dicho, semioficial.

Respiró hondo y abrió la puerta.

—Kat, ¿dónde diablos te has metido todo el día? ¿Te has quedado dormida o qué?

La voz grave de Harry llegaba de algún punto debajo del escritorio de recepción. Ella se asomó por encima y divisó un par de piernas gruesas cubiertas con un mono de trabajo que sobresalían por debajo de la mesa.

—Tengo un caso nuevo. ¿Qué haces ahí?

Harry salió de debajo de la mesa. Tenía la cabeza calva cubierta de sudor. Sacó un pañuelo del bolsillo de la chaqueta y se secó la frente.

—Comprobando el enchufe. No funciona el ordenador.

—¿Y por qué no llamas al encargado del edificio?

El tiempo libre era un desastre en potencia para su tío Harry, que a menudo actuaba primero y pensaba después. Aunque no estaba en nómina, se consideraba encargado de la oficina a tiempo parcial, experto en mantenimiento y chico de los recados. Mantenía un horario flexible, que encajaba entre sus compromisos con el juego del curling, la petanca, el club de bridge y la jardinería.

—Supongo —dijo. Se incorporó—. ¿Otro caso de divorcio?

—No. Más importante. —Kat cambió de tema. Cuanto menos supiera Harry, mejor—. Aparte del ordenador, ¿cómo va todo lo demás por aquí?

—Muy ajetreado, Kat. Pero estoy consiguiendo mantener el fuerte.

—¿El teléfono suena sin parar?

—Ajetreado en ese sentido, no. Pero tengo que rehacer todos los archivos. Tú no tienes ningún sistema, Kat. No puedo encontrar nada aquí. —Harry agitó los brazos en la dirección general de los archivadores metálicos, restos del inquilino anterior, un dentista—. Y el lavabo está atascado. Menos mal que no suena el teléfono. Ya hay demasiado trabajo así.

Kat suspiró. Lo que menos necesitaba era que su tío le alterara los archivos. Los sistemas de Harry no eran nunca convencionales.

—Oh, y ese hombre ha vuelto a llamar. Está ansioso por verte y parece simpático. Quizá deberías salir con él.

¿Por qué siempre la perseguían los hombres equivocados? Su supuesto pretendiente era de una agencia de cobro de morosos que amenazaba con sacar a la luz su sucio secreto si no pagaba. Sería un desastre que le cancelaran las agotadas tarjetas de crédito.

—Muy bien. Lo llamaré mañana.

¡Si su tío Harry supiera la verdad! Las contables forenses que no conseguían manejar su propio dinero no era fácil que atrajeran clientes nuevos. Su caso del bingo había terminado un mes atrás y Kat se hallaba a punto de apagar las luces cuando llegó el caso de Susan Sullivan. Su cuenta bancaria estaba vacía y, desgraciadamente, su frigorífico también. Carter y Asociados estaba en la ruina, una ironía que no se le escapaba a Kat.

—Más vale que lo hagas pronto, Kat. Ese hombre no te va a perseguir eternamente.

¡Ojalá aquello fuera verdad!

Harry tenía razón en una cosa. Debería afrontar su crisis de deuda y dejarla atrás. Era el consejo que daba a sus clientes. Pero eso implicaba reconocer que era un fracaso, algo a lo que todavía no estaba dispuesta.

Probablemente podría mantener a raya a los cobradores una semana más. Resolvería rápidamente el caso de Liberty, cobraría y volvería a estar en números negros.

—Y tampoco eres más joven cada día. Hay un hombre que se interesa por ti y no le haces caso.

—Está bien. —Tenía más de treinta años y su tío Harry conseguía que todavía se sintiera como una niña.

—Kat, ¿por qué están Buddy y Tina en la oficina?

Ella había conseguido explicar la presencia de su sofá y otros muebles, pero inventar razones para un siamés y un gato atigrado era un poco más difícil.

—Paso mucho tiempo aquí y se sentían solos en casa. Para ellos es como unas vacaciones.

Aquello pareció contentar a su tío.

—¿Te importa ponerles comida? Está en la cocina —dijo ella.

—Claro que no. Por cierto, Kat, he leído el informe anual de Liberty que dejaste en tu mesa. Seguro que no sabes que soy un accionista.

Kat no lo sabía. Otro dilema. Si Susan sacaba el comunicado de prensa, Harry se enteraría. Si se lo decía ella, traicionaría la confianza de su cliente. Pero si no lo hacía, descuidaba el interés de él. ¿Qué podía hacer?

—¿Has encontrado algo interesante? —preguntó.

—Nada que no supiera ya, a menos que cuentes el crecimiento astronómico. Por supuesto, por eso invertí con ellos. He ganado mucho dinero este año. ¿Ese es tu caso nuevo?

—Sí. —Kat vio que a Harry le cambiaba la cara y se preparó para lo inevitable.

—¿Qué es? ¿Información privilegiada? ¿Bancarrota?

—Tendrás que esperar al comunicado de prensa del lunes. —Suponiendo que lo hubiera—. Sabes por qué me contratan esas empresas. Hay fraude, pero no puedo decirte nada más, aunque las acciones probablemente caerán en picado después del comunicado de prensa del lunes. Perderás como mínimo parte de tus ganancias.

Entró en la cocina a rebuscar algo y optó por una bolsa de palomitas de microondas y café rancio.

Se instaló en la oficina, vació el contenido de su maletín y lo ordenó en montones sobre la mesa mientras se comía las palomitas. Miró los montones. ¿Qué era lo que no conseguía ver? Como director financiero, Bryant tenía acceso a la información más segura y sensible, y los bancos no cuestionarían ningún encargo que procediera de él. A pesar de eso, le sorprendía lo abiertamente que se había cometido el delito. No había una red compleja de transacciones que incluyera recibos falsos, entidades de ultramar ni financiación no contabilizada.

Aquella estafa se había llevado a cabo con tres transferencias electrónicas y a nadie se le había ocurrido dar la voz de alarma. Después de todo, las había firmado Bryant. Todo el asunto parecía demasiado sencillo. ¿Por qué había dejado Bryant pruebas de las transferencias electrónicas en su mesa, donde era fácil encontrarlas? ¿Y cómo era posible que una estafa tan colosal hubiera pasado dos días desapercibida?

Fuera, la luz diurna palidecía y la lluvia golpeaba suavemente las ventanas que ocupaban toda la pared y convertía las luces de Coal Harbor en borrones rayados. Kat sorbió el café frío y arrojó la bolsa de palomitas vacía a la papelera. ¿Por qué todo era una espada de doble filo? Conseguía su mayor cliente hasta la fecha y el mismo día se enteraba de que estaba en bancarrota. Jace y ella lograban hacerse con una casa por un precio de ganga, pero no tenía dinero para pagarla.

Revisó meticulosamente la última carpeta de transferencias bancarias, buscando un patrón. Los estafadores que planeaban estafas gigantescas solían probar primero las aguas con transacciones más pequeñas. Si Bryant lo había intentado y se había mostrado torpe, ella podría tener suerte. Pero después de cuatro horas, lo único que había conseguido con sus esfuerzos eran fatiga visual y dolor de cabeza.

Miró la lista de opciones de compra de acciones y le llamó la atención un nombre. Después de diez años como director financiero, Bryant había acumulado un gran número de opciones de compra, más incluso que Susan en su breve periodo como directora ejecutiva. Curiosamente, él nunca había ejercido esa prerrogativa, aunque eran ejecutables y en circulación. Kat hizo un cálculo rápido. Al precio de cierre de aquel día valían trescientos veintidós millones. No tenía sentido. ¿Cuánto dinero necesitaba una persona? ¿Por qué iba a robar Bryant cinco mil millones de dólares y dejarse trescientos veintidós millones sobre la mesa?

CAPÍTULO 6

*L*os viejos escalones victorianos crujieron bajo los pies de Kat cuando los subió en dirección a la puerta principal de vidrio emplomado. La casa, definitivamente, necesitaba reparaciones, pero a la luz del día, Kat podía ver su potencial mucho mejor que durante la visita de la noche anterior a la luz de la linterna.

Un par de rododendros gigantes flanqueaban los escalones, con azaleas más pequeñas y otros arbustos llenando el jardín frontal. El jardín solo necesitaba una buena poda para reducir el tamaño de todo. La casa, con su pintura descascarillada y molduras ornamentadas le recordaba una casa marchita de pan de jengibre. Solo necesitaba unas cuantas reparaciones. Pero eso costaba dinero.

Se recordó que en realidad era la casa de Jace, porque ella jamás conseguiría reunir los cuarenta mil dólares que le debía. Aunque resolviera rápidamente el fraude de Bryant, no vería un cheque en meses. Para empezar, no debería haber aceptado invertir con Jace, aunque lo hubieran hecho con una puja muy improbable.

Giró el picaporte y entró. El sol de la mañana se colaba en el vestíbulo, atrapando motas de polvo en su rayo. La casa parecía muy distinta a como la había imaginado la noche anterior. Especialmente los muebles, la mayoría de los cuales parecían tan antiguos como la casa. Antigüedades bien cuidadas, abandonadas inexplicablemente a la subasta del Ayuntamiento.

—¿Jace?

No hubo respuesta.

Kat se detuvo en la mesita de entrada del vestíbulo y recogió unas cartas que descansaban encima del montón de periódicos y folletos. Había una factura de teléfono y otra de electricidad dirigidas ambas a Verna Beechy y con las palabras "Aviso Final". Otro sobre prometía cientos de dólares en cupones e iba dirigido al Ocupante. Kat no veía nada personal. ¿Quién era Verna y qué había sido de ella?

Cuando devolvía las cartas a la mesita, se fijó en un armario antiguo de madera de arce que había al lado de la puerta. Lo abrió y miró dentro. Contenías varios abrigos de mujer colgados en perchas, con zapatos y botas de tacón bajo bien ordenados debajo. Rockports, Cole Haan y un par de botines Hush Puppies. Zapatos de andar. Los zapatos decían mucho de una persona. Verna era una mujer pragmática a la que le gustaba la calidad. Las mujeres sensatas como ella no abandonaban el mundo dejando facturas sin pagar ni perdían sus posesiones en una venta de impuestos.

Kat esperaba que la mujer se materializara en cualquier momento, de regreso del supermercado, y encontrara a dos desconocidos en su casa. Cerró rápidamente la puerta del armario. Se sentía como una intrusa.

—¿Kat? Estoy aquí.

Ella siguió la voz de Jace hasta el comedor. Había una pesada mesa de roble pegada a la pared, con ocho sillas colocadas encima. Las cortinas estaban recogidas con un nudo para que no tocaran la tarima de abeto, que estaba cubierta por varios centímetros de agua donde se inclinaba el suelo. Había cubos colocados estratégicamente por la estancia, en el suelo y sobre un aparador grande de roble.

Jace estaba inclinado sobre una aspiradora de líquidos, con los pantalones arremangados y botas de goma. Sus hombros amplios formaban una V y sus músculos se movieron bajo su camiseta blanca de algodón cuando vació la bolsa. Exnovio o no, seguía siendo el hombre más atractivo que ella había visto jamás.

—¿Qué ha pasado?

—Hay goteras. ¿Recuerdas la lluvia de anoche? —Jace se enderezó y se golpeó la cabeza contra la araña que colgaba del techo.

¿Cómo era posible que fuera tan detallista y se dejara emboscar por una araña de cristal a plena luz?

—¡Maldita sea! —exclamó, cuando la lámpara regresó como un péndulo y volvió a golpearlo.

—¿Estás bien? —Kat agarró la lámpara para pararla y le tocó la sien. Olvidó por un segundo que ya no eran pareja. Los dos habían pasado página y aquello no era más que un negocio.

Jace no contestó al principio, sino que siguió con la vista la mano de ella alejándose de su rostro.

—Estoy bien. ¿Ves eso? —Señaló el techo. Una grieta atravesaba la escayola desde un extremo al otro de la habitación.

—¿Se puede arreglar?

—Claro, solo se necesita tiempo y dinero. He puesto una lona en el tejado. Arreglaremos eso lo primero y después contrataremos a alguien para que rehaga la escayola. Si podemos absorber rápidamente el resto del agua, puede que no se combe la madera del suelo.

Kat miró el agua, que se colaba en sus botas de ante, y se dirigió a la cocina. Dejó el ordenador portátil y el bolso sobre la mesa y se sentó a quitarse las botas. Entonces vio el papel.

"El hombre de los cinco mil millones de dólares: una lección sobre corrupción por Jace Burton".

—¿Estás escribiendo un artículo sobre Liberty? —A Kat se le aceleró el pulso al leer las primeras líneas. Contenían detalles de las transferencias electrónicas. Detalles que solo sabía ella.

—Lo he intentado. Hasta que el techo empezó a echar agua. —La siguió a la cocina con un cubo de agua en la mano.

—¿De dónde has sacado esto? —Ella señaló el papel. Solo podía haber salido de un sitio.

Jace no contestó. Echó el agua por el fregadero, esquivando la mirada de ella.

—¿Lo sacaste de mi portátil? ¿Cómo pudiste hacer eso? Eso es espionaje. —Kat se quitó las botas y las lanzó contra la pared, sin importarle ya que se mojaran. ¿Qué más había encontrado Jace?

Él se volvió cuando las botas golpearon el rodapié.

—Yo no lo toqué ni hice nada. Tú te lo dejaste anoche encendido en la oficina y yo pasé casualmente por allí.

—¿Pasaste casualmente por allí? Era mi computadora, estaba dentro de mi oficina y de espaldas a la puerta. ¿Y esperas que me crea eso?

Kat volvió al comedor y agarró una fregona.

—Deberías pensar en usar una contraseña. No, mejor dicho, no lo hagas. —Se movió a la derecha cuando ella avanzó hacia el fregadero con la fregona.

—No tiene gracia, Jace. Eso es información confidencial.

—¡Pero es una historia tan jugosa! El director financiero y la mina de diamantes en bancarrota.

—Todavía no está en bancarrota.

—Lo estará.

—No si yo puedo evitarlo. —¿Por qué decía eso? Ella no quería el caso.

—Necesito una historia, Kat. Los tejados son caros. Y acuchillar y barnizar suelos no es precisamente barato. Podemos hacerlo nosotros, pero aun así nos costará mucho.

Kat hizo cálculos mentalmente. Su idea de arreglar y vender no resultaba muy prometedora en aquel momento. Ni siquiera contando con el dinero de Liberty.

—¿No podemos salirnos de esto? ¿Vendérselo al primero que nos dé más de lo que pagamos?

—¿Y renunciar a la oportunidad de sacarle diez veces más? De eso nada.

—Pues tú no vas a escribir ese artículo a mi costa.

—Tranquila, Kat. Solo es un borrador. Cuando saquen el comunicado de prensa el lunes, tendré ya el artículo escrito.

—Susan no sacará un comunicado de prensa.

—Pero tiene que hacerlo.

—Jace, sobre la casa… Tengo que decirte…

—No cambies de tema, Kat. Necesito ese artículo. Ya se ha escrito todo lo que se podía escribir sobre fracasos bancarios, desahucios y banqueros con sueldos altísimos. Liberty es algo nuevo y puede ser gigantesco. No dejes que se lleve otro la exclusiva. Por favor.

Kat suspiró. Había un modo en el que podría funcionar.

—Está bien. Con la condición de que no escribas sobre nada que no sea público.

—Pero si no hay comunicado de prensa, ¿qué información pública hay?

—Por el momento nada, pero cuanto antes lo resuelva, antes se hará pública.

La capacidad investigadora de Jace podía resultar útil si ella conseguía que guardara silencio por el momento. Y Jace, como director de Carter y Asociados, había firmado un acuerdo de confidencialidad.

—¿Recuerdas el acuerdo de confidencialidad que firmaste? Como director, estás vinculado por él.

—¿No puedo informar de nada? Me estás torturando.

—¿Cuántas veces te encuentras con estafas de cinco mil millones de dólares?

—Muy bien. Trato hecho. ¿Qué es lo que sabes?

—Poca cosa. Parece que Bryant movió mucho el dinero. Le he seguido el rastro a través de las Bermudas, Guernsey, las islas Caimán, y luego el rastro se enfría en una cuenta en Líbano.

—¿Líbano? ¿Por qué lo llevaría allí?

—Buena pregunta. Probablemente esperaba hacernos perder el rastro con toda esa actividad. Además, no es mal lugar para terminar si escondes dinero robado. Las leyes de secreto bancario de Líbano son muy estrictas, que es lo que les gusta a los criminales. La comisión bancaria libanesa no puede acceder a información de cuentas individuales ni a los nombres de los depósitos. El director del banco es el único que conoce los detalles y tiene prohibido por ley proporcionar información. Eso significa que no se puede seguir el rastro, pues los bancos tienen prohibido por ley dar detalles a nadie, ni siquiera a la policía.

—¿Bryant tiene contactos allí? ¿Habla al menos el idioma?

—No es necesario. Con la banca electrónica, no tienes que estar allí físicamente. Puede mantener una cuenta y transferir el dinero a cualquier lugar del mundo.

—¿Y qué es lo siguiente? ¿Cómo lo vas a encontrar?

—Revisaré un poco más los archivos bancarios de Liberty y buscaré otras transferencias sospechosas. Quizá dejara alguna pista, algunas transacciones más pequeñas hechas como prueba. La mayoría de la gente no lleva a cabo una estafa de esta magnitud sin intentar antes algo más modesto. Y, curiosamente, cuando las cantidades no son tan grandes, la gente no tiene tanto cuidado. Es casi como si todavía estuviera jugando y no hubiera tomado una decisión, así que es menos probable que cubra todas las bases. El dinero acabará en el mismo lugar, pero con menos transferencias por el camino.

Kat retorció la fregona en el cubo.

—¿Y qué sabes tú de Bryant, Jace? —preguntó—. Seguro que has escrito otras veces sobre Liberty y sobre él en la sección de negocios. ¿Algo fuera de lo normal?

—No. Lo he visto un par de veces. La última lo entrevisté para un reportaje sobre minería en el norte de Canadá. Un hombre listo. Conoce el negocio. También es licenciado en Geología. Estudió eso antes de decidir dedicarse a las finanzas.

Aquello era nuevo para Kat. Susan no le había dicho nada de los estudios en Geología.

—¿Qué averiguaste de él?

—Creía que el próximo gran acontecimiento sería el norte de Canadá. Decía que el calentamiento global era un beneficio enorme para Canadá, y en particular para Liberty. Pensaba que la apertura del Paso del Noroeste reduciría enormemente el coste del transporte y proporcionaría un acceso mejor a las minas del lejano norte. Y decía que Liberty superaría a DeBeers en tamaño antes de diez años.

—Parece que miraba el negocio a largo plazo.

Pero ¿por qué robar el dinero? Una vez más, no tenía sentido. Bryant podía ganar más si se quedaba allí en lugar de arriesgarlo todo y convertirse en un fugitivo de por vida.

Sonó el teléfono de Kat. Era Harry.

—Creo que lo de Liberty se acaba de complicar mucho más.

—¿Por qué lo dices? —¿No era ya suficientemente complicado intentar encontrar a un director financiero desaparecido y cinco mil millones en solo una semana?

—Alex Braithwaite ha sido asesinado. La policía acaba de encontrar su cuerpo en la orilla del río Fraser.

CAPÍTULO 7

—¿**Q**ué puede decirme de Alex Braithwaite?

Las noticias de la mañana no daban muchos detalles. Braithwaite había sido asesinado de un tiro en la cabeza, estilo ejecución. Su vehículo estaba aparcado cerca del río donde lo habían encontrado.

—¿Te refieres al hombre que asesinaron anoche?

Cindy Wong estaba sentada enfrente de Kat, repasando con una uña de manicura perfecta su último accesorio de moda: el tatuaje de una rosa encima de la muñeca. Kat confió en que no fuera de los permanentes. Estaban en su oficina, mirando por la ventana un hidroavión que se disponía a aterrizar en el agua.

—Al mismo. Trabajaba para mi cliente, Liberty Diamond Mines —contestó Kat, que después de hablarlo con Jace, había decidido aceptar el caso.

—No estoy en homicidios, Kat. No sé más de lo que has oído tú en la tele. Además, al igual que tú, no puedo comentar detalles de casos que están siendo investigados.

Para ser una policía que trabajaba infiltrada, el último disfraz de Cindy era bastante llamativo.

—¿Te has puesto extensiones en el pelo?

—¿Te gustan?

El cabello de Cindy no era solo el doble de largo que la semana anterior, sino que además ahora era rubio platino y lo llevaba recogido en trenzas.

—Realmente espectacular. ¿Tienes un trabajo nuevo? —La naturaleza de sus distintas misiones como infiltrada implicaba que Cindy cambiara a menudo de aspecto, pero aquella era su imagen más extravagante hasta la fecha.

—No. El mismo. Pero he pensado que era hora de animar un poco las cosas. A mis amigos del submundo les gusta. Es un disfraz dentro del disfraz, supongo. —Candy sonrió.

—¿La policía de verdad no tiene sospechosos en el asesinato de Braithwaite? —Kat recordaba los comentarios de Braithwaite. ¿Conocía él a su asesino?

—No que yo sepa. —Sonó el teléfono de Cindy—. Tengo que irme.

Harry entró en la oficina y casi chocó con Cindy, que se levantaba para marcharse.

—Kat, las acciones de Liberty están cayendo en picado. ¿Qué voy a hacer?

Kat hizo clic en LDM, el símbolo de ventas de acciones de Liberty, en su computadora.

Era cierto, las acciones estaban en caída libre. En la primera hora de actividad bursátil, Liberty había perdido la mitad de su valor.

—Lo siento, tío Harry. No sé qué decir.

Hizo clic en los comunicados de prensa. El asesinato de Braithwaite había obligado a Susan a comunicar la estafa y la desaparición de Bryant.

—¿Cuánto tardarás en encontrar el dinero? —Harry se apoyó en la pared y enterró la cabeza en las manos.

—Estoy trabajando en ello.

—Voy a vomitar —comentó Harry, con rostro ceniciento. Dejó un papel impreso en la mesa de ella y se deslizó por la pared hasta quedar sentado en el suelo—. Mi agente de bolsa dijo que era un valor seguro.

—Lo único seguro es su comisión. —Kat tomó el papel. En él aparecía la historia contable de Harry con Bancroft Richardson.

—Acaban de llamarme. Dicen que tengo que reponer la garantía.

Kat estudió el papel.

—¿Compraste las acciones de Liberty con una garantía? —Comprar con garantía significaba, básicamente, comprar con un préstamo de su agente de bolsa, garantizado por las acciones que tenía en su cartera. Si el valor de las acciones bajaba, tenía que poner más dinero.

—Oh, tengo problemas económicos, Kat. Grandes problemas.

—Y que lo digas. —Harry había comprado acciones de Liberty por valor de doscientos veinticinco mil dólares. Ahora se vendían muy por debajo de eso y probablemente al final del día no valdrían nada. Kat empezaba a sentir también náuseas—. ¿Nunca has oído hablar de diversificar?

—Tenía que meterme antes de que se disparara el precio de las acciones. Y en Bancroft Richardson incluso me prestaron el dinero para comprar más. Elsie me va a matar. Tendremos que volver a hipotecar la casa.

—Veamos. Debes ciento cincuenta mil. Eso no es bueno. Tendrás que depositar más dinero o vender las acciones.

—Pero si vendo ahora, pierdo mucho. Volverán a subir, ¿verdad?

—Eso no puedo afirmarlo, tío. Tienes que decidirlo tú. —Kat volvió a mirar el papel. La última transacción era del día anterior—. ¿Compraste más acciones ayer? ¿Después de saber que yo estaba en el caso?

—No sabía lo del dinero robado. Pero sé que tú lo encontrarás. Dentro de un mes, esto parecerá una ganga.

—¿Invertiste más dinero porque me contrataron a mí?

—Tengo fe en ti, Kat.

Fe. Una palabra cargada de significados.

Harry tenía fe en su capacidad. Los accionistas de Liberty tenían fe en el valor de su inversión. ¿Y si todo ello se derrumbaba como un castillo de naipes?

CAPÍTULO 8

—*L*uis, pásame con Rodríguez —gruñó Ortega en el interfono.

El chico extendió la mano y clavó sus ojos marrones en los de Ortega.

—Deme mi dinero. —Llevaba una camiseta raída de manga corta, pantalones cortos Nike y sandalias negras de plástico, el uniforme de los chicos de la calle.

Ortega hizo un gesto con la mano para alejarlo. Quería a aquel pillo sucio fuera de su despacho.

—Por supuesto, Antonio. El señor Rodríguez te lo dará.

Se abrieron las puertas del despacho y el aludido apareció en el umbral.

El chico miró a Ortega con el ceño fruncido y se volvió hacia Rodríguez con la mano extendida.

—¿Dónde está mi dinero?

—Sígueme.

Ortega los observó salir mientras jugueteaba con uno de sus gemelos de oro y diamantes. Doscientos pesos era más de lo que ganaría el chico en un mes mendigando y robando. Más de lo que valía. Lástima que no pudiera gastarlos. En unas horas, Antonio se habría reunido con otros que estaban recubiertos de cemento o enterrados debajo de calzadas. Buenos Aires contenía muchos monumentos, no todos públicos.

Nadie lo echaría de menos, excepto quizá unos cuantos chicos de la calle que paraban por la estación de tren de Retiro, donde Ortega encontraba a la mayoría de sus conquistas. En unos días, preocupados por conseguir *paco* para fumar o comida suficiente, habrían olvidado la cara de Antonio.

Ortega llegaba tarde a su reunión.

—¡Luis! —ladró cuando pasó a su lado—. A la sala de conferencias.

—Sí, jefe.

—Y trae el mapa.

La organización de Ortega, cuyo cuartel general se hallaba situado en una torre de oficinas, lujosas pero impersonales, del distrito de Recoleta, era más grande que Microsoft y muchas otras multinacionales, aunque no aparecía en la lista de las 500 Fortunas. La empresa, completamente privada, era conocida por pocos y respondía ante menos. Ortega controlaba gobiernos, influía en unos cuantos sectores del comercio mundial e incluso podía decidir entre guerra y paz.

Al entrar en la sala de conferencias, se arremangó la camisa. Empezaba a hacer calor. El aire acondicionado no podía combatir la ola sofocante que envolvía Buenos Aires desde hacía diez días.

Los hombres de Ortega ocupaban diez de los doce asientos que había alrededor de la mesa. Solo estaban vacíos el suyo propio y otro. El de Vicente Sastre permanecía así desde que su yerno desapareciera dos años atrás. Ortega conservaba la silla vacía adrede, como un recordatorio a los demás. Ellos, por su parte, fingían no notar la ausencia de Sastre y nadie se atrevía a hacer preguntas.

Ortega se sentó y esperó a que Luis clavara el mapa con chinchetas.

Entonces se dirigió a los presentes.

—El negocio ha caído y el volumen está bajando. Tenemos que hacer algo para mantener los beneficios. Especialmente en África. —Señaló el mapa—. En el pasado nos ha dado la mitad de los beneficios. Tenemos que volver a crecer allí.

Silencio.

A pesar de tener ingresos anuales superiores al PIB de muchos países, Ortega estaba preocupado.

—Tenemos que crecer —reiteró—. No solo en tanques y equipos, sino en armas pequeñas como explosivos y Kalashnikovs.

Los Kalashnikovs eran el producto básico del tráfico de armas, alto volumen, bajos beneficios. Para Ortega eso era algo a cambiar. La clave estaba en establecer negocios nuevos. Todos los señores de la guerra que se respetaban tenían docenas de Kalashnikovs. En los buenos tiempos habían llegado a valer seiscientos dólares o seis vacas, dependiendo del país. O, en algunos países, diamantes.

Ortega había monopolizado el mercado de diamantes de guerra en África Central. El sistema de certificación del Proceso Kimberly impedía que los rebeldes vendieran su producción minera en el mercado abierto, especialmente en las grandes cantidades que necesitaban para financiar sus guerras. Él les compraba todos sus diamantes a cambio de armas y dinero, por una fracción de su valor. Él podía eludir los controles de blanqueo de diamantes, pero necesitaba un suministro continuados de diamantes para que funcionara bien.

—Pero ya no lucha nadie —dijo Luis—. No hay demanda.

Los demás asintieron al unísono, pero guardaron silencio. Luis era siempre el único que se atrevía a interrumpir.

Ortega se levantó y se acercó al enorme ventanal con vistas al agua. Fuera, el sol de la tarde se reflejaba en el Río de la Plata. Una brisa suave soplaba desde el agua y los porteños normales y corrientes se ocupaban de sus asuntos en las calles de abajo.

—Entonces crearemos la demanda —dijo Ortega. Sus penetrantes ojos marrones observaron la habitación, buscando alguna muestra de vacilación.

—¿Cómo? —preguntó Luis—. ¿Empezando una guerra?

—Exactamente —contestó Ortega.

CAPÍTULO 9

—*P*or menos tiran a hombres desde helicópteros.

Ken Takahashi salió del lateral de la casa con una carga de leña en los brazos, que se apresuró a descargar fuera del garaje. Sin afeitar y vestido con vaqueros y un forro polar, no tenía el aire ejecutivo que Kat había esperado ver en el antiguo geólogo jefe de Liberty.

Takahashi se había ido de Liberty dos años atrás, justo después del nuevo hallazgo de diamantes en Mystic Lake. Por lo poco que había averiguado Kat a través de Susan y de otras personas, Takahashi y Bryant eran amigos y ella había ido a verlo para descubrir más cosas del director financiero.

—¿Menos que qué? —¿Takahashi implicaba que se había visto obligado a irse de Liberty por un escándalo?

Él no contestó, pero le hizo señas de que lo siguiera.

—Venga, se lo explicaré dentro. Vamos a tomar café.

Kat lo siguió, con un viejo labrador grande pegado a su pierna. El paso artrítico del perro cuando subía las escaleras revelaba su edad. Había sido fácil encontrar el sitio, una casa anodina de dos pisos con pintura amarilla deteriorada. La casa, rodeada por un terreno pequeño y con la fachada al río, parecía haber sido bien cuidada en el pasado lejano. La estructura básica del jardín, en otro tiempo buena, estaba ahora invadida por la maleza y las clemátides se entrelazaban con las campanillas en su carrera hacia la parte superior de la casa. Los restos de un huerto, situado donde mejor podía recibir la luz del sol, estaban ahora invadidos por la hierba y los dientes de león. El jardín regresaba lentamente a la vida salvaje.

Al igual que en las demás casas de River Road, en el patio había objetos que hacía tiempo que habían dejado atrás su vida útil. En la casa de Ken Takahashi no había coches roñosos sin placas de matrícula, pero sí una amalgama de trampas para cangrejos, redes de pesca y un bote de remos decrépito al lado del camino de la entrada. No parecía en buen estado y la pintura descascarillada sugería que probablemente llevaba décadas sin usarse. El único punto a favor de la casa era la vista despejada del río Fraser.

Takahashi había insistido en que Kat fuera a verlo allí. Como antiguo geólogo jefe, se mostraba reacio a verla cerca de su antigua oficina y también en un lugar público. Pero no tenía de qué preocuparse. Esa tarde no había ejecutivos cerca de River Road, solo unos cuantos ciclistas entrenando y algún camión cargando escombros.

Lo poco que sabía Kat de Takahashi se lo había contado Jace. Takahashi se había marchado de Liberty en medio de controversias después de haber cuestionado la viabilidad de las nuevas chimeneas de kimberlita de Mystic Lake. Se había visto obligado a irse cuando había resultado obvio que se había equivocado sobre el hallazgo.

Se sentaron en una mesa redonda de roble en la cocina, bajo una bombilla desnuda que colgaba del techo. La cocina estaba limpia y era funcional, aunque con su decoración de los años setenta, parecía una foto del *antes* de un programa de cambio de estilo. Takahashi sirvió café en un par de tazas y señaló un bol lleno de sobrecitos de azúcar. Kat tomó la taza que tenía un dibujo de un helicóptero y las palabras *Amo volar*. La otra decía: *El calentamiento global es para los pájaros*. El viejo labrador estaba sentado en el suelo a los pies de Takahashi y miraba a Kat con una expresión que oscilaba entre la curiosidad y el sopor.

—¿Y alguna vez lo tiraron desde un helicóptero? —preguntó ella.

—Hasta el momento no. Supongo que debería considerarme afortunado de que no haya sucedido todavía.

—¿Está diciendo que Liberty es otra Bre-X? —preguntó Kat. No sabía cómo encajaba la estafa de los años noventa en la mina de oro indonesia con la desaparición de Bryant, pero no tenía nada más de lo que partir.

—Yo no digo nada. Preferiría no hablar con usted. No se ofenda, no es nada personal. La última vez que abrí la boca, lo perdí todo. Mi empleo, mi reputación y a la mayoría de mis amigos. El único que no formaba parte de la conspiración ha desaparecido y yo he terminado...

—¿Se refiere a Bryant? —preguntó Kat con incredulidad. No solo resultaba difícil rastrear el dinero, sino que aquello la devolvería al punto de partida—. ¿Usted no cree que Bryant era corrupto?

Takahashi se echó un sobrecito de azúcar en el café y le dio vueltas con una cuchara sucia. Kat decidió tomar el suyo sin azúcar.

—Claro que no lo creo. Eso es un montaje. Racine y los demás solo miran por sí mismos. Si hay malas noticias, quieren que se silencien. Si no hay buenas noticias en una temporada, las inventan. Supongo que, si hubiera sabido lo que me convenía, les habría seguido la corriente. Pero está mal, y solo es cuestión de tiempo el que la gente lo sepa.

—Pero usted era el geólogo jefe. ¿Por qué no dijo que estaba mal? Todavía puede hacerlo. Si de verdad cree que Bryant es inocente, eso podría ayudarle.

A Kat le pareció que el silencio de Takahashi mostraba que estaba de acuerdo. Si él tenía la llave del destino de Bryant y el dinero desaparecido, ¿por qué no lo decía?

—Ya he perdido mi trabajo, un puesto que mantuve durante veinte años. Racine y los demás pueden hacer fácilmente que no vuelva a trabajar nunca más. De hecho, hasta el momento así ha sido. La minería de diamantes es una industria pequeña. Todos se conocen y yo necesito una nómina. En este momento no tengo un buen historial de búsqueda. No vi el mayor hallazgo que ha habido en el norte de Canadá en los últimos diez años. Nadie quiere arriesgarse conmigo.

Suspiró. Guardó silencio un momento.

—La mayoría de las empresas de minería tienen también una fecha de caducidad. Los inversores meten mucho dinero al principio, cuando el futuro es brillante y todo parece posible. Pero después de unos años y algunas ampliaciones más de capital, los inversores se empiezan a cansar. Quieren ver resultados antes de echar más dinero en ese pozo sin fondo. Un geólogo que consigue resultados es la clave de todo, y yo no cumplí con mi parte.

—Pero encontraron más diamantes en Mystic Lake. ¿Cómo explica eso?

—No sé cómo lo hicieron, pero no es real.

Kat no sabía cómo interpretar aquello.

—¿Está diciendo que inventaron los resultados para contentar a los ejecutivos y a los inversores?

—Eso puede decidirlo usted. Yo no voy a arruinar mis probabilidades de volver a trabajar. Pero yo que usted tendría cuidado. Hay mucho en juego.

—¿Una caída desde un helicóptero, por ejemplo? —¿El asesinato de Braithwaite estaba relacionado con aquello? El momento en el que se había producido parecía sugerir que sí.

Takahashi ignoró la pregunta.

—¿Qué sabe usted de la minería de diamantes? —preguntó.

—¿La verdad? No mucho. Sé que un diamante sale del suelo y acaba rodeado de oro en una cajita de Tiffany's. Cómo llega allí, no tengo ni idea.

Kat no pudo evitar un tono burlón. Empezaba a sentirse frustrada porque su búsqueda se convertía cada vez más en una misión imposible. Además, a veces hacerse la tonta ayudaba a que la gente hablara más, lo cual no era malo cuando se intentaba recoger información.

—Vaya, veo que tiene mucho que aprender. Los diamantes son básicamente carbón que ha cristalizado. Se forman en lo profundo de la tierra y son transportados a la superficie por actividad volcánica fuerte. El magma, la roca en la que están encajados y los diamantes forman chimeneas que se llaman kimberlitas al llegar a la superficie. Una chimenea de kimberlita tiene tres partes: las raíces, el diámetro y el cráter. Tiene forma de zanahoria, con el cráter en la parte superior.

Ken hizo una pausa para tomar un sorbo de café.

—El diámetro es el punto medio de la kimberlita y ahí es donde encuentras la mayoría de los diamantes. Esa parte suele tener de uno a dos kilómetros de profundidad. Las raíces están debajo, con una profundidad de alrededor de medio kilómetro. Finalmente, el cráter forma la parte superior de la chimenea. Hay ciertas características geográficas que indican lugares donde es probable encontrar kimberlitas.

Obviamente, Ken estaba en su elemento. Kat podía imaginárselo igual de bien dando una clase en la universidad que trabajando en la mina.

—¿Y Mystic Lake es uno de esos lugares?

—Así es. Las kimberlitas se encuentran en el núcleo de los continentes. Las chimeneas se concentran en esos núcleos, conocidos como cratones arqueanos, que se formaron con rocas de más de dos millones y medio de años de antigüedad. Mystic Lake está situada en una de esas áreas. En realidad, la masa continental de Canadá cubre uno de los cratones arqueanos más grandes de la Tierra.

—¿O sea que Canadá es el próximo hito en la minería de diamantes?

—Sí y no. Aunque Canadá tiene un potencial enorme, el acceso en el norte está limitado por lo inhóspito del terreno, el clima extremo y la falta de carreteras e infraestructura. Explorar en busca de nuevas chimeneas, por no hablar de la extracción de diamantes en sí, es prohibitivo.

—Supongo que eso explica por qué Liberty concentró sus exploraciones en esa zona y encontró otra chimenea —comentó Kat. Aquello empezaba a resultar interesante.

—Altamente improbable. Eso es lo que me resulta sorprendente. En la última década hemos peinado esa zona a conciencia. Créame, si hubiera quedado algo, lo habríamos encontrado. Dudo mucho de que pasáramos por alto algo importante. Mystic Lake está básicamente al final de su ciclo vital.

Ken hizo una pausa para ir a por la cafetera, que estaba en la encimera.

—Las chimeneas se encuentran normalmente agrupadas, casi siempre a unas decenas de kilómetros de distancia como máximo. Toda la zona se estudió a conciencia con mapas aéreos, análisis del núcleo... de todo.

—¿Y de qué otro lugar podrían proceder los diamantes?

Ken Takahashi volvió a llenar las tazas y eligió con cuidado sus palabras.

—Esa roca no es de Mystic Lake. Yo trabajé en esa zona cinco años. Era una buena mina, pero no con el tipo de producción que dice Liberty. Imposible.

La mente de Kat bullía de posibilidades.

—¿Está diciendo que falsificaron los resultados?

—Yo no digo eso, saque usted sus propias conclusiones. Pero yo sé que, en los últimos cinco años, solo cubría pérdidas —Takahashi miró a Kat a los ojos—. Oiga, la única razón de que esté hablando con usted es Paul. Es un buen tipo. Él no le robaría a la empresa —suspiró—. Creo que es el cabeza de turco de alguien. Muchas personas querían quitarlo de en medio.

—¿Por ejemplo?

—No puedo decirlo.

—¿No puede o no quiere? —Kat no pensaba abandonar el tema tan fácilmente.

—No es asunto mío. Y no hay nada que yo pueda hacer.

—Pero Bryant es su amigo. Necesita su ayuda. —Kat no sabía cómo había llegado a defender al hombre al que tenía que investigar.

—Lo siento. No puedo. Pero yo que usted haría analizar algunas muestras en un laboratorio. Le garantizo que no proceden de Mystic Lake.

CAPÍTULO 10

*K*at derrochó dinero en un café y una galleta de chocolate en el Café Marseilles, después de decidir que podía tomarse un respiro de su voto de pobreza. Necesitaba cafeína e hidratos de carbono para seguir con su contabilidad forense del rastro de papel. De camino hacia su oficina, iba mordisqueando la galleta.

Water Street, a los pies de Coal Harbor, ocupaba la parte más antigua de Vancouver. El encanto veraniego de Gastown había adoptado un aire más duro desde que los cruceros y los turistas habían partido por el invierno. Solo quedaban los habitantes de todo el año. Unos ocupaban lofts de artistas y edificios sin ascensor de alquiler bajo y los menos afortunados vivían en la calle. Kat desvió el paso para esquivar a un hombre sin techo que salía de su refugio improvisado de mantas y cartones. No era el mejor barrio, pero las vistas del agua y las montañas desde su despacho no tenían paralelo y el alquiler era baratísimo.

El primer asentamiento en Vancouver se había producido en 1862 debido al descubrimiento de carbón, y todavía quedaban algunos edificios viejos, incluido Hudson House, el primer puesto de venta en Water Street, cuyas paredes de ladrillo albergaban Carter y Asociados.

Kat abrió la puerta principal del edificio y subió las escaleras. Cuando abrió su puerta y entró en la zona de recepción, la recibió el olor a café quemado.

Apagó la cafetera en la minúscula cocina y siguió el ruido del teclado hasta el segundo despacho. Para Kat era un misterio lo que escribía su tío Harry, pues no tenía deberes asignados ni ninguna razón clara para estar allí. Y a juzgar por su modo de mirar y golpear las teclas, tampoco sabía mecanografía. Desde luego, no era discípulo de Mavis Beacon.

—¿Tío Harry? ¿Hoy no tienes partida de bridge? —Kat confiaba en que no hubiera visto su saco de dormir y el colchón de espuma que guardaba en la alacena situada al lado de la cocina. Cada vez le costaba más ocultar que vivía en la oficina desde que había tenido que renunciar a su apartamento la semana anterior.

—Lo he cancelado. ¿Has encontrado ya nuestro dinero?

—¿Nuestro dinero?

—Ya sabes. Al tal Bryant, de Liberty.

—Todavía no. Estoy trabajando en ello. ¿Qué haces? —preguntó Kat.

Miró la mesa desnuda y se arrepintió de inmediato de haber ido a la casa a abrirle la puerta al contratista. Había pasado casi todo el día anterior buscando los archivos que había guardado Harry y ahora habían vuelto a desaparecer. Su tío habría vueltos a archivarlos, y no en orden alfabético, sino mediante alguna secuencia misteriosa que Kat no conseguía descifrar.

—Organizar tus archivos una vez más —Harry señaló los archivadores que había detrás de él—. ¿Cuántos necesitas a la vez? He tenido que pasar tres horas volviendo a guardarlos todos.

Kat se llevó una mano a la frente y gimió.

—¿Por qué no puedes decirme cuál es tu sistema? ¿Números, fechas, signos astrológicos? Así tardo siglos en encontrar algo.

No te preocupes por los detalles, Kat. Tú solo dime qué carpetas necesitas y cuándo y yo te las pongo delante.

—Tío Harry, ya hemos hablado de esto. Yo ya tengo un sistema propio. —Y Harry empezaba a convertirse rápidamente en un empleado problema.

—Kat, tu sistema es un peligro. Dejas carpetas por todas partes. Si alguna vez se prenden fuego, perderás todo lo que tienes.

Harry miró el teclado, esquivando la mirada de Kat. No tenía sentido discutir con él. Eso no cambiaría nada.

—¿Desde cuándo cancelas tú el bridge? —Harry no se había perdido una partida en diez años—. Estás aquí para averiguar más cosas de Liberty, ¿verdad?

—Es posible. —Harry dejó de teclear y la miró esperanzado, como un perro que espera un premio—. Tengo que saberlo, Kat. No como ni duermo. Estoy muy preocupado.

—¿Se lo has dicho a Elsie?

—¿Si le he dicho qué?

—Ya sabes de lo que hablo. De las pérdidas de las acciones de Liberty.

—Volverán a subir, Kat. Cuando encuentres el dinero, despegarán con fuerza. ¿Cuánto tiempo más? ¿Una semana? ¿Dos?

Kat reprimió una náusea.

—Dime que no has comprado más acciones.

Hubo una pausa larga.

—Solo unas pocas.

—¿Estás loco? La empresa está casi en quiebra. Eso es jugarse el dinero.

—Hay más probabilidades que en la lotería —contestó él—. Además, así bajo mi precio de compra promedio. Lo llaman hacer promedio a la baja.

Kat levantó los brazos en el aire.

—Tienes ya un desastre en las manos, ¿y ahora lo agravas?

—Es un riesgo calculado, Kat.

—¿Cuántas más has comprado?

—No te lo digo.

—Muy bien. Pero yo no te encubriré si la tía Elsie pregunta.

—Se lo diré cuando esté preparado. Dame unos días.

—Es tu decisión.

¿Quién era ella para discutir? Tampoco se había mostrado franca precisamente sobre su situación económica.

—Además, así seré un investigador más eficaz. Ahora tengo mucho en juego.

—¿Investigador? Me parece que no.

—¿Por qué no, Kat? Puedo ayudarte. Tú no tienes mucho dinero y yo trabajo gratis. —Harry sonrió esperanzado—. Se me da muy bien buscar en internet y puedo ayudar con la recopilación de datos.

—No sé. —Kat dudaba de que Harry pudiera concentrarse en nada que no fueran las pérdidas de sus acciones.

—Vamos. Será algo bueno. Vas ajustada de tiempo y, a juzgar por este lío, no puedes estar al día archivando.

—Supongo que podemos probar. Pero solo es una prueba, no prometo nada —dijo ella.

El papeleo se estaba descontrolando y, siempre que vigilara de cerca a Harry, quizá podría serle de ayuda. Si su inversión en Liberty no interfería mucho, podría usar su trabajo gratuito.

La puerta de entrada se cerró de golpe y unas suelas de goma estrujaron el linóleo del pasillo. Kat no esperaba a nadie y las contables forenses situadas en barrios malos no solían recibir visitas inesperadas. Probablemente sería el decorador de interiores de la oficina de enfrente que querría venderle una renovación. El cristal que daba al pasillo era una especie de escaparate y a su vecino le repelía el aire retro años setenta de tienda barata de la oficina de Kat.

Pero no era él. En su lugar, fue Jace el que asomó la cabeza por la puerta y le sonrió expectante. Kat no necesitaba preguntarlo, pero lo hizo de todos modos.

—¿Vienes a por más historia? Ya sabes tanto como yo.

—Eso fue ayer. Imagino que ya habrás encontrado a Bryant. No me lo ocultes, Kat. Estoy desesperado.

¿Por qué todos parecían pensar que era fácil seguirle el rastro a multimillonarios fugitivos?

Tina patinó por el pasillo y esquivó por los pelos la puerta y los tobillos de Jace. Buddy la seguía de cerca.

—Jace, no tengo nada nuevo. Cuando lo tenga, serás uno de los primeros en saberlo.

Jace miró a Buddy y Tina, que doblaban la esquina de la cocina.

—¿No el primero? —preguntó.

—Tengo un cliente. Después de ellos.

—¿Por qué están aquí tus gatos?

—Excursión felina. —Kat no tenía intención de decirle que vivía en la oficina.

—¿De verdad? —Jace arrugó los ojos con regocijo—. ¿Los gatos viajan?

—Están en una misión. Hay ratones en el edificio. —Era una excusa pobre, pero a Kat no se le ocurrió otra. No podía decir la verdad.

—¿Ratones? Yo te puedo ayudar con eso. —Jace se volvió y siguió a los gatos pasillo abajo.

Kat fue tras él, pero era demasiado tarde. No pudo evitar que Jace abriera la alacena, donde estaban el colchón y el saco de dormir en el suelo.

—¿Qué es todo esto? ¿Alguien duerme aquí?

Ella corrió a la puerta y la cerró para que no la viera Harry.

—¿Tú? ¿Tú duermes aquí? —preguntó Jace.

Kat se sonrojó de vergüenza. ¿Qué pensaría Jace de que su compañera de inversión en la casa estuviera prácticamente en la calle?

—Calla. Sí, duermo aquí. Es una larga historia.

—¿Con ratones? No me lo creo. ¿Intentas superar tu fobia?

—No hay ratones —susurró Kat—. Me lo he inventado. Por favor, que no te oiga Harry.

—¿A qué viene tanto secreto? ¿Por qué no puedes dormir en tu casa?

—Me he mudado. ¿Podemos hablar de esto luego?

Jace no cedía.

—¿Te has mudado? ¿De tu apartamento? Tú me ocultas algo.

—Así estoy más cerca del trabajo.

—Kat, ¿qué es lo que de verdad pasa?

Ella no contestó. Se dirigió hacia el despacho, de donde salía Harry con una carpeta en la mano. Jace la siguió.

—¿Por qué no puedes decírmelo?

Kat no contestó.

—Jace, ven aquí —dijo Harry—. Por cierto, Kat, he contratado a Jace como ayudante. También trabaja gratis.

—No sé por qué estáis aquí los dos, pero yo tengo que trabajar.

Harry y Jace la siguieron a su despacho. Harry abrió la carpeta que llevaba en la mano y señaló un papel.

—¿Qué significan esos números, Kat? ¿Qué tiene que ver la producción minera con el dinero desaparecido?

Kat se lo imaginó intentado descifrar durante horas lo que significaban los números y pensó que no estaría de más darle algo más de información. Además, al hablarlo, quizá viera algo que hubiera pasado antes por alto. Y eso distraería a Jace del tema de dónde dormía.

—Todavía no sé bien cómo están relacionados, pero estoy segura de que los números han sido manipulados. Para tener una visión de conjunto de Liberty, importé todos los números del libro de contabilidad en Snoopy. Todos los archivos financieros de Liberty parecen razonables, excepto la producción minera.

Snoopy era el apodo con el que llamaba Kat a su programa de auditoría, que utilizaba modelos estadísticos para examinar grandes cantidades de datos en busca de inconsistencias y anomalías.

—Parte de mi auditoría forense consiste en buscar patrones que no cuadren con los números. Os sorprendería la cantidad de veces que se pueden descubrir estafas así. Y hay algo raro en los números. Y está relacionado de algún modo con el dinero desaparecido.

—¿La producción es baja? ¿El problema es ese?

—No, y eso es lo más raro, tío Harry. La producción es demasiado alta comparada con minas similares en ámbito y tamaño. Primero revisé los resultados de producción en minas parecidas en la misma fase de agotamiento. No fue muy difícil, ya que casi todas las minas de diamantes de ese tamaño cotizan en bolsa y puedes encontrar sus resultados en internet a través de sus informes anuales. Y la producción de Liberty supera siempre la de los otros en un treinta y cinco por ciento.

—Quizá Liberty dirige mejor sus minas que la competencia. Además, ¿por qué ibas a exagerar tu producción si quieres robarle a la empresa?

—Tiene que haber una razón —prosiguió Kat—. Pero todavía no sé cuál es. ¿Por qué los datos de Liberty difieren tanto de los de otras minas de diamantes parecidas? La desviación normal que podría esperar sería del seis al ocho por ciento, así que eso es significativo. Yo tampoco sé por qué es más alta. Hasta hace un par de años, la producción estaba al nivel de las otras compañías mineras. Y de pronto aumentó. Extraño. No solo eso, sino que la distribución de los datos no se corresponde con la Ley de Benford.

—Espera un momento —intervino Jace—. ¿Qué es la Ley de Benford?

—Es una ley matemática que se basa en el principio de que, en cualquier serie de datos numéricos, los primeros y segundos dígitos siguen una proporción predecible. —Kat respiró hondo—. Por ejemplo, el número 1 aparecerá como primer dígito treinta y uno por ciento de las veces, pero el número 9 solo aparecerá el primero un cinco por ciento de las veces. Para estudiar los datos de Liberty, empecé con los diez últimos años de datos financieros en varios artículos y los comparé con los de otras empresas. Según la Ley de Benford, el número 1 debería ser el primero un treinta por ciento de las veces, pero en el caso de Liberty, no aparece nunca como primer dígito. No solo eso, sino que el 5 aparece sesenta y uno por ciento de las veces, cuando, según esa ley, solo tendría que aparecer un siete coma nueve por ciento del tiempo.

—¿Cómo puede ser eso? ¿Los números no son aleatorios, como cuando lanzas una moneda al aire?

—No exactamente. —Kat se acercó a la pizarra y empezó a escribir —. Un modo sencillo de explicarlo es este. Digamos que la producción de Liberty crece una media del diez por ciento al año desde el comienzo de la producción hasta su punto álgido. El primer año tienes una producción de 1.000 toneladas; el segundo año, de 1.100, y así sucesivamente. El primer dígito seguirá siendo 1 hasta que el total llegue a 2.000 toneladas, en cuyo momento, el primer dígito pasa a ser el 2. Con un crecimiento del diez por ciento anual, se tardarán poco más de siete años en alcanzar las 2.000 toneladas. Para crecer de 2.000 toneladas a 3.000, solo se necesitarían algo más de cuatro años, porque el número base es mucho mayor y, por lo tanto, un diez por ciento de un número mayor supone una proporción mayor de las 1.000 toneladas de crecimiento. Así que, basándonos en una proporción de crecimiento del diez por ciento, el primer dígito es un 1 en al menos siete ocasiones, y un 2 en al menos cuatro ocasiones.

Kat abrió la carpeta y le pasó el papel con los números a Jace.

—Si revisas todas las posibilidades de los números del 1 al 9 y comparas la Ley de Benford con una muestra de datos de Liberty, obtienes esto.

FRECUENCIA DE PORCENTAJE del primer dígito
1 2 3 4 5 6 7 8 9

LEY DE BENFORD
30,1 17,6 12,5 9,7 7,9 6,7 5,8 5,1 4,6

DATOS DE PRODUCCIÓN comparable
30,5 17,8 12,6 9,6 7,8 6,6 5,6 5,0 4,5

DATOS DE PRODUCCIÓN de Liberty
0 2,9 0 9,7 61,2 23,3 1,0 1,9 0

—¿QUÉ prueba eso? —Harry no parecía convencido—. Quizá Liberty haya tenido altibajos. ¿La minería no es una operación de las de abundancia o escasez?

—Para beneficios, puede que sí. Pero el volumen de producción de una mina que está plenamente operativa debería ser predecible. Como puedes ver, las cifras de producción de la industria de diamantes se corresponden más o menos con el modelo, pero la de Liberty no. En Liberty no existen números que empiecen por 1 y hay una cantidad desproporcionada de números que empiezan por 5 y 6, lo que me hace sospechar que esas cifras han sido alteradas. La pregunta es: ¿por qué querrían inflarlas?

—Resulta bastante curioso, ¿pero cómo se relaciona eso con la desaparición de Bryant? —preguntó Jace—. ¿Tú no tienes que concentrarte en el dinero desaparecido y el director financiero que se lo llevó? ¿Cómo vinculas eso con esto?

—Todavía no lo sé, pero estoy segura de que están relacionados. —Kat hizo una pausa y mordió una galleta de chocolate mientras ponderaba la pregunta de Jace—. Si han manipulado las cifras, alguien intenta ocultar algo.

Ken Takahashi tenía razón. Estaban manipulando las cifras.

Harry y Jace volvieron a lo que quiera que fuera que hacían allí y Kat volvió a concentrarse en los números. Eran desconcertantes y no tenía respuesta para ellos.

El rastro del dinero estaba frío y allí había un camino que resultaba sospechoso. ¿Pero por qué alteraba una empresa sus cifras y mentía al decir que producía algo que no producía? Había modos más fáciles de inflar los beneficios. Falsificar la producción en una mina de diamantes de alta seguridad sería difícil, si no imposible, y tendría que haber pruebas físicas del volumen. Si los diamantes no existían de verdad, muchas personas tendrían que ser cómplices del encubrimiento, empezando por los mineros y terminando por los ejecutivos más altos.

Kat escribió una lista de preguntas. Primero necesitaba una lista de quién podía beneficiarse mucho del aumento de las cifras de producción. Más producción implicaba más beneficios. Los posibles beneficiarios incluían accionistas, dirección y empleados, pero también necesitarían tener acceso. ¿Quién se jugaba tanto con eso que estaba dispuesto a cometer un acto criminal?

Finalmente, ¿cuáles habrían sido las cifras de producción si hubieran sido comparables a las de minas similares durante el mismo periodo? Al normalizar las cifras de producción del último año a lo que habría sido probablemente la producción, podría determinar la magnitud potencial de la estafa. Y cómo se vinculaba con los miles de millones desaparecidos.

En realidad, cualquier empleado accionista de la empresa podía beneficiarse, puesto que al aumentar la producción de diamantes, aumentaba el precio de las acciones. Liberty ofrecía acciones a sus empleados, por lo que muchos entraban en esa categoría. Kat descartó a la mayoría simplemente porque las ganancias de sus pocas acciones no serían suficientes para poner en peligro sus empleos. Los directivos, con sus opciones de compra y con muchas más acciones, tenían más que ganar, así que eran una posibilidad. Los grandes accionistas externos también se beneficiarían, pero no tendrían acceso para falsificar los datos de la empresa.

Obviamente, Paul Bryant tenía la oportunidad de manipular las cifras, pero también todos los demás directivos, incluida Susan. En Liberty había alguien que no se proponía nada bueno. Las pruebas empezaban a alejarse de Bryant. Pero si no era él, ¿quién era? ¿Quién tenía los medios y el motivo para alterar los números? Kat le dejó un mensaje a Ken Takahashi. Seguramente se mostraría reacio a ayudar, pero las fuentes de Kat eran limitadas y valía la pena intentarlo. No podía preguntarle directamente a Susan por la alteración de la producción sin tener alguna prueba en la que apoyarse.

De pronto se dio cuenta del hambre que tenía. Revisó el frigorífico, calentó un bol de macarrones con queso y después de comérselo, volvió a su despacho. Recordaba vagamente que Harry y Jace se habían ido una hora atrás, pero estaba demasiado enfrascada en su trabajo para notar el paso del tiempo.

De una cosa estaba segura. Paul Bryant no necesitaba inflar los números de producción para lleva a cabo una estafa. Kat contrastó las cifras falsificadas de producción con el rastro tan obvio de papel que había dejado Bryant tras de sí y no pudo por menos de preguntarse si su desaparición había sido voluntaria. ¿Era un criminal o una víctima? Si Bryant era inocente, ¿quién era el ladrón? ¿Y qué le había hecho a Bryant?

CAPÍTULO 11

—𝒩o lo entiendo. ¿Por qué duermes en una alacena si puedes quedarte aquí? —Jace miró a Kat desde la escalera en la que estaba subido mientras mojaba la brocha en pintura.

Estaban en la cocina de Verna, pintándola. Jace metió la brocha en la bandeja con movimientos precisos para escurrirla. Era un pintor muy particular. Kat prefería empapar la brocha. Le encantaba ver los pelos de la brocha expandiéndose con la pintura cremosa, pero Jace se quejaba de que dejaba gotas y estropeaba las brochas.

—¿Podemos hablar de otra cosa? —preguntó Kat. El dolor de espalda ya le recordaba bastante que estaba en la ruina, sin casa y ni un peldaño más cerca de encontrar a Bryant y el dinero robado.

—Me ocultas algo, Kat. ¿Qué es lo que te pasa?

—Nada. ¿Por qué te preocupas tanto por dónde duerma? ¿A qué se debe, a los efluvios de la pintura?

—A que estás rara. No entiendo por qué no me lo dices. ¿Por qué te has ido de tu apartamento?

Kat sacó una pila de platos del armario y un espasmo de dolor le subió por la espalda. Soltó los platos, que se rompieron en el suelo de la cocina.

—¡Maldita sea! —Ella estaba allí, vaciando armarios y limpiándolos mientras Bryant adoptaba una nueva identidad e iniciaba una vida de lujo en Brasil o en algún otro país donde no hubiera tratado de extradición—¿Por qué crees tú? —preguntó—. Estoy sin blanca. Este mes no podía pagar ni el alquiler de mi apartamento. Y tampoco puedo pagarte a ti —Kat se sonrojó de furia y se volvió. Jace no lo entendería. A él siempre le salían bien las cosas, ya se tratara de la lotería o de encontrar aparcamiento fácilmente.

—¿Cómo puedes estar sin blanca? Liberty es un caso importante, ¿no?

Jace bajó de la escalera y la siguió a la alacena, donde había ido ella a buscar un cepillo de barrer. Kat intentó reprimir su frustración.

—Lo es, pero ya he gastado el anticipo y pasará un tiempo hasta que vuelvan a pagarme. Tenía algunas deudas. —Kat sintió que volvía a ruborizarse.

—¿Por qué no me lo dijiste? Los amigos están para ayudarse. ¿O para ti ya no soy ni siquiera eso? —Jace estaba en el umbral con los brazos cruzados. En la poca luz de la despensa, Kat veía que tenía los labios apretados. Había herido sus sentimientos.

—Por supuesto que lo eres. Es solo que ya te debo lo de esta casa. —Kat dejó caer al suelo el cepillo de barrer y el recogedor que acababa de encontrar y se dirigió a la puerta.

Volvía a estar otra vez como en séptimo curso, como justo después de que se marchara su padre y ella se fuera a vivir con Harry y Elsie. Jace también había sido su amigo entonces, mucho antes de que fueran pareja. Levantó instintivamente los brazos para estrecharlo contra sí, pero se contuvo. No había vuelta atrás. No podía permitir que Jace acudiera siempre a rescatarla.

Tomó el cepillo y el recogedor y salió de la alacena evitando la mirada de él. Jace la siguió a la cocina, donde ella empezó a barrer los restos pequeños de los platos mientras él tiraba los más grandes a la basura.

—No es para tanto, Kat —dijo, tocándole el hombro—. Todo se arreglará. Resolverás el caso de Liberty y eso te procurará muchos otros encargos. Se te disputarán las empresas, ya lo verás.

¿Pero podría hacerlo en cuatro días? Tenía que hacerlo, su reputación dependía de ello. Si no lo hacía, sabía que Nick y Susan se asegurarían de que no volviera a trabajar. Kat miró a Jace y a continuación apartó la vista. Quería abrazarlo, pero reprimió el impulso. No quería trasmitirle el mensaje equivocado.

—¡Ojalá fuera tan fácil! —dijo—. No llego a ninguna parte con Liberty. Susan espera resultados para el viernes y no tengo nada que darle.

—Tiene que haber algo. ¿Qué me dices de los resultados falsificados? —Jace sacó unos recipientes del frigorífico y vació su contenido en unos platos—. ¿Restos de comida tailandesa?

—Claro que sí.

Era un alivio no tener más secretos con Jace. Puso agua a hervir y buscó en una lata de té algo que fuera bien con la comida tailandesa. Eligió un paquetito donde habían escrito Chinese Gunpowder con letra pequeña.

—Todavía no le puedo decir a Susan que han alterado la producción. ¿Y si ha sido ella?

—Ella te contrató, ¿no?

—¿Y qué? Tenía que contratar a alguien si faltaban cinco mil millones. Por los inversores y por la prensa. Pero podía contratar a cualquiera.

—Te menosprecias. Susan te eligió a ti porque sabe que encontrarás a Bryant y el dinero.

—¿Cómo? Ni siquiera puedo manejar mis asuntos económicos. Soy una contable forense sin hogar. —Kat echó agua hirviendo en una tetera verde de porcelana de Limoges que había encontrado en la parte de atrás de un armario de la cocina, donde había puesto ya el té, y la llevó a la mesa.

—Tú no estás sin hogar. Tienes esta casa.

"Tu casa", pensó Kat.

—Además, Susan no conoce tu situación económica. No seas tan dura contigo misma. En cuanto recuperes el dinero, problema resuelto.

Kat asintió, pero no era tan fácil como decía Jace. Puso dos tazas en la mesa y se sentó. Hacían juego con la tetera, tenían rosas pintadas a mano con una filigrana dorada. Repasó el dibujo con el dedo índice mientras esperaba que reposara el té, absorbiendo el calor de la tetera. Imaginó a Verna Beechy sentada allí, preparándose un té después de pasar la mañana trabajando en el jardín.

—He perdido el rastro de Bryant y hace ya tres días que desapareció el dinero. Ni siquiera sé si sigue aún en Líbano. En el banco no me lo dicen. Cada día que pase será menos probable que encuentre el dinero.

Suponiendo que el ladrón fuera Bryant. ¿Y si era otra persona? Entonces estaba aún más lejos de encontrar algo.

—¿Cuál es nuestro próximo paso?

—¿Nuestro próximo paso?

—Déjame hacer más, Kat. Te ahorraré tiempo.

—No. Esto tengo que hacerlo sola. No puedes rescatarme cada vez que tropiezo. Si no puedo hacerlo sola, quizá debería dejarlo. Ahorrarme la vergüenza.

—Kat, sé que puedes resolverlo sin mí. Pero menos de una semana es muy poco tiempo. Dos personas podemos hacer cosas mucho más deprisa. Dame el trabajo duro, el de comprobar datos. Solo quiero facilitártelo un poco, nada más.

—Supongo. Quizá puedas ayudarme a descubrir quién más está metido. Sé que Bryant no lo hizo solo.

—Bien, entonces está decidido.

Jace puso los platos en la mesa y se sentó enfrente de ella. Kat jugueteó con el tenedor, con el que dibujó una línea divisoria entre el pollo con anacardos y la ternera picante, mientras miraba por la ventana. Quizá se había equivocado de profesión.

Fuera se preparaba una tormenta. Los dos robles del jardín se movían de un lado a otro y las hojas giraban con las ráfagas del viento. La tarde se oscurecía.

Por la esquina superior de la ventana se veía un trozo del río Fraser. Era lo que los agentes inmobiliarios llamaban vista de cucú. De pronto captó algo rojo por el rabillo del ojo, pero desapareció en el acto.

—¿Has visto eso? —preguntó a Jace.

—¿Qué? —preguntó él, tragando sus tallarines.

—Hay alguien en el jardín. Justo allí —Kat señaló el huerto.

—No veo a nadie. Es el viento que lo mueve todo.

—No, he visto a alguien —¿Pero qué iba a hacer alguien en el jardín?

—Estás cansada. La vista te juega malas pasadas. Pero volvamos a Liberty. ¿Por qué crees que hay más gente mezclada?

Jace seguía queriendo su historia. Y seguramente tenía razón en lo que de ella imaginaba cosas. Estaba agotada y fuera empezaba a oscurecer.

—¿Recuerdas la producción falsificada de la que hablamos esta mañana? Bryant no necesitaba hacer eso para robar el dinero.

—Y no sabemos por qué lo hicieron.

—Aún no. Pero si averiguamos quién se beneficiaría con eso, podremos responder a esa pregunta de otro modo. Ahí es donde entra la teoría CONE.

—¿CONE? ¿Eso es otro modo de describir desfalco con fuga?

—Más o menos. Es un acrónimo que usamos los contables forenses para describir los cuatro factores principales de estafa. Son las siglas de Codicia, Oportunidad, Necesidad y Expectativas de no ser atrapado. Lo usamos como punto de partida para determinar quién puede ser sospechoso. Jace, tú has escrito sobre Liberty otras veces. ¿Cuál es tu opinión de los directivos?

—Bueno, en la parte de Codicia entran todos. Pasan más tiempo calculando sus bonificaciones y opciones de compra de acciones que llevando el negocio. ¿Recuerdas cuando intentaron vender Liberty hace un par de años? —Jace no esperó contestación—. Eso fue una farsa. Nick Racine intentó engañar a los accionistas poniéndose a hablar con un gran fondo de inversiones. Intentó endosar la empresa por una parte de su valor, con una sustanciosa bonificación para los directivos como recompensa. El trust Familia Braithwaite votó en contra. Han sido enemigos desde entonces.

—Eso explica por qué Alex Braithwaite no se llevaba bien con Nick Racine. Susan dijo que apenas se hablaban. Por supuesto, a ella tampoco le caía bien Alex. —Kat recordó su conversación y el miedo de Susan a que Alex le echara la culpa del dinero desaparecido. Los comentarios de Susan no parecían encajar con el hombre con el que había hablado Kat en el despacho de Paul Bryant.

—Pues ya no tienen que preocuparse por él. El asesinato de Alex lo coloca fuera de escena.

—Pero el trust todavía existe. La estructura de la propiedad no ha cambiado.

—Cierto, pero la hermana de Alex, la otra beneficiaria del trust, nunca se ha metido en el negocio. Audrey siempre hacía lo que decía su hermano. Nick podrá conseguir lo que quiera sin mucha interferencia por su parte —contestó Jace. Volvió a llenar las tazas de té.

—¿Crees que volverá a intentar algo así?

—Desde luego. Nick hará lo que sea con tal de enriquecerse. Dirige esa empresa como si fuera su feudo privado, utiliza los activos de la empresa como si fueran suyos.

—Ya lo he notado. —Kat había visto numerosos ejemplos al repasar los gastos de Liberty del año anterior—. ¿Sabías que le empresa tiene apartamentos en París y en Londres? Liberty ni siquiera hace negocios allí. Es porque financian el estilo de vida de Nick a costa de los demás accionistas.

—Es otra forma de robo, ¿verdad? ¿Cómo consiguen hacerlo esos ejecutivos? Puede que no sea tan descarado como robar un banco, pero están robando a los accionistas. La "O" es por Oportunidad, ¿no?

—Sí, probablemente la más evitable —repuso Kat—. Es la más fácil de eliminar, pero es una que me encuentro a menudo. Las empresas escatiman en controles internos para ahorrar dinero, pero a la larga les sale caro. La mejor prevención es repartir los deberes entre más de una persona, sobre todo cuando se trata de dinero u objetos de valor. Así hay menos oportunidades de robo.

—¿Y quién crees tú que tiene la oportunidad? —preguntó Jace.

—Probablemente solos los ejecutivos. Los miembros de la Junta Directiva no tienen acceso a los sistemas ni a los datos a nivel diario. Pero parecen estar bastante atentos, así que dudo de que los empleados o ejecutivos de primera línea pudieran cometer una estafa sin ser detectados. Por lo que he visto, todo pasa por Susan y a veces también por Nick, si se necesita una segunda firma. Liberty tiene unos controles internos bastante buenos. Los únicos con acceso son los directores superiores.

—¿Y cómo explica eso que Bryant se largara con miles de millones?

—Pura y simple falsificación —repuso Kat—. Falsificó las firmas de Susan y de Nick.

—¿Y el banco no las comprobó?

—Parece que no. Además, estaban en un fax. Bryant probablemente cortó y pegó sus firmas de otro documento. Cuando ya te conocen en el banco, dejan de hacer preguntas. Crees que lo revisan todo, pero no es así. Se relajan.

—O sea que, definitivamente, él tuvo la oportunidad. ¿Qué has dicho que representa la letra "N"?

—Necesidad. Ahí es donde podrías ayudarme tú investigando a la gente. Cosas como problemas de juego, drogadicción, cualquier cosa que requiera mucho dinero. Quizá rumores que hayas oído, pero no tenías pruebas suficientes para escribir un artículo... También puede ser una bandera roja alguien que viva por encima de sus medios.

—Oh, ¿como Nick? Sé que Racine es de familia rica, pero a menos que sus padres le estén pasando dinero, su estilo de vida con la jet mundial debe de superar con mucho su sueldo en Liberty.

—Mmm. Eso es interesante.

Kat había oído que Nick se relacionaba con la jet set europea. La pared de su despacho estaba decorada con numerosas fotografías de él en galas de famosos, eventos benéficos y torneos de golf. Había incluso una con un príncipe playboy famoso. Kat se preguntó cuánto dinero haría falta para entrar en aquel exclusivo mundillo.

—¿Alguien más? —preguntó—. ¿Qué me dices de Susan Sullivan o del difunto Alex Braithwaite?

—Bueno, Alex siempre pensó que tenía derecho a una parte del reparto antes que los demás. ¿Te enteraste de lo de la fiesta del cincuenta cumpleaños de su esposa el año pasado? Volaron a Cancún con el jet de la empresa y Liberty pagó el hotel a una docena de invitados. Al parecer se consideró una función de trabajo porque la lista de invitados incluía a gente de la empresa. Así que sí, yo diría que no tenía muchos escrúpulos.

—¿Se sabe algo más de su asesinato? —Kat no había conseguido localizar a Cindy, que trabajaba de infiltrada en alguna misión.

—Todavía no hay sospechosos. O quizá debería decir que no han podido reducir la lista. Braithwaite tenía muchos enemigos. Entre ellos personas a las que traicionó en tratos de negocios, otras personas a las que debía dinero y también un vecino con el que batallaba por derechos de propiedades.

—El dinero sería un motivo muy fuerte. ¿Cuánto crees que debía?

—Millones. El año pasado le falló un trato inmobiliario importante. Su empresa privada de inversiones financió una urbanización que no llegó a terminarse. Debía veinte millones por eso y le costaba trabajo encontrar fondos.

"Igual que a mí", pensó Kat.

—Añadiré a Braithwaite a mi lista —dijo—, pero el hecho de que esté muerto implica que no irá a ninguna parte. O sea que Nick Racine y Alex Braithwaite son sospechosos. Y van tres, incluyendo a Bryant.

—Añadiré otro más —intervino Jace—. Susan Sullivan. Lo interesante de Susan es que nadie sabe nada de ella. Es casi como si se hubiera inventado a sí misma. No puedo encontrar nada sobre ella aparte de que, al parecer, fue directora financiera en una empresa de inversiones de la que nadie ha oído hablar. Cómo terminó de directora ejecutiva en Liberty sin tener experiencia anterior en minería es un misterio.

Kat tragó el último bocado de ternera. Estaba tan picante que le lloraban los ojos.

—Me dijo que había trabajado en la última ampliación de capital de Liberty.

—¿De verdad? —Jace llevó los platos al fregadero.

Kat miró por la ventana cuando las primeras gotas de lluvia golpearon el cristal. Pensó que Jace tenía razón en lo del ascenso repentino de Susan al puesto de directora ejecutiva. Miraba las gotas que bajaban por el cristal cuando volvió a ver una mancha roja en la parte de atrás de la valla.

—¡Jace, mira! En la verja. Hay alguien allí.

Jace volvió a la mesa.

—No veo a nadie. ¿Qué aspecto tiene? —Se situó detrás de Kat y se inclinó a mirar en la dirección que señalaba ella.

En los pocos segundos que Kat se había vuelto a mirar a Jace, la persona había desaparecido. Allí ya no había nadie, solo la puerta de la verja medio abierta, oscilando adelante y atrás en el viento.

Kat se volvió hacia Jace.

—Ah, no lo he visto bien, pero era alguien que llevaba algo rojo.

—¿Estás segura? ¿Qué podría buscar alguien en nuestro jardín?

—No lo sé, pero se ha dejado la puerta de la verja abierta.

—Probablemente sea el viento. Estás cansada —Jace volvió al fregadero—. ¿Qué representaba la "E" de CONE?

—Expectativas de que no te pillen nunca.

—Excepto que tú vas a pillar al culpable. O los culpables.

Kat miró por la ventana. Fuera estaba ya demasiado oscuro para ver algo, pero unas cuantas luces parpadeaban en el río. Takahashi creía firmemente que a Bryant lo habían incriminado en falso. Nick había despedido a Takahashi y no quería que ella trabajara en el caso. Alex Braithwaite había sido retirado convenientemente de escena. ¿Lo habían asesinado por eso, porque estaba al tanto del engaño sobre la producción?

—Jace, he dejado mi portátil en el despacho. Tengo que irme.

—Te llevaré. Cargaremos tus cosas en la camioneta y las traeremos aquí.

—¿No podemos hacer eso mañana?

Kat no recordaba haber accedido a mudarse a la casa, pero ya se preocuparía de eso más tarde. Tenía que volver a hablar con Takahashi. ¿Por qué no le había preguntado por Alex Braithwaite? Si podía convencerlo de que así ayudaba a Bryant, quizá conseguiría hacerle hablar.

Abrió su teléfono y comprobó el buzón de voz. Takahashi no le había devuelto el mensaje. Marcó su número, pero tampoco esa vez obtuvo respuesta, y dejar otro mensaje empezaría a parecer acoso.

Trazó una cronología en una servilleta de papel. La alteración de la producción había empezado dos años atrás, en la época en la que habían despedido al director ejecutivo anterior y contratado a Susan. ¿Había sido después del fallido intento de Nick por vender Liberty? ¿Había despedido Alex al director ejecutivo anterior, como le había dicho Susan? ¿O había sido Nick? Después de todo, el presidente de la Junta Directiva era él.

Las nuevas chimeneas de Mystic Lake habían sido descubiertas en la época en que había empezado a subir la producción. ¿Una chimenea nueva podía producir tanto tan deprisa? Takahashi creía que no, y había sido despedido poco después del hallazgo. Si Bryant también era geólogo, ¿por qué no había dicho nada? Si Takahashi estaba preocupado, ¿por qué no había mencionado ninguna conversación con Bryant? Podría haberle contado a este lo que pensaba. O quizá lo había hecho y lo habían despedido por eso.

Si Braithwaite había descubierto la estafa, quizá había decidido confrontar al delincuente. Todo empezaba a señalar a Nick. No tenía escrúpulos, llevaba un ritmo de vida elevado y se creía con derecho a ello. ¿Por eso le había puesto un plazo imposible para encontrar el dinero? ¿Había incriminado en falso a Bryant? Si era así, nadie sabía lo que podría hacer a continuación.

Kat tomó su bolso y las llaves del mostrador de la cocina.

—¿Vas a volver esta noche? —preguntó Jace.

—No, es tarde. Me quedaré en la oficina.

—¿Es por algo que he dicho yo?

—No. Solo necesito estar a solas para pensar, ¿de acuerdo? No es nada personal.

—¿Es porque ronco? —Jace le arrojó un paño de cocina con aire burlón.

Pero Kat no estaba de humor para bromas.

—Es solo que pienso mejor por la noche. Y todo lo que necesito está en la oficina.

—De acuerdo, como quieras. Trasladaremos tus cosas mañana.

CAPÍTULO 12

—$\mathcal{K}$at se despertó con un sobresalto. Fuera de la oficina, alguien golpeaba con los puños en la pared de cristal que daba al ascensor.

—¡Te voy a pillar, zorra!

Kate se incorporó sentada en el sofá de la zona de recepción y sintió el arañazo que le hizo Buddy en su prisa por apartarse.

—¡Abre la maldita puerta! Déjame entrara ahora mismo —gritó el hombre—. Condenada zorra.

El panel de cristal reverberaba con los golpes que le daba un hombre barbudo, de ojos salvajes por una histeria inducida por drogas. Algo iba a ceder, y no sería el hombre del otro lado. Las luces de la oficina contrastaban con la penumbra del pasillo de fuera y hacían que la mole del hombre resultara aún más amenazante. Gritando todavía, golpeaba ahora la pared con todo su peso. El cristal no resistiría. A Kat se le aceleró el pulso cuando vio el brillo de una navaja en la otra mano del hombre.

El edificio era demasiado pequeño y barato para tener alarmas de seguridad por internet. Kat repasó rápidamente sus opciones. El bolso, con el teléfono dentro, estaba en su despacho. Los teléfonos de la compañía de seguridad estaban en la zona de recepción, al lado de la pared de cristal. Peligrosamente cerca del lunático. Demasiado cerca. Pero tenía que llamar a alguien. Si él conseguía entrar, ella no tendría tiempo de escapar. ¿Por qué no se había tomado la molestia de memorizar el número o al menos de introducirlo en el teléfono? Maldijo su estupidez.

La pared de cristal rechinó como las uñas en una pizarra cuando el hombre empezó a rayarla con la navaja y a trazar surcos entrelazados como un artista abstracto loco. Luego el cristal se agrietó cuando el hombre lanzó de nuevo todo su peso contra él. Kat había tenido intención de reemplazarlo por una pared normal, pero como andaba escasa de fondos, no lo había hecho todavía. El edificio le había parecido razonablemente seguro hasta aquel momento en el que un loco intentaba entrar en su oficina.

Había ya una grieta en diagonal desde la mitad del cristal hasta el suelo. No aguantaría mucho más. ¿Cómo había conseguido entrar? En el edificio había alarmas por la noche y no se podía acceder a las escaleras ni al ascensor sin una tarjeta de acceso. Kat conocía a todos los de aquel piso y el loco no era uno de los inquilinos. Corrió a su despacho y levantó el auricular para llamar a la policía, pero no había señal.

—¡Maldita sea!

Sacó su teléfono móvil del bolso y lo abrió, pero la pantalla estaba en negro. ¿Por qué no había recargado la batería? Estaba perdida. Nadie de la calle oiría nada de lo que ocurriera en el cuarto piso.

Corrió con pánico al segundo despacho, el único que tenía cerradura en la puerta, y se encerró allí. La puerta hueca de madera no frenaría al loco durante mucho tiempo, pero le haría ganar algún rato.

Probó el teléfono de ese despacho. Tampoco daba señal. Estaba atrapada. Miró a su alrededor para decidir si debía empujar el pesado escritorio de roble contra la puerta. Una bolsita negra sobre la mesa le llamó la atención. Era el teléfono móvil de Harry. Debía de habérselo dejado olvidado. Marcó el número de la policía con las manos temblándole. Nada. Se esforzó por calmarse y probó por segunda vez, en el mismo momento en el que llegó a sus oídos la cacofonía de sonidos que producía el cristal al romperse.

Después de una eternidad, contestó la operadora. Kat oía al loco dentro de la oficina, rompiendo platos y vasos en la cocina. La encontraría. Era solo cuestión de tiempo. Empujó el escritorio con todas sus fuerzas, pero no se movió ni un centímetro sobre la gruesa alfombra de los años setenta en la que estaba colocado. La puerta reverberó con fuerza. Él estaba justo fuera. Otra patada y haría pedazos la madera de la puerta.

De pronto Kat se encontró cara a cara con un airado adicto a la metanfetamina de más de un metro ochenta de estatura, con el rostro sin afeitar cubierto de úlceras delatoras. Pensó que ya era demasiado tarde para la policía. El adicto se lanzó sobre ella con la navaja. Kat alzó los brazos para protegerse la cara. Esa vez no la salvaría nadie.

CAPÍTULO 13

—¿ *K*at? Despierta. —Harry sacudió el hombro de Kat y ella se despertó con un sobresalto—. ¿Estás bien? ¿Qué le ha pasado al cristal?

—Oh, eso. —Kat se sentó y repasó con la vista los daños de la noche. No había sido una pesadilla después de todo—. Tuve un encuentro con un drogadicto loco que buscaba un lugar donde dormir.

—¡Oh, Dios mío! Tienes el brazo lleno de cortes. Necesitas un médico. Te llevaré a Urgencias ahora mismo. —Tres tajos largos recorrían el antebrazo de Kat. Eran cortes superficiales, pero ella sabía que parecían peor de lo que eran.

Harry la miraba con una mezcla de pánico y preocupación mientras ella le describía los sucesos de la noche. El psicópata drogado había conseguido entrar en el edificio después de la marcha del portero. La policía había dicho que alguien había olvidado cerrar la puerta de las escaleras.

—Tío Harry, no te preocupes. La policía llegó a tiempo, aunque por los pelos. Y mi brazo está bien. Ha dejado de sangrar y creo que curará bien. Pero me estoy replanteando lo de este barrio.

No había dormido gran cosa. La policía había llegado a las tres de

66

la mañana, pero la empresa de seguridad no había aparecido hasta las siete. La compañía del cristal no había llegado todavía. Ella había dormitado nerviosa en el sofá de la zona de recepción, sabiendo que cualquiera podía entrar allí. Aunque el edificio supuestamente estaba seguro (tan seguro como cuando se había colado el drogadicto), su oficina seguía abierta al pasillo hasta que repararan el cristal.

Water Street estaba llena de gente sin hogar en invierno, en especial después de oscurecer. Se colaban en los edificios viejos para escapar de las noches frías y húmedas de Vancouver. La mayoría eran inofensivos, pero había algunos violentos, como el loco de esa noche. La metanfetamina y la heroína convertían la calle en una verdadera galería de tiro después de oscurecer. El alquiler barato tenía su precio.

—¿Tienes hambre? Toma un croissant.

Kat miró en la bolsa abierta que le mostraba su tío y eligió uno de chocolate.

—¿Este es tu desayuno? ¿Te iba s comer todo esto? —preguntó. No era de extrañar que Harry estuviera hiperactivo—. ¿Tía Elsie sabe que comes así?

—Por supuesto. Los que sobran los llevo a casa.

Kat dudaba de que aquello fuera cierto, pero no dijo nada. Mordió el croissant. El chocolate siempre la ayudaba a pensar con claridad.

—¿Has encontrado ya el dinero de Liberty?

La pregunta no se había hecho esperar. Había un motivo para que Harry llegara a la oficina a las siete y media de la mañana.

—No. ¿Cuándo dijiste que habías invertido? —Kat lo miró con atención y él apartó la vista.

—Bastante.

Ella estaba preocupada. ¿Harry habría metido todos sus ahorros en Liberty? ¿Había tomado también dinero prestado para invertir más?

—La única pista que tengo de momento es la falsificación de la producción. El rastro del dinero se enfría en Líbano. Puesto que no tengo nada más, me centraré en quién tenía los medios y el motivo para alterar los datos de producción de Mystic Lake. El motivo parece fácil. Un aumento de producción hace subir las acciones de Liberty. Unas minas buenas también dan más valor a Liberty. Así fue como

Bryant convenció a los bancos de que le dieran el préstamo de cinco mil millones de dólares. Las únicas partes que se benefician materialmente son los accionistas y los ejecutivos de la empresa.

—Comprendo. —Harry se sentó a su lado en el sofá—. Los accionistas porque el precio de sus acciones sube con el valor de Liberty. El valor de Liberty sube porque, con el hallazgo de los diamantes, la empresa valen más. Los ejecutivos se benefician porque, cuando aumentan los beneficios, cobran más primas, y todos tienen también acciones y opciones de compra de acciones. En realidad, Kat, yo también he escarbado un poco. Hay un par de personas que destacan. No olvides que yo también soy accionista. Y bastante buen investigador, si puedo decirlo.

—¿De verdad? Pero tendrían que ser accionistas internos, ¿no? Los accionistas de fuera no tienen acceso para hacer nada. No pueden manipular ganancias, falsificar informes financieros ni hacer ninguna de las cosas que pueden hacer los de dentro para influir en el precio de las acciones.

Dos hombres ataviados con monos de trabajo llamaron con los nudillos en la puerta rota abierta.

—¿Estan es la pared? —preguntó el más bajo.

Kat asintió y ellos dejaron sus herramientas en el suelo y se pusieron a trabajar.

Kat y Harry se trasladaron al despacho de ella para huir del ruido que hacían los hombres golpeando con el martillo los trozos de cristal que quedaban en pie.

—¿Y las opciones de compra? —preguntó Harry—. ¿Cómo funcionan?

—Le dan al que las tiene derecho a comprar acciones a un precio determinado. Normalmente al precio de mercado de las acciones en el momento en el que se emiten. Muchos empleados de empresas retienen esas opciones durante años. En función del tiempo que haga que se emitieron, pueden llegar a valer mucho dinero. Ejercitar ese derecho a compra significa que pueden comprar acciones al precio marcado en la opción. Si está por debajo del precio de mercado, el modo de hacer dinero es venderlas rápidamente. El beneficio es la diferencia entre lo que te cuestan las acciones y el precio al que las vendes.

Harry guardó silencio un momento, saboreando su segundo croissant.

—¿Hay un nombre especial para eso? Cuando tus opciones de acciones valen algo.

—En la jerga financiera se dice que están "dentro del dinero" cuando el precio de mercado está por encima del precio de la opción de compra. Quiere decir que vale algo. Y en el caso contrario está "fuera del dinero". En ese caso, conservas las opciones y esperas hasta que suba el precio de las acciones.

—¿Bryant no tenía muchas de esas opciones "dentro del dinero"?

No había duda de que Harry había hecho los deberes. Debía de haber estudiado a fondo el informe anual, algo poco habitual en él. Sin duda se jugaba mucho. ¿Tendría su mujer alguna idea de aquella inversión?

—Sí. Bryant era el que más opciones de compra tenía de todos.

—¿Y por qué no las usó si necesitaba dinero?

—Buena pregunta, tío Harry. No tiene mucho sentido, ¿verdad? —Kat no esperó respuesta—. El hecho de que no lo hiciera resulta sospechoso. Quizá él no sea nuestro hombre.

—¿Y quién puede serlo?

—Alex Braithwaite también tenía muchas opciones de compra sin utilizar. Siete millones, de hecho. Las de Susan valían dos millones, pero no estaban consolidadas y no puede ejercitar sus opciones hasta dentro de dos años.

—Y a Braithwaite lo asesinaron. —Harry se rascó la cabeza.

—Exacto. Tenía un motivo para aumentar el precio de las acciones de Liberty, pero no ejerció sus opciones de compra. También era un beneficiario del trust Familia Braithwaite, que es un accionista mayoritario. La otra beneficiaria es Audrey Braithwaite, su hermana. Pero Alex se lo dejó todo a ella en su testamento.

—O sea que Audrey no tenía nada que ganar matándolo. Y ella no tenía opciones. ¿Crees que Alex sabía algo?

—Es posible. —Kat recordó su conversación con él—. Matar a los beneficiarios de un trust no cambia la propiedad de las acciones. El trust sigue controlando la misma cantidad de acciones de Liberty, así que puede que lo mataran para silenciarlo.

—¿Y los otros accionistas? —preguntó Harry cuando sacó su tercer croissant de la bolsa. Ya no quedaba ninguno que pudiera llevarse a casa.

—Las acciones de clase B están muy repartidas. No hay nadie en concreto que posea más del cinco por ciento, lo que implica que ninguno de ellos podría controlar Liberty ni influir mucho en la empresa.

Kat hizo una pausa.

—Las acciones A son otra historia. Como tienen diez veces más voto que las B, Nick controla el cuarenta por ciento de la empresa, aunque solo tenga un cuatro por ciento de acciones A y B combinadas. El trust Familia Braithwaite también tiene muchas acciones de clase A. Con el tres coma cinco del total de acciones, controla el treinta y cinco por ciento de las acciones de los votos.

—¿O sea que juntos tienen acciones suficientes para imponerse a todos los demás accionistas?

—Así es. El acta constitutiva de la empresa Liberty exige una mayoría de sesenta y seis y dos tercios para aprobar decisiones importantes. Por lo tanto, si Nick y el trust Familia Braithwaite votan lo mismo, tienen setenta y cinco por ciento de los votos y los demás accionistas no tienen ningún poder. Los accionistas minoritarios no pueden decidir quién se sienta en la Junta Directiva, no pueden aprobar ni parar una fusión ni influir en otras decisiones importantes que suelen tomar los accionistas.

—O sea que los demás accionistas y yo no tenemos ningún derecho de propiedad, ¿no es así? Siempre estaremos en minoría. ¿Por qué se le ocurriría a alguien comprar en una empresa con acciones de votos múltiples? ¿Por qué demonios las compré yo?

—Buena pregunta. Supongo que mientras las cosas van bien, no piensas en las implicaciones. La mayoría de la gente no lo piensa.

Kat nunca entendía por qué quería alguien invertir en una empresa que daba a algunos accionistas más votos que a otros. Los inversores nunca pensaban en los derechos de voto hasta que las cosas empezaban a ir mal. Solo entonces se daban cuenta del poco poder que tenían como grupo accionista.

—Para mí es una sorpresa. Yo pensaba que mis acciones tendrían los mismos votos que los de cualquier otro accionista. Un voto por acción. No que las acciones A valdrían diez votos por cada uno de las acciones B. Eso no es justo. Los accionistas de clase B nunca podemos decidir nada.

—Eso puede también ir en tu favor, tío Harry. Si el trust y Nick no se ponen de acuerdo, los demás accionistas podéis haceros oír. El trust y Nick se anulan mutuamente. Si votan juntos, alcanzan el setenta y cinco por ciento de los votos, pero si el cuarenta por ciento de Nick vota en contra del treinta y cinco del trust, Nick se queda con un voto del cinco por ciento. Y el voto de los demás accionistas sí importa.

—No se me había ocurrido verlo así. Si ni el trust ni Nick controlan Liberty, pueden vetar las resoluciones que lleve el otro ante la Junta Directiva.

—Sí. —A Kat le sorprendió de nuevo el conocimiento de Harry—. O sea que si no están de acuerdo, tienen serios problemas. Pueden acabar en punto muerto, a menos que consigan el apoyo de muchos accionistas de clase B.

—Me sigue pareciendo que alguien quería quitar de en medio a Alex Braithwaite. Aunque no controlara el trust, podía influir en las decisiones que tomara.

—Es una posibilidad —repuso Kat—. Pero no olvides que el accionista es el trust Familia Braithwaite, no Alex Braithwaite. Aunque se libraran de él, su sustituto probablemente votaría igual que él. El voto sería para lo que resulte en más dinero para el trust.

—O sea que, aparte de por los siete millones en opciones de compra, ¿probablemente no sea nuestro hombre?

—Probablemente no. Con la estructura dual de votos, Nick es el que más tiene que ganar con la subida del precio de las acciones, aunque para beneficiarse, tendría que vender las suyas. —Kat dudaba de que Nick quisiera hacer eso. Se identificaba mucho con su padre, que había sido cofundador de Liberty, y había pasado toda su carrera en Liberty. También era un presidente muy participativo. Parecía improbable que vendiera sus acciones en Liberty. A menos que se viera obligado a ello.

Aun así, incluso sin vender, un precio más alto por acción incrementaba su valor neto sobre el papel, lo cual, como mínimo, le inflaría el ego. Eso solo quizá fuera ya suficiente logro para un magnate hambriento de poder como Nick.

—Kat, supongo que la manipulación del precio de las acciones y la falsa producción apuntan a Nick y a Alex. Aunque Alex no tenía el control de los votos, sí tenía influencia indirectamente a través de su trust familiar.

—Así es. Los dos tienen un buen motivo. Últimamente había habido desacuerdos entre ellos. Al parecer, Alex no estaba muy contento con algunas de las decisiones de Nick. Cosas como contratar a Susan y ampliar la mina Mystic Lane. Aunque no controlaba acciones suficientes para determinar el voto, treinta y cinco por ciento son suficientes para bloquear las resoluciones corporativas que no le gustaran. Cosa que el trust Familia Braithwaite ha empezado a hacer.

En el fondo, a Kat le divertía que Nick y Alex hubieran chocado. La estructura de dos clases de acciones les explotaba en la cara a los dos mayores accionistas de clase A si no conseguían ponerse de acuerdo sobre el modo de dirigir la empresa. Era democracia en acción con un giro irónico.

Kat y Harry se separaron para trabajar en el ángulo de las acciones. Harry no era contable forense, pero ayudaba mucho. Trabajaba gratis y su entusiasmo y su curiosidad eran buenos activos, siempre que ella lo vigilara. Sin supervisión, se podía meter en muchos líos.

Harry revisaría las minutas de las reuniones de la Junta Directiva y haría una lista con las resoluciones que se habían presentado, quién votaba a favor o en contra y cuáles estaban pendientes. Kat revisaría las compras y ventas internas para ver si había actividad inusual.

Kat necesitaba hablar con Takahashi. Este no había devuelto ninguno de sus mensajes. Se acercaba la reunión del viernes de la Junta Directiva y necesitaba algo que avalara sus sospechas de que se habían alterado los datos de producción de Mystic Lake. Tendría que ir a verlo en persona.

Kat repasó el volumen comercial de Liberty, algo que hacía diariamente desde que le habían asignado el caso. El precio de las acciones era como una montaña rusa, principalmente hacia abajo, pero con algunas subidas cuando algunos optimistas decidían que lo bajo del precio era una ganga.

El interés por las acciones al descubierto había aumentado en la última semana, pero a Kat le sorprendió lo que vio ese día. Las ventas al corto, o al descubierto, eran más del sesenta por ciento del total de acciones emitidas. Vender al descubierto consistía en vender acciones que no se poseían. Si uno acertaba y las acciones caían de valor, podía ganar mucho dinero. Por otra parte, si las acciones subyacentes aumentaban de valor, para cubrir pérdidas, tenía que comprar las acciones a un precio más alto del que había pagado. Las pérdidas potenciales eran, en teoría, ilimitadas.

¿Quién vendía en corto una cantidad tan grande de acciones de Liberty? ¿Y qué sabía que no supiera ella?

CAPÍTULO 14

*O*rtega miró por la ventanilla de la avioneta Cessna de seis plazas que conducía el piloto por la pista. El pequeño aeródromo estaba construido en la jungla, a pocos kilómetros de Ciudad del Este, la ciudad sin ley triplemente fronteriza de Paraguay. Allí lo esperaría un automóvil para llevarlo hasta aquella capital del mercado negro situada en las fronteras de Paraguay, Brasil y Argentina. Era dudoso que en Ciudad del Este tuviera lugar algún negocio legal.

Ortega hacía ese viaje dos veces al mes, pero el riesgo era cada vez mayor, a medida que empezaban a conocerse su cara y sus movimientos. Intentaba variar su ruta y calcularla para no llamar la atención, pero era difícil. Y no confiaba en nadie de su organización para inspeccionar los diamantes y acordar un precio. Una lección dura que había aprendido con Vicente era que la confianza siempre se podía comprar.

Ciudad del Este no era solo la fuente de la mayoría de las mercancías de contrabando que entraban en Brasil y Argentina, sino también un centro mundial de armas del mercado negro y de los diamantes en bruto que financiaban guerras y conflictos. Era un microcosmos de terroristas internacionales, espías y crimen organizado, un crisol de actividad criminal donde se podía comprar de todo, desde artículos falsificados en China hasta cocaína y kalashnikovs. Allí estaba representado todo el mundo: Hezbollah, Al Qaeda, las tríadas de Hong Kong y, últimamente, la mafia rusa. Hasta la CIA y el Mossad tenían a bien mantener una presencia permanente allí. Y allí era donde Ortega ganaba su dinero.

Era un lugar vigilado por la CIA y patrullado, en distintos grados, por Argentina, Brasil y Paraguay. La policía local se compraba y vendía y a Ortega no le preocupaba la CIA a corto plazo. Aunque podían influir para cerrar sus operaciones, era improbable que lo hicieran. La red de terrorismo internacional y blanqueo de dinero era muy intrincada y, hasta donde ellos sabían, Ortega era simplemente un intermediario.

La CIA tenía mucho trabajo y, además, carecía de jurisdicción en Paraguay. Pero el incremento de presencia policial significaba que Ortega necesitaba encontrar nuevas fuentes a largo plazo. Aquella ciudad fronteriza dejaría de ser una meca del contrabando en algún momento y ese día se acercaba rápidamente. Pero por el momento, la presencia policial se centraba en los terroristas, no en las aventuras financieras de Ortega.

Ciudad del Este parecía un lugar improbable para decidir el destino de la historia de Oriente Medio, pero desde el 11-S se había convertido en un paraíso para terroristas. Si los buscaban en Europa o en Norteamérica, no los encontrarían. Allí vivían, dentro de recintos vallados, terroristas buscados, ocultos en casas seguras y protegidos por la santidad de la mezquita. Aprovechaban el tiempo de descanso forzado para aprender inglés, fabricarse identidades y construir redes financieras y comerciales. Se rumoreaba incluso que había un campamento de entrenamiento cerca, a lo largo del río Paraná.

A Ortega le preocupaba más la competencia. Los cargamentos grandes le dejaban muchos más beneficios, pero empezaban a llamar la atención de otros jugadores de la ciudad. Cada dos semanas, respiraba de alivio cuando llegaban los diamantes. Había intentado variar el calendario, pero no era fácil con cantidades tan grandes. Necesitaba un volumen grande para que funcionara su plan y maximizar los beneficios. Así que los cargamentos se hacían más grandes, lo que aumentaba la magnitud de las pérdidas si los robaban. Lo último que necesitaba era que sus competidores los encontraran e interceptaran, o que la policía exigiera cobrar más. Tenía que encontrar otro modo de mover los diamantes. Su contacto principal era Abdullah Mohammed, un hombre grueso de corta estatura que aparentaba cuarenta y muchos años, aunque la barba poblada y encanecida probablemente le añadía algunos años.

El vehículo de Ortega, un utilitario, aparcó al lado de la tienda de comida libanesa de Mohammed. Un pequeño cartel descolorido por el clima indicaba que era un importador de alimentos árabes. De los sacos de arpillera llenos de especias que había en el exterior de la tienda subía un olor a cardamomo y clavo. El olor penetraba en el automóvil a través de la ventanilla abierta. No traicionaba en absoluto el negocio lucrativo que tenía lugar detrás de aquella fachada.

Ortega salió del vehículo sin hacer caso del grupo de hombres de Oriente Medio que lo miraban con curiosidad desde el café turco que había al lado. Esos hombres tenían demasiado tiempo libre y se concentraban allí a cualquier hora del día o de la noche, otro problema en opinión de Ortega. El libanés parecía ser un conducto para mucha gente, desde Hezbollah hasta la mafia nigeriana.

Un perro callejero que había fuera de la tienda lo miró esperanzado, buscando comida. Ortega frunció el ceño y le dio una patada en el flanco, lo que hizo que el animal gimiera y se alejara con miedo.

—Buenas tardes, señor Ortega. Espero que se encuentre bien. Hoy tengo algo muy interesante para usted —dijo Mohammed, mientras guiaba a Ortega hacia la trastienda.

Estaban solos, pero Ortega sabía que vigilaban todos sus movimientos desde el momento en el que había desembarcado de la Cessna. Había mucho en juego por las dos partes.

Mohammed le hizo señas de que se sentara ante una mesa pequeña en la trastienda.

—Omar, tráenos té —gruñó a un muchacho joven y delgado de unos diez años.

Ortega siguió al chico con la mirada hasta que entró en la tienda.

Cuando se quedaron solos, Mohammed abrió un maletín y mostró una serie de diamantes en bruto de distintos tamaños.

El chico regresó con el té y evitó a conciencia mirarlos a los ojos o posar la vista en el contenido del maletín. Ortega se preguntó si era miedo o motivación por la causa lo que compraba su confianza.

Aunque sabía que eso se consideraba de mala educación en la cultura árabe, decidió ir directo al grano.

—¿Tiene problemas con su cadena de suministro, señor Mohammed? —preguntó.

No se molestó en ocultar su decepción por el contenido. En los dos años que llevaba tratando con Mohammed, la calidad de las gemas se había deteriorado de un modo importante. Aunque el volumen estaba allí, cada vez era más difícil conseguir un buen precio por gemas de calidad mediocre. Mohammed no era sincero con él. Y sabía demasiado.

—Mi querido señor Ortega, estos diamantes son de primera calidad. Mis fuentes me aseguran que están muy solicitados.

—Señor Mohammed, ha habido un importante declive en la calidad en el último año. Yo solo pregunto por su bien. Si tiene problemas con su suministrador, quizá yo pueda serle de ayuda.

Las piedras de Mohammed habían sido de alta graduación hasta dos meses atrás. Entonces, casi de la noche a la mañana, la calidad había caído. Era obvio que los buenos iban a parar a la competencia. ¿Al propio Mohammed o a un jugador nuevo? Ortega no lo sabía, pero tenía intención de averiguarlo.

El libanés tenía un suministro aparentemente interminable de gemas en bruto, a cambio del cual Ortega proporcionaba armas, granadas de mano, lanzamisiles y hasta helicópteros de segunda mano, algo de lo que siempre parecía haber escasez en Oriente Medio. Nunca tomaba posesión de las armas, sino que hacía de intermediario entre los árabes y algunos oficiales corruptos de gobiernos occidentales. Todo era cuestión de contactos. Las relaciones lo eran todo, en particular con los árabes. Unos cuantos negocios buenos y te ganabas su confianza para siempre.

Se había metido en los diamantes después del 11-S, cuando se habían creado leyes antiblanqueo. Los gobiernos occidentales podían congelar miles de millones de dólares en cuentas bancarias manejadas por organizaciones terroristas con tapaderas de asociaciones benéficas. Los diamantes, sin embargo, eran fáciles de trasportar, fáciles de pasar, no se les podía seguir el rastro y se podían convertir fácilmente en dinero.

Ortega no preguntaba de dónde procedían, aunque sabía que sería de algún país conflictivo como Sierra Leona. También ofrecían a Ortega un mercado para sus armas mientras continuaran las guerras.

Hasta el momento, el acuerdo había sido beneficioso para ambas partes. El libanés encontraba un mercado para piedras que de otro modo no podría colocar fácilmente, desde luego, no en las grandes cantidades con las que negociaban. Ortega los compraba por alrededor del veinte por ciento del valor de diamantes legítimos. Solo las piedras cruzaban el océano hasta Sudamérica; las armas por las que se cambiaban eran entregadas en la ubicación que pedía el comprador. Ninguno de los dos lados sabía con quién trataba en realidad, lo cual incrementaba convenientemente las opciones y bajaba los precios. Usar a Ortega como intermediario también implicaba que ambas partes podían hacer transacciones con grupos con los que no podrían tratar abiertamente.

Ortega sabía que el libanés hacía tratos para la mayoría de las organizaciones terroristas de Oriente Medio, entre ellas muchas que luchaban entre sí. Pelearse entre ellas conllevaba grandes beneficios para Ortega. Por mucho que presumieran de odiar a Occidente, Ortega sabía que la mayoría de las armas se usarían en violencia entre las distintas sectas religiosas. En muchos casos, él proporcionaba las armas de los dos bandos. Mientras siguieran luchando entre ellos, Ortega seguía enriqueciéndose.

La lucha actual por el control de Palestina entre Hezbolla y Fatah era especialmente provechosa. El precio de los diamantes era directamente proporcional al nivel de frustración que causaba el conflicto. Mientras los dos lados estuvieran equiparados y ninguno de ellos consiguiera una victoria clara, la operación de Ortega iba bien. Había que hacer equilibrios para suministrar a ambos bandos por igual al tiempo que se convencía a cada uno de ellos de que uno simpatizaba con su lucha espiritual y comprendía su doctrina.

Todo iba bien hasta que Mohammed lo había estropeado con su codicia. Ortega decidió que aquel sería el último cargamento a través de la Triple Frontera. Había llegado el momento de poner en marcha su maniobra de evasión.

CAPÍTULO 15

Kat inhalaba el aire fresco y corría a lo largo de English Bay esforzándose por seguirle el paso a Cindy. Empezaba a amanecer y un leve viento de cola las empujaba por detrás mientras esquivaban los charcos formados por la lluvia de la mañana. Ya estaba más tranquila, preparada para lidiar con Jace en la casa más tarde. Le diría que no podía mudarse allí ni tampoco conseguir su parte del dinero. Que necesitaba abandonar su trato.

—Ya era hora de que volvieras a correr. No te va a ser fácil terminar el maratón entrenando tan poco —comentó Cindy. Se colocó detrás de Kat para dejar pasar a un hombre y su perro, que corrían en dirección opuesta.

Kat y Cindy se habían apuntado a su primer maratón cuatro meses atrás. Ahora faltaban solo tres semanas, era ya un poco tarde para entrenar a fondo.

—Lo sé. He estado muy ocupada. —Kat decidió no mencionar el incidente de la noche. Cindy pensaba que Gastown era un mal barrio y el incidente solo le daría la razón.

—Tienes un problema de compromiso, amiga. ¿Por qué te resulta tan difícil? Solo tienes que aparecer a la hora de correr.

—Para ti es fácil decirlo. Estás muy en forma. A mí me cuesta más.

Correr con Cindy no era fácil. Esta, con un metro sesenta y cinco y delgada, parecía deslizarse sin esfuerzo al lado del paso pesado y ruidoso de Kat. El aspecto delicado de Cindy encubría el hecho de que era físicamente tan fuerte como sus compañeros masculinos de la Real Policía Montada del Canadá. Y mentalmente los superaba con creces.

—Para ti es más duro porque solo has corrido la cuarta parte que yo. Siempre haces lo mismo, Kat. No te comprometes.

—A lo mejor es que me gusta dejar mis opciones abiertas.

—¿Como con Jace?

—¿Qué tiene que ver Jace con esto? —¿Por qué lo mencionaba Cindy? Kat salía a correr para olvidarse de Jace, no para pensar en él.

—Rompes con él y luego os seguís viendo.

—Eso fue hace más de dos años. Ahora solo somos amigos. Nada más.

—Pero os compráis una casa juntos.

—No somos pareja —protestó Kat—. Invertimos juntos. Es igual que si la hubiera comprado contigo. No hay diferencia.

—Vamos, Kat. Te da miedo el compromiso. Admítelo. Hacéis buena pareja. Jace sigue loco por ti, pero no va a estar ahí siempre. Un día...

Kat no la dejó terminar.

—En este momento no estoy de humor para psicoanálisis.

—Muy bien. No quería mencionarlo, pero el maratón para ti serán cuarenta y dos kilómetros de *souffrance*. Y no estoy hablando de un tipo de suflé.

—Muy graciosa. Veo que estás practicando el idioma. —El maratón era en París. Otra razón más de precio para resolver el caso.

—*Oui*. Y tú deberías seguir mi consejo.

—Lo pensaré —dijo Kat, cambiando de nuevo de tema.

Pasaron cinco minutos en silencio, corriendo con una cadencia regular. Salieron del rompeolas y se dirigieron hacia el sendero que bordeaba Lost Lagoon.

Cindy nunca hablaba de su trabajo de infiltrada con la Policía Montada. Kat sabía muy poco, excepto que estaba relacionado con el crimen organizado, incluidas bandas de moteros, triadas asiáticas y algunos carteles internacionales de crímenes. Kat esperaba que Cindy pudiera arrojar algo de luz sobre el blanqueo de diamantes, pero tenía que medir con cuidado sus preguntas. No quería otro sermón de su amiga.

Giraron en el sendero de Bridle Path y avanzaron hacia Prospect Point, con el aliento dispersándose en el aire delante de ellas en estallidos rápidos de vapor. El declive, lento pero constante, requería de toda la energía de Kat. Cindy, por otra parte, subía la colina sin esfuerzo aparente. Kat decidió dejarle la conversación a su amiga, lo cual no sería muy difícil, ya que a Cindy le encantaba hablar de crímenes.

—Cindy, ¿hay mucho contrabando de diamantes ahora?

—Bastante, y cada vez es más común. Los diamantes se esconden fácilmente y se convierten en dinero. Se ha vuelto más popular desde que entraron en vigor las leyes antiblanqueo. Se suponía que iban a impedir que los carteles de drogas convirtieran su dinero ilegal en depósitos bancarios legítimos. Las leyes se promulgaron para cerrarlos. Después del 11-S, aumentaron las exigencias. El Gobierno de EE.UU. endureció los requerimientos de información para impedir que las redes terroristas congelaran su acceso al capital. El resto del mundo tuvo que hacer lo mismo si quería seguir comerciando con Estados Unidos.

—¿Y eso hace que se puedan rastrear todas las transacciones de dinero porque los bancos tienen que informar de ellas?

—Así es. Los bancos tienen que hacer muchas más comprobaciones y no pueden aceptar dinero de países que no tengan una legislación antiblanqueo similar.

Cindy hizo una pausa y miró a Kat de soslayo.

—Caray, chica. ¿Tan mal te va? Todavía hay muchas cosas que puedes hacer, no necesitas recurrir a una vida de crimen.

—Muy graciosa. Ni siquiera tendría dinero suficiente para el primer pago de un cargamento de diamantes. ¿Aceptan Visa? Acabo de subir el límite de crédito.

—Lo dudo muchísimo. En cualquier caso, las leyes antiblanqueo de dinero provocaron que los diamantes se convirtieran a menudo en el método de pago preferido. Los terroristas y el crimen organizado recurrieron a ellos porque son más fáciles de transportar y de ocultar, son más valiosos y, hasta ahora, imposibles de rastrear. ¿Has oído hablar de los diamantes de conflictos?

—Un poco. —Kat hizo una pausa para respirar. El oxígeno y correr cuesta arriba no eran mutuamente excluyentes, pero a ella se lo parecían. ¿Por qué Cindy apretaba siempre el paso en las cuestas? —. ¿Es lo mismo que diamantes de sangre o diamantes de guerra? ¿Los diamante que sacan de países africanos pobres donde usan esclavos?

—Básicamente. Los diamantes en bruto se producen en países que no cumplen los requerimientos del Esquema de Certificación del Proceso Kimberly. Este fue diseñado para romper los vínculos entre diamantes y violencia, y está apoyado por las Naciones Unidas. Las regulaciones se hicieron para contener la actividad criminal y terrorista.

—¿Pero cómo puedes rastrear diamantes?

—Según el Proceso Kimberly, la procedencia o el origen de un diamante tiene que ir identificado. La idea es eliminar la venta de los diamantes de guerra procedentes de países asolados por las guerras, como Sierra Leona y Angola. Los rebeldes se apoderan de las minas por la fuerza y aterrorizan a la población local con violencia, que incluye asesinatos, violaciones y amputaciones. Cuando la gente huye, los terroristas dirigen las minas de diamantes y se benefician de ellas. El Proceso Kimberly hace que a los criminales les resulte muy difícil vender los diamantes de guerra. —Cindy siguió el sendero que se desviaba a la izquierda y Kat la siguió.

—¿Pero cómo pueden hacer eso? Tú misma has dicho que no se pueden rastrear los diamantes.

—Los países que participan en el Proceso Kimberly tienen que proporcionar un certificado de origen que diga que los diamantes no son diamantes de guerra. Si no pueden proporcionar ese certificado, no pueden vender diamantes en el mercado libre.

Kat miró a su amiga de soslayo. Cindy ni siquiera jadeaba, mientras que ella, Kat, prácticamente hiperventilaba.

—Pero algunos todavía consiguen salir, ¿no? ¿No logran eludir los controles y venderlos ilegalmente?

Llegaron al final de la cuesta y Kat pudo por fin adoptar un ritmo regular.

—Oh, sí, definitivamente —dijo Cindy—. Hasta hace poco, era fácil vender diamantes desde cualquier parte, solo tenías que mentir sobre el origen y a los compradores les daba igual. Pero ahora hay más en juego. Un país puede perder su estatus si se descubre que canaliza diamantes de guerra y entonces no podrá vender su producción propia. Si permite que ocurra eso, pone en peligro su bienestar económico. Pero sigue ocurriendo. Se calcula que casi el cincuenta por ciento de la producción mundial total procede de países que se saltan la ley. Sencillamente, no hay suficiente producción legítima para justificar todos los diamantes que hay ahora en el mercado. Lo que sí consigue eso es hacer que den menos beneficios, pero no podremos eliminarlo mientras haya gente dispuesta a comprarlos. ¿Qué tiene que ver todo esto con Liberty?

—¿Recuerdas las cifras de producción sospechosas que te dije? Empiezo a preguntarme si no estarán canalizando diamantes de guerra a través de la mina. Pero lo que todavía no entiendo es cómo puede probar un trozo de papel que un diamante es un diamante de guerra o no lo es.

—No es solo eso. De hecho, ahora hay técnicas científicas que determinan la procedencia de un diamante. En términos de química, todos los diamantes son carbono puro. Para el ojo humano, son idénticos, una forma cristalina del carbono. Así que es difícil decir de dónde proceden. Pero hay modos de verificar la fuente.

—¿De verdad? ¿Puedes localizar de dónde procede un diamante?

—En teoría sí. La Policía Montada tiene un método para sacar la huella dactilar de los diamantes. Aunque todos son carbono, dentro de cada uno existen cantidades residuales de impurezas que se pueden rastrear hasta la roca anfitriona de la mina. Reuniendo esa información en una base de datos, pueden vincular un diamante en particular con una mina concreta. Todas las demás rocas de esa mina tienen la misma composición química. Esa composición química no es la misma en una roca de Canadá que en una de Sierra Leoana, por ejemplo.

Kat se sintió mejor de pronto. Una oleada de energía la envolvió al pensar en las posibilidades. Quería salir disparada y correr hasta su oficina.

Cindy no pareció notar ese cambio.

—Para que eso funcione, la Policía Montada y la inteligencia internacional tendrán que documentar e inventariar un diamante de todas las minas del mundo. Una vez hecho eso, deberían poder parar el comercio ilegal. Es un proceso muy lento y caro, pero cuando tengamos la base de datos, será casi imposible hacer pasar diamantes ilegales por legales.

Cindy miró a Kat con recelo.

—Dime que no estás persiguiendo terroristas.

—No, claro que no. —Kat se esforzó por buscar una explicación—. Pero estoy destapando algunos temas sospechosos en Liberty. Parece que han podido exagerar su producción. ¿Puedes ayudarme a rastrear algunos diamantes?

—Caramba, Kat, yo solo he oído hablar de esas pruebas, no participo en ellas.

—Pero tienes contactos. ¿Podría darte unos diamantes para que los analizaran?

—¿Qué te hace pensar que puedan estar metidos en contrabando de diamantes? ¿No tienen minas en el norte? Me parece un poco extremo llevar diamantes ilegales hasta las zonas más congeladas y remotas de Canadá. ¿No tienen que viajar por caminos helados para llegar allí?

—Sí, pero no creo que los lleven hasta la mina. Lo único que tienen que hacer es llevarlos hasta el centro de cortado donde son procesados. Solo tiene que parecer que proceden de la mina. Mientras parezca que proceden de Liberty cuando llegan al centro de corte, no levantarán sospechas. Piénsalo. Obviamente, habrá mucha seguridad al salir de la mina, pero nadie espera que metan nada de contrabando en el centro de corte.

—Parece improbable, Kat.

—Pero si pueden hacerlos pasar por diamantes de Liberty y canalizarlos a través de una fuente legítima, pueden venderlos a precio de mercado libre y no al precio del mercado negro. Eso aumentaría enormemente los beneficios de Liberty. Puede que incluso sea más barato comprar diamantes en el mercado negro que sacarlos legalmente de la mina. ¿No puedes imaginar algo así? —preguntó Kat.

Cindy la miró con escepticismo y no contestó.

—¿Y si pudieras hacer creer que proceden de una mina en los Territorios del Noroeste? ¿No sería estupendo que pudieras producir una muestra de mina en Canadá que se correspondiera con los diamantes? Así burlarías el Proceso Kimberly.

—¿Una mina nueva, quieres decir? ¿Traer la roca y hacerla pasar por la roca anfitriona?

—Exactamente. Así no solo legitimas tus diamantes ilegales, sino que, si lo haces en una mina nueva sin historial de producción, en un país que está empezando a descubrir grandes reservas, no levantarías sospechas. No hay registro de rastreo. No llama la atención porque la producción no sube de pronto. La industria de minas de diamantes en Canadá está todavía en su infancia, así que no hay registros de largo tiempo en el país.

—No sé, me resulta un poco inverosímil, Kat. Es posible, pero difícilmente parece que compense el riesgo.

—¿O sea que el paso siguiente es que te dé unas muestras de Liberty?

—Espera un momento. No he dicho que sí. Además, todavía no tenemos una base de datos completa. No hay garantías de que encontremos algo concluyente.

—Ya sé que no hay garantías. Pero si encontramos una correspondencia, al menos tendré una pista. Ahora tengo un director financiero que se evaporó sin dejar rastro, cinco mil millones de dólares que tengo que buscar y lo que parece ser producción falsificada. En esta fase, nadie me creerá sin pruebas y, puesto que Liberty es mi cliente, quiero saber lo que hay antes de hacer acusaciones.

—De acuerdo, Kat. Veré lo que puedo hacer. Pero tienes que

prometerme que me llamarás ante de que se te ocurra enfrentarte con grupos de terrorismo internacional.

—Oh, yo jamás...

—Lo digo en serio, Kat. No te enredes con esa gente. No sabes dónde te metes. Por favor, dime que no harás nada ilegal ni peligroso.

Kat se sentía exultante. Volvía a estar encarrilada.

CAPÍTULO 16

*K*at llamó una vez más a la puerta de Takahashi con nudillos doloridos por el frío. Llevaba ya cinco minutos en el porche y seguía sin obtener respuesta. El destartalado Ford F150 estaba aparcado en el camino de la entrada y, desde el porche, ella podía ver claramente huellas embarradas de pisadas en el camino. Las pisadas eran suyas y la ausencia de marcas de neumáticos o de otras pisadas evidenciaba que nadie había pasado por allí últimamente. La casa estaba siniestramente silenciosa. Aunque la lluvia había cesado, las nubes bajas hacían que pareciera más tarde de lo que era.

Había un frío húmedo en el aire y el humor de Kat era sombrío. Después de haber pasado el día anterior revisando archivos de Liberty, no había conseguido encontrar nada más. Al día siguiente tenía que informar a la Junta Directiva y no sabía por dónde continuar. Necesitaba desesperadamente mostrar progresos o Nick se impondría a Susan y la echarían del caso antes del viernes. Las pistas parecían señalar a alguien aparte de Bryant, pero no tenía pruebas. Ken Takahashi era su última esperanza y no estaba dispuesta a conformarse con que no contestara a sus llamadas. Se le acababa el tiempo. Tenía que hablar con él ya.

El allanamiento de su oficina había estimulado aún más su sensación de urgencia. Después del ataque del drogadicto, Jace y Harry habían trasladado todas sus cosas y a los gatos a la casa, donde había dormido ella la noche anterior. A la casa de Verna, como la llamaba en su mente. Aunque nunca se lo diría a Jace, tenía que admitir que la noche anterior se había sentido más segura con él que sola en su oficina de Gastown.

No había planeado ir a casa de Takahashi, pero había salido a correr y, cuando se había dado cuenta, estaba a menos de un kilómetro de allí y había decidido pasarse. Después de todo, podía tener el teléfono estropeado. O quizá era que no quería hablar con ella. Y si la estaba esquivando, seguramente no abriría la puerta si veía el coche de ella en la entrada.

Estaba habituada a que no le devolvieran las llamadas en situaciones como aquella, pero allí había algo que no le gustaba. Esperó. Tenía carne de gallina por la ropa húmeda, que se le pegaba a la piel.

Pegó el oído a la puerta y creyó oír un sonido. Intentó que no le castañetearan los dientes y escuchó con más atención. Esa vez el ruido sonó más cerca de la puerta. Era el perro llorando. El animal se acercó todavía más a la puerta, llorando con más insistencia.

—Eh, perrito, no pasa nada. ¿Hay alguien en casa? —Más gemidos. Esa vez aún más desconsolados. El perro empezó a arañar la puerta y su llanto se hizo más fuerte.

—¿Ken? ¿Está ahí?

No hubo respuesta. Kat miró a su alrededor. La persiana de la ventana estaba bajada, cosa extraña a esas horas. Extraño, pero no significaba nada. Aun así, Kat tenía el presentimiento de que algo iba mal. ¿Por qué lloraba el perro si Takahashi estaba en casa? Kat dio la vuelta a la casa y probó el picaporte de la puerta de la cocina. No estaba cerrada con llave.

Penetró en la entrada y llamó con los nudillos a la puerta interior. En la entrada colgaban varios abrigos, con botas y zapatos apilados debajo. Una caja de madera en una mesita atrajo su anterior. Era la caja de piedras que le había enseñado Ken en su visita anterior. La tomó y dudó un momento antes de abrirla. Se dijo que a Takahashi no le importaría.

La caja contenía muestras de roca de varias minas, todas etiquetadas y en compartimentos individuales. Examinó el contenido y encontró una de Mystic Lake. Era la misma que le había mostrado Ken en su visita atención. La observó con atención, intentando recordar lo que había dicho él.

El labrador arañaba ahora con furia la puerta de la cocina y ladraba nervioso. La luz de la cocina estaba encendida y Kat pudo ver, a través de las cortinas, la sombra del perro saltando.

Probó el picaporte y este giró. La puerta no estaba cerrada.

¿Debía entrar? Se sentía rara entrando sin ser invitada. Pero el comportamiento del perro era perturbador. Quizá Ken tuviera un problema médico y necesitara ayuda.

Abrió la puerta y lo que vio la hizo pararse en seco, horrorizada.

CAPÍTULO 17

Kat siguió con la vista el rastro de sangre que cruzaba la cocina en dirección al pasillo. Se miró los pies con horror creciente. Estaba pisando sangre. Dio un salto de lado y estuvo a punto de caer sobre la sangre congelada antes de que su mano encontrara por fin la pared. La bilis le subió por la garganta cuando se enderezó y miró las huellas de sus zapatillas Adidas en el linóleo.

Cristales y platos rotos cubrían el suelo. La encimera de la cocina estaba llena de trastos, excepto por un arco a la derecha del fregadero, por donde había pasado un brazo. El perro labrador estaba a su lado, lloriqueando y mirándola con ojos suplicantes. De pronto empezó a ladrar y corrió hacia el pasillo, alentando a Kat a seguirlo.

Ella caminó hacia él, pero se detuvo a escuchar. No había ningún otro sonido aparte del que hacía el animal. Este cojeaba y se detuvo cerca de la entrada del pasillo, en el lado izquierdo. Kat no recordaba haberlo visto cojear cuando había ido a visitar a Takahashi. Se acercó al perro, con cuidado de no pisar el rastro de sangre, y se arrodilló a examinarle la pata trasera izquierda.

—Trae, déjame ver —dijo. Tocó la cadera con gentileza y fue bajando hasta el pie.

El animal no protestó hasta que ella le rozó las uñas. En ese momento gimió y apartó la pata. Las cuatro garras estaban manchadas de sangre, pero solo aquella parecía dolerle. Kat volvió a examinarla.

—Buen perro. —Tenía un trozo de cristal alojado entre las uñas—. Lo siento, perrito, pero hay que quitártelo.

Deslizó el dedo meñique entre los dedos de él y empujó el cristal hacia fuera con todas sus fuerzas. El cristal cayó al suelo y el animal retiró la pata y corrió al otro lado de la cocina.

Un ruido sordo fuerte quebró el silencio. Kat se sobresaltó. Allí había alguien. ¿Por qué se había dejado distraer por el perro? Imaginó con pánico distintos escenarios posibles, todos malos. Había ido allí sola y nadie sabía dónde estaba. Nadie sabía que había salido a correr. Se quedó paralizada cuando se rompió un cristal a su izquierda. Por el rabillo del ojo, vio algo negro que avanzaba hacia ella. El que había hecho el ruido la iba a atacar.

Era el perro, que ya no cojeaba. En el suelo yacía un vaso de cristal medio roto. Seguramente lo había tirado con el rabo, probablemente al golpear la puerta semiabierta de un armario y cerrarla de golpe. Kat respiró aliviada. Si salía de allí de una pieza, nunca volvería a hacer nada tan estúpido. Se volvió para salir de la casa, pero el animal le bloqueaba la puerta. Quería que fuera hacia el pasillo.

Los perros sentían el peligro, ¿no? Si hubiera alguien allí, el perro estaría gruñendo. Kat pensó que solo echaría un vistazo rápido y se iría. Avanzó con cautela al lado del rastro de sangre.

Grandes manchas de sangre cubrían las paredes de color beige. Kat siguió con la vista las huellas de manos a lo largo de la pared hasta donde se convertían en manchas menos definidas. Observó una serie de manchas de un dedo que se deslizaban hacia el suelo. Y entonces lo vio.

Ken Takahashi estaba medio tumbado, medio apoyado en el dintel del cuarto de baño del final del pasillo. Tenía la mano derecha en el pecho, como si intentara contener la sangre que empapaba la camisa de franela azul. Miraba al frente, a Kat, con ojos abiertos que no veían nada.

Kat observó la escena con pánico. ¿Estaba todavía allí el asesino? ¿El asesinato de Takahashi estaba relacionado con Liberty? Por supuesto que sí. Eso implicaba que el asesino también iría a por ella. ¿Sabía dónde se encontraba en ese momento?

No hizo caso del labrador, que paseaba ansioso entre el cuerpo de Takahashi y Kat, suplicándole con los ojos que hiciera algo. Ella permaneció un momento paralizada, incapaz de respirar ni de pensar con claridad. El asesino podía estar todavía en la casa, pero no se atrevía a mirar. Necesitaba ayuda inmediata.

Buscó un teléfono con frenesí y al fin localizó un inalámbrico en la cocina. Marcó el número de Cindy con manos que temblaban tanto, que tuvo que hacer varios intentos antes de conseguirlo.

—¿Cindy? —consiguió decir con voz vacilante—. Ayúdame.

—¿Kat? ¿Qué ocurre? Tu voz suena rara.

—¡Oh, Dios mío! ¡Oh, Dios mío, Cindy! Tienes que ayudarme. Takahashi está muerto. Lo han matado. Lo he encontrado y creo que lleva tiempo muerto.

Regresó al pasillo. Era real, sí. Tuvo una arcada al ver el cuerpo y el suelo ensangrentado. La piel de Takahashi empezaba a perder el color y el olor era insoportable.

—Kat, ¿quién es Takahashi? ¿Dónde estás? ¿Hay alguien contigo?

—Estoy en casa de Ken Takahashi. Es el antiguo geólogo jefe de Liberty. No contestaba a mis llamadas y se me ha ocurrido pasar por aquí. He oído llorar al perro y he pensado que podía necesitar ayuda, así que he abierto la puerta, he entrado y entonces he visto toda la sangre y me he…

—Kat. Frena un poco. Escúchame. ¿Has llamado a la policía?

—Te he llamado a ti. Tú eres policía.

—Kat. Tienes que llamar al 911. Ahora mismo. Un momento. ¿Llamas desde su casa? ¿Estás usando su teléfono?

—Sí. No llevo el móvil encima y, cuando lo he visto, he pensado que tenía que llamar a alguien de inmediato.

—¡Madre mía! Kat, escúchame. Estás en la escena de un crimen. ¿Te das cuenta de lo que has hecho? Has dejado tus huellas digitales y tu ADN en la escena de un crimen. No te muevas de ahí. No llames a nadie más ni toques nada. Yo llamo a Homicidios y voy para allá.

~

Los inspectores de Homicidios la habían interrogado durante varias horas. Le habían hecho repetir una y otra vez la cadena de acontecimientos que había llevado al descubrimiento de Takahashi. Después le habían tomado las huellas, muestras de ADN y fragmentos de la ropa que llevaba para excluir las pruebas de ella de la escena del crimen.

Cindy por fin la había dejado en la casa a las diez de la noche. Kat apenas recordaba haber salido a correr a primera hora de la tarde. Estaba de nuevo en casa de Verna, una casa que no le pertenecía. Pero tenía la sensación de que no dejaba de volver allí.

Cruzó la verja y subió las escaleras, agotada. Buscaba sus llaves, sin soltar la comida china que llevaba en la mano, cuando su pie chocó con algo en el porche. No hizo caso, giró la llave en la cerradura y se quitó los zapatos en el vestíbulo. Se disponía a cerrar la puerta cuando lo vio, tumbado en el porche. Tenía la piel manchada de sangre y el cuello cortado. Kat se quedó inmóvil, paralizada ante el cuerpo sin vida de Buddy.

CAPÍTULO 18

*K*at se sobresaltó al oír pasos. Jace apareció detrás de ella.

—¿Kat? ¿Dónde estabas? El electricista esperó una hora, pero no pude conseguir que se quedara más. No quiere empezar a trabajar hasta que no tenga las firmas de los dos en el contrato. Sabes que no podemos funcionar sin electricidad. Y ahora nos llevará semanas conseguir que vuelva.

Jace tenía los brazos cruzados sobre el pecho y apretaba una linterna con la mano derecha. Kat no necesitaba verle la cara para saber que estaba furioso.

Había olvidado completamente la cita con el electricista. La última calamidad que le había ocurrido a su proyecto había sido que la instalación eléctrica no era segura. El inspector de Urbanismo, que había ido esa mañana a la casa por otro tema, había determinado que había que actualizar todo el cableado eléctrico de la casa. No era fácil encontrar contratistas que quisieran trabajar en casas viejas y aquel había sido el único electricista al que Jace había podido convencer para que fuera a la casa y diera un presupuesto, que se había traducido en diez mil dólares más de gasto en la casa. A ese paso, tendrían suerte si conseguían recuperar la inversión inicial en la casa con su venta, suponiendo que consiguieran venderla.

Kat no contestó, sino que señaló a través de la puerta abierta el cuerpo sin vida de Buddy en el porche.

—¿Qué demonios...? —Jace salió al porche e iluminó a Buddy con la linterna. Se arrodilló a examinarlo—. ¿Quién...?

—¿Tú no has oído nada? —preguntó ella débilmente, siguiéndolo fuera—. ¿Cómo ha salido Buddy?

El animal no salía nunca, se contentaba con seguir a Kat dentro. Cuando ella se iba de una habitación, él también. Con Jace hacía lo mismo. Dormía con un ojo abierto y procuraba tener siempre a alguien a la vista. Era inseguro en ese sentido, consecuencia de haber sido abandonado en un albergue de animales. ¿Por qué Jace no había notado su ausencia?

—No lo sé. Estaba durmiendo en el sofá mientras yo trabajaba en el suelo del comedor. Luego ha llegado el electricista. —Jace se llevó una mano a la boca—. Hemos abierto un momento la puerta para meter las herramientas. Buddy estaba en medio. Quizá ha salido al porche para que no lo pisáramos.

—¿Es que no puedes prestar atención a más de una cosa cada vez? —preguntó ella. Deseó poder retrasar el reloj y empezar un rumbo distinto. Antes de Liberty, antes de comprar aquella estúpida casa y antes de que las cosas se volvieran tan complicadas con Jace.

—Vamos, Kat, eso no es justo. Siento no haberme fijado en Buddy, pero he intentado salvar lo que quedaba de los suelos de madera después de la inundación. Tengo que enviar un artículo antes de las ocho de la mañana y todavía no lo he empezado. Consigo que por fin venga un electricista y tú estás desaparecida. ¿Por qué no has llamado?

Kat empezó a explicarle lo de Takahashi, la policía y el perro, pero la magnitud de todo ello la golpeó de pronto y sintió un nudo en la garganta. Se sentó en el porche y se echó a llorar. Todo iba de mal en peor. Tener que dejar su apartamento, pelear con Jace por la casa que no deberían haber comprado. Y el pobre Buddy. Tenía que desahogarse.

—Eh, siento lo de Buddy. —Jace se sentó a su lado, la rodeó con el brazo y la estrechó contra sí—. Me he pasado el día tropezando con él, así que debería haberme dado cuenta de que algo iba mal.

—¿Por qué querría nadie cortarle el cuello?

—No lo sé. —Jace se puso de pie y se acercó a Buddy, alumbrando el porche con la linterna. Se detuvo al lado de una piedra plana y se agachó—. Mira esto —dijo—. Tomó un papel que había debajo de la piedra, lo sostuvo delante de Kat y lo alumbró con la linterna—. ¿Quién haría algo así? —preguntó.

En el papel habían mecanografiados dos palabras.

KAT MUERTA

—No lo sé. —Kat se estremeció, sintiendo el frio de pronto. Se levantó—. Lo único que se me ocurre es Liberty. Pero eso es ridículo. Llevo menos de una semana en el caso y todavía no he encontrado nada importante. Nada que justifique una amenaza de muerte, si eso es lo que es.

Jace la abrazó, envolviéndola con el calor de su cuerpo. Ella enterró el rostro lleno de lágrimas en su gruesa camisa de algodón y le devolvió el abrazo, sin preocuparse por una vez de que resultara o no apropiado.

—¿Estás segura? Si crees que el asesinato de Takahashi está relacionado con Liberty, ¿por qué lo de Buddy no?

—Lo de Takahashi es diferente. Es un exempleado de Liberty y es un soplón. A mí solo me han contratado para encontrar el dinero robado. Si no quieren que investigue, ¿por qué me contratan?

—Quizá estés haciendo muchas preguntas, siguiendo un camino que no les gusta.

—Lo de la producción falsificada sí va más allá de lo que querían que hiciera. Parece ser otra estafa y es probable que estén relacionadas. Pero nadie sabe todavía que lo he descubierto. Aparte de Harry y de ti. Y Cindy sabe un poco.

—¿Takahashi no?

Kat intentó recordar su conversación con él.

—No. Pero Takahashi no creía que esas rocas procedieran de Mystic Lake.

Contó su conversación a Jace, incluido lo que pensaba Takahashi de la mina Mystic Lake. La alteración de los resultados la mantenía despierta por la noche. No había comentado sus hallazgos con Susan ni con nadie de Liberty, pero quizá lo había hecho Takahashi. Eso ya nunca lo sabría de cierto.

—Vamos adentro —dijo Jace.

Kat los siguió a él y la luz de la linterna. Jace tomó la comida china, que seguía en la mesita de la entrada, y entró en la sala de estar, donde dejó la comida en la mesa del sofá. Una docena de velas distribuidas entre la chimenea y la mesa daban un resplandor suave a la estancia. En otras circunstancias, a Kat le habría gustado aquella atmósfera.

Se sentó en el sofá mientras Jace se movía por la sala comprobando puertas y ventanas. Estaban todas cerradas excepto una ventana pequeña, demasiado pequeña para una persona, pero lo bastante grande para un gato. ¿Había estado abierta esa mañana? Kat se estremeció intentando recordar.

—Deberíamos llamar a la policía, Kat —dijo Jace. Avanzó hacia las ventanas del comedor.

—¿Por qué? No van a hacer nada por lo de Buddy.

—Puede que no, pero tienen que saber lo de la amenaza y ver la nota. Esto no es ninguna broma. Alguien amenaza con matarte. —Jace desapareció en la cocina.

—Ya he tenido bastante policía por hoy. Llamaré por la mañana. — Kat miró la comida china para llevar y se dio cuenta de que no había comido desde el desayuno. Abrió la bolsa y el aire se llenó de olor a pollo con limón. Tocó los recipientes. Seguían calientes.

Jace regresó de la cocina con dos platos y un par de cervezas Tsingtao.

—Es demasiado serio para no llamar —dijo—. ¿Y si está relacionado con lo de la oficina? A lo mejor no era solo una persona sin hogar.

—Estás buscando lo que no hay. No creo que eso esté relacionado.

—Kat, mejor llamamos, ¿de acuerdo? Esta noche. En el peor de los casos, les parecerá que no tiene importancia. Deja que eso lo decida la policía. Si resulta que luego hay algo más, al menos lo sabrán antes de que sea tarde.

—Está bien.

Apenas habían terminado de comer cuando llegó la policía, dos agentes de uniforme y un inspector. Jace entregó la nota a este, que la tomó con pinzas y la guardó en una bolsa de plástico. Estaban de pie en el porche, donde seguía también Buddy, sin vida.

—¿Por qué usan la linterna? —preguntó el inspector, cuando se guardó la bolsa de plástico en el bolsillo de la chaqueta.

Jace se lo explicó. A pesar de la poca luz, Kat pudo ver las miradas que intercambiaban los policías entre ellos. Probablemente pensaban que no habían pagado la factura.

El inspector se fue a su coche y los dos agentes de uniforme caminaron por el jardín delantero. Kat no sabía lo que buscaban. Vio que Jace los seguía y ella se estremeció y entró en la casa. Se sentó en el sofá y cerró los ojos. Después de tanta violencia, ya no se sentía segura.

—Katerina.

Fue más una afirmación que un saludo y ella se sobresaltó al oír la voz. No había oído que entrara nadie detrás de ella. Era el inspector que la había entrevistado en casa de Takahashi. ¿Cuántas probabilidades había de eso?

Platt. El otro inspector le habría pasado la nota, pues ahora colgaba de las yemas de sus dedos, ya sin la bolsa protectora. Platt no podía tener más de treinta años, era muy joven para haber llegado a inspector. Kat se preguntó qué habría hecho para impresionar a sus superiores y que lo ascendieran tan deprisa.

—¿Katerina? —repitió—. ¿Se acuerda de mí?

Los ojos acerados del inspector John Platt miraron rápidamente la habitación, absorbiéndolo todo excepto la mirada penetrante de Kat.

Arrugó la nota en la mano, cerciorándose de que ella lo viera. A continuación guardó la bola de papel en el bolsillo de los pantalones. A pesar de la penumbra, Kat captó el mensaje.

Jace entró en la sala y se detuvo sorprendido al ver a Platt. Los dos hombres se miraron sin decir nada. Platt debía de medir un metro noventa por lo menos, a juzgar por la estatura que le sacaba a Jace.

Este fue el primero en romper el silencio.

—¿Se conocen? —preguntó.

—El inspector Platt investiga el asesinato de Takahashi —contestó Kat.

No le había contado a Jace todo lo de la escena del crimen. Lo de que había andado por la casa, usado el teléfono y contaminado las pruebas. Y tampoco pensaba hacerlo. Una gran omisión, tal vez, pero no necesitaba que otra persona más le dijera cómo había metido la pata. Cindy ya la había reñido lo suficiente.

Probablemente por eso estaba allí Platt. Habría visto su nombre cuando el otro inspector había introducido su informe en el ordenador. ¿Era sospechosa? Aunque amable, la policía no había sido precisamente amigable con ella. En el mejor de los casos, había cometido un allanamiento. En el peor... Bueno, no quería pensar en eso.

—¿Les importa que eche un vistazo rápido? —preguntó Platt. Sin esperar respuesta, volvió al pasillo y echó a andar por la planta baja. Jace y Kat se miraron un instante y lo siguieron a la cocina.

—Ah, inspector, ocurrió en el porche. ¿No quiere concentrarse allí?

—Ya he echado un vistazo. Los agentes están trabajando ahí. Creo que primero haré una inspección del perímetro, para comprobar que todo está seguro. —Miró a Kat—. No se puede ser demasiado precavido.

Kat estaba nerviosa. ¿Por qué enviaban cuatro policías? ¿Era una excusa para registrar sin una orden judicial? Allí había algo que no encajaba.

Platt y su séquito se fueron por fin a medianoche. Kat había tenido más relación con la policía en la última semana de la que habría querido tener en toda su vida. Se sentía como una sospechosa de terrorismo en una lista de peligrosos.

—¿Por qué se interesa tanto Platt por ti? ¿No habló ya contigo en casa de Takahashi? —preguntó Jace. Estaba en la ventana del dormitorio, corriendo las cortinas.

—No lo sé. Yo creía que había contestado a todas sus preguntas. —Kat agarró una camiseta de Jace y fue a cambiarse al baño.

—Aquí ocurre algo más. No parece que le interese quién te quiere hacer daño. Le interesa más espiar en la casa que seguir el hilo.

Kat salió del baño y se sentó en el borde de la cama, agotada.

—Jace, ¿nunca puedes aceptar las cosas como son? ¿Siempre tiene que haber un motivo ulterior? —No necesitaba saber que las huellas de ella estaban por toda la escena del crimen de Takahashi.

—Quizá sea mi parte periodística. He aprendido que las cosas casi nunca son lo que parecen a primera vista. Por mucho que significara Buddy para ti, un inspector me parece demasiado elevado en rango para investigar la muerte de una mascota.

—Lo sé. Y no me gusta que deambule por nuestra casa como si fuera su dueño. —Kat se arrepintió en cuanto hubo dicho aquello. ¿Nuestra casa?

—Tengo un mal presentimiento con él, Kat. Ve con cuidado.

Jace se metió en la cama.

—¿No vienes? —preguntó.

—¿No hay ningún otro lugar donde dormir?

—Hasta que no consigamos otra cama, no. Mañana.

Kat había dejado la suya en su apartamento. Había pensado que, si no la movía, todo volvería a la normalidad de algún modo. Su casero la readmitiría y los ceros de su Visa se cubrirían solos. Eso no había ocurrido.

Jace dio unas palmaditas en el colchón, a su lado.

—Vamos, estás cansada. Prometo portarme bien si tú haces lo mismo.

—Lo intentaré.

Estaba demasiado cansada para protestar, así que apagó las velas y se instaló en el otro lado de la cama. Tina se acomodó a sus pies, ignorante al parecer de la ausencia de Buddy. A los cinco minutos, la respiración de Jace se hizo más profunda y Kat supo que estaba dormido.

Tumbada en la oscuridad, pensó en la reunión del día siguiente en

Liberty. La Junta estaba dominada por Nick Racine, que claramente quería despedirla y, hasta hacía poco, por Alex Braithwaite. Los demás de la Junta normalmente hacían lo que decían ellos.

La Junta esperaba un informe de lo que hubiera encontrado en los dos últimos días, pero hasta el momento tenía poco que mostrar. No lo que quería oír la Junta. Además, se acercaba el viernes, el plazo que le había dado Nick, y este se sentiría más justificado para despedirla.

Tenía que encontrar algo para el día siguiente, ¿pero qué?

No bastaba con haber seguido la pista del dinero hasta Líbano, no había hecho progresos para recuperarlo y no tenía pistas. Los datos de producción eran otra historia. Allí ocurría algo, pero contárselo a la Junta sin tener más pruebas ni una solución no era inteligente. Las pruebas podían incluso incriminar a uno de los miembros de la Junta. ¿Y si Jace tenía razón y la amenaza estaba relacionada con Liberty?

Seguía sin haber ni rastro de Bryant, pero eso le preocupaba menos. Lo encontrarían antes o después. Mientras ella se centrara en el rastro del dinero, él estaría allí al final.

Pero muchas dudas embargaban a Kat. ¿Quién había matado a Alex Braithwaite y por qué? ¿Estaba relacionado con el asesinato de Takahashi? ¿Y quién había matado a Takahashi? Encubrir la falsificación de la producción era un motivo importante para matar a un antiguo geólogo jefe que podía hablar. El que lo había asesinado o conspirado para asesinarlo podía estar en la Junta Directiva.

CAPÍTULO 19

$\mathcal{C}$ arter y Asociados era una colmena de actividad aquella mañana. Faltaban menos de dos horas para la reunión de la Junta Directiva y Kat estaba ocupada danto toques de última hora a su presentación. Harry la ayudaba con un guion gráfico sobre la cronología de la producción alterada.

Ella quería mostrar la correlación entre el aumento de producción y el precio de las acciones. El aumento del precio de los diamantes en el último año habría afectado también al precio de las acciones, así que ella ajustó eso en su análisis. Después de calcular un volumen similar a los precios de los diamantes del año anterior y restar una cantidad equivalente del aumento del precio por acción, el precio por acción seguía siendo un ochenta por ciento más alto. Eso solo se podía atribuir a la mina de Mystic Lake. Y si esa mina era falsa, los inversores probablemente reaccionarían del mismo modo, pero esa vez vendiendo las acciones.

¿Cómo reaccionaría la Junta? Necesitaban ser conscientes de cualquiera actividad fraudulenta que se produjera bajo su dirección y tomar actuar. Por otra parte, su compensación se basaba en el precio de las acciones y ella no sabía todavía quién estaba detrás del fraude. Sin embargo, tenía que estar relacionado con el robo de Bryant y quizá también con los asesinatos de Braithwaite y Takahashi. Sería demasiada coincidencia que no lo estuviera.

Hasta que pudiera probar quién lo hacía, lo mejor sería esperar. Pero el viernes se acercaba peligrosamente y no tenía nada más que mostrar. Los miembros de la Junta Directiva tenían intereses creados en todo lo que subiera el precio de las acciones. Y algunos, como Nick Racine, también tenían acceso a manipular la producción.

Estaba rumiando todo aquello, cuando entró Jace, empapado por la lluvia que caía fuera.

—Noticias frescas. —Un reguero de gotas siguió el desplazamiento de Jace hasta la silla de despacho de Kat, donde dejó su maletín—. Creo que tengo la conexión libanesa. Acaba de llegar esto de Reuters. —Jace dejó un papel sobre la mesa.

La letra estaba emborronada por la lluvia, pero el nombre de Bancroft Richardson aparecía en el titular.

Bancroft Richardson implicado en una investigación de blanqueo de dinero terrorista.

—Cinco mil millones, ¿verdad? Encaja con tus transferencias bancarias. Tiene que estar relacionado con Liberty.

—Podría ser. ¿Pero cómo podemos estar seguros de que es el mismo dinero? Que no haya muchas transferencias grandes de dinero entre Canadá y Líbano no significa que estén relacionadas las dos. No podemos probarlo.

—A decir verdad, yo creo que sí. Las autoridades bancarias libanesas han proporcionado detalles. La cuenta bancaria libanesa se abrió con fondos que llegaron desde las Islas Caimán. Hasta el momento encajan todos los detalles, incluida la cantidad. Cinco mil millones. Lee el resto de la historia, Kat.

Ella tomó el periódico y empezó a leer.

"Un agente de bolsa local está siendo investigado por no haber informado de distintas transferencias que suman un total aproximado de cinco mil millones de dólares. Los fondos fueron transferidos desde un banco libanés y depositados en la cuenta de Opal Holdings, una cuenta de cliente de Bancroft

Richardson. Según las leyes antiblanqueo de dinero, las instituciones financieras tienen la obligación de informar de las transacciones grandes o sospechosas. De acuerdo con fuentes confidenciales, se hicieron numerosos depósitos pequeños para no sobrepasar el umbral de información al que exigen las leyes antiblanqueo.

Los depósitos se descubrieron solo después de que las autoridades libanesas notificaran a funcionarios de valores canadienses. El alto volumen de transacciones desencadenó una investigación en una cuenta recién abierta en el Credit Libanais, la fuente libanesa de las transferencias. La cuenta de cliente de Bancroft Richardson ha quedado congelada pendiente del resultado de la investigación conjunta por funcionarios canadienses y libaneses".

KAT TARDÓ SOLO un minuto en entender lo que quería decir Jace.

—Suena prometedor. Si conseguimos cotejar los números de cuenta, puede que se correspondan. —Kat estaba eufórica por el descubrimiento, pero también algo decepcionada. De no ser por Jace, quizá nunca habría establecido la relación. A pesar de las buenas noticias, se sentía un poco como un fracaso. ¿Por qué no había podido descubrirlo sola?

Harry apareció en la puerta de su despacho, atraído por el jaleo.

—Hay una cosa que no comprendo —dijo ella—. Las leyes libanesas de secreto bancario. ¿Por qué han informado...?

—Según Credit Libanais, el banco libanés y la policía de allí sospecharon por el volumen de las transacciones y lanzaron una investigación. Esta destapó un vínculo con el terrorismo, lo cual les permite esquivar las leyes del secreto bancario. Por eso pudieron entregar la información a las autoridades de aquí. Si pueden probar que el dinero está vinculado con el terrorismo, no se aplican las leyes del secreto bancario. Cuando el dinero apareció en una cuenta de Bancroft Richardson, las autoridades canadienses tomaron cartas en el asunto. Ahí es donde está ahora. Están interrogando al corredor de bolsa y preguntándole por qué no informó de las transacciones sospechosas.

—¿Has dicho Bancroft Richardson? Ahí es donde tengo yo mi cuenta. —Harry parecía incrédulo—. Me pregunto si será mi agente de bolsa. Probablemente no. El mío es un desastre. No contesta a mis llamadas y no tiene tiempo para mí. ¿Cómo se llama?

—Frank Moretti. Se dice que es su agente principal.

—Es él. Ese es el mío. —Harry se lanzó sobre el ordenador de Kat y se conectó a su cuenta de Bancroft Richardson—. Supongo que está demasiado ocupado con los peces gordos para preocuparse por alguien tan insignificante como yo.

Respiró hondo y miró la pantalla.

—Un momento. Esto es distinto al extracto que te mostré hace un par de días. Dice que tengo cuatrocientas mil acciones de Liberty. ¡Cuatrocientas mil!

Harry señaló la pantalla.

—Eso no puede ser correcto. Y hay algo más. Aquí dice que he vendido otras cien mil en corto. Tiene que haber un error. Yo no vendo acciones en corto, Kat. Nunca he entendido cómo funciona eso.

Los tres se reunieron alrededor de la pantalla. Lo que mostraba era muy diferente del extracto que Harry le había enseñado a Kat a principios de la semana.

Ella pensó un momento antes de hablar.

—Apuesto a que hay muchas discrepancias en las cuentas de clientes de Moretti. Y creo que sé por qué.

—¿Porque es un mal contable? —Harry no entendía nada.

—No. Está intentando que suban las acciones. Seguramente compró unas para él mismo antes de comprar para ti o para otros clientes. Eso se llama *front running*, inversión ventajista. A continuación vende primero las suyas con beneficios y después vende las tuyas y las de otros clientes. En ese momento las acciones valdrán mucho menos, porque habrá ya más compras que ventas.

—Yo no le he dado permiso para invertir sin decírmelo. ¿Puede hacer eso?

Kat no contestó.

—Esto es fantástico para mi artículo —intervinó Jace—. No solo falsifica Liberty sus resultados de minería, sino que además hay un ángulo de manipulación de acciones.

—Puede que sea estupendo para tu artículo, Jace, pero es un desastre para mí. Ahora tendré todavía más problemas con Elsie. Me va a matar. No tengo tanto dinero. ¿Qué voy a hacer? —Harry parecía enfermo de pánico.

—Mala suerte, Harry. Quizá las acciones vuelvan a subir. Todavía podría salir bien. Tengo que irme, he de escribir mi artículo. —Jace agarró su chaqueta y echó a andar.

Kat dejó los papeles que tenía en la mano y corrió tras él.

—¡Jace, espera! No puedes escribir esto. Desde luego, no puedes mencionar la alteración de la producción. Todavía no. Eso pondría sobre aviso a la persona que esté detrás de la manipulación. Antes tengo que descubrir lo que significa. Necesito más tiempo antes de que hagas un artículo sobre eso.

—Lo siento, Kat. No puedo esperar más. Esto es importante. La manipulación del precio de las acciones por parte de Moretti tiene que estar relacionada con la falsificación de la producción. Si no lo publico yo, lo hará otro.

—Pero todavía no he pillado al que altera la producción dentro de Liberty. ¿Cómo voy a hacerlo si tú pones a Liberty bajo los focos? Por favor, Jace. Ese tema está prohibido hasta que tenga más detalles. Hasta ahora somos los únicos que lo sabemos.

Aquello decidía la cuestión. No le hablaría de Mystic Lake a la Junta Directiva. Tendría que pensar otra cosa para la presentación.

—Está bien, Kat. Pero solo lo aplazaré hasta mañana. El redactor jefe está detrás de mí. Hace un tiempo que no escribo una buena historia y es solo cuestión de tiempo el que otro periodista se entere de esto.

Jace salió de la oficina y estuvo a punto de chocar con el inspector Platt. Lo miró con desagrado, pero siguió su camino.

Kat gimió en su interior. Aquella visita inesperada era lo último que necesitaba. Quería olvidar el día anterior, al menos hasta después de la reunión en Liberty. Jace tenía razón. Una segunda visita del inspector iba mucho más allá de lo que exigía su deber con respecto a Buddy.

Platt fue directo al grano.

—Katerina, tenemos que hablar. Todavía no me ha dado una razón para haber ido ayer a casa de Takahashi. ¿Qué hacía allí?

—Inspector Platt, me gustaría hablar más con usted, pero tengo una reunión en media hora. ¿Puedo llamarle esta tarde?

Platt se sentó en el sofá de recepción y tomó una revista de la mesa. Empezó a hojearla.

—Le interesa hablar conmigo, Katerina. Y cuanto antes, mejor. —Platt apretó los labios en una línea rígida.

—¿Por qué? ¿Soy sospechosa?

—Digamos que es una persona que nos interesa. No ha sido sincera conmigo sobre sus motivos para ir a ver a Takahashi. Quiero saber por qué. ¿Qué oculta?

—No oculto nada. ¿Cree que tuve algo que ver con su asesinato?

Platt no contestó. Puso los pies sobre la mesa, en un intento obvio por irritarla. Funcionó.

—No puede hablar en serio —Kat estaba atónita—. Fui a verlo y, como no contestó, entré a investigar. ¿Es un crimen preocuparse por el bienestar de alguien?

—Bueno, yo no puedo descartarla. Sus huellas digitales y las huellas de sus zapatillas están por toda la escena del crimen. Y no hay ADN de nadie más. Eso la convierte en la primera sospechosa de la lista. A menos que demuestre lo contrario.

Kat tuvo una premonición funesta. Él hablaba en serio. Al parecer, ella estaba en un buen lío.

—Inspector, ¿qué motivo podía tener yo? ¿Qué ganaría matando a Takahashi? Él era mi única fuente fiable de información sobre la desaparición del director financiero y del dinero. Ahora no tengo nada.

Platt se puso de pie.

—Muy bien. Podemos hablar después. Pero no salga de la ciudad. No vaya a ninguna parte sin decírmelo.

—Eso es una locura. Tiene dos personas asesinadas vinculadas con la misma empresa, ¿y me dice que no tiene más sospechosos? Hay muchas personas que se beneficiarían de sus muertes. Y yo no soy una de ellas.

—Eso está por determinar.

—¿De verdad, inspector? En primer lugar, yo ni siquiera conocía a esas personas hasta hace una semana. Liberty me contrató para recuperar un dinero robado. Ese es probablemente el motivo. Alguien quería silenciar a Ken.

—Repito, no vaya a ninguna parte. La estaré vigilando. —Platt salió de la oficina.

Harry se asomó con cautela desde el despacho de Kat.

—¿Se puede saber qué pasa aquí? —preguntó—. ¿Por qué te persigue la policía? ¿Estás en algún lío?

Kat le contó lo que había ocurrido en casa de Takahashi.

—¿Crees que está relacionado con Liberty? No sé, Kat. Ese caso de Liberty puede que no valga la pena. Me parece que te estás mezclando con personas terroríficas.

Kat miró su reloj. Faltaban veinte minutos para la reunión de la Junta Directiva.

CAPÍTULO 20

Kat sintió la tensión en cuanto entró en el despacho de Susan. Nick y Susan estaban sentados uno enfrente del otro en la mesa de conferencias, como adversarios de un partido de hockey donde había mucho en juego.

—Buenos días, Kat. Cambio de planes. No asistirás a la reunión de la Junta Directiva después de todo. Tienen cosas más importantes que tratar en este momento.

Susan le pasó el comunicado de prensa y le hizo señas de que se sentara a la mesa.

Una absorción. ¿Qué otras sorpresas guardaba Liberty? Porter Holdings, una empresa de la que Kat nunca había oído hablar, se ofrecía a comprar todas las acciones pendientes. Kat leyó el papel y miró sorprendida a Nick y Susan.

—¿Cómo es posible? —preguntó—. ¿Cómo puede alguien montar una absorción sin una mayoría de las acciones? Con Nick y el trust controlando la empresa, ¿cómo puede hacerse Porter con el control?

Kat había dirigido la pregunta a Susan, pero la contestó Nick.

—Eso no va a pasar. No tengo ninguna intención de perder la empresa que construyó mi padre. Porter no irá a ninguna parte con esta basura. No perderé Liberty. —Nick golpeó la mesa con el puño.

Kat notó que había omitido mencionar a Henry Braithwaite, el otro cofundador de la empresa. Morley Racine, el padre de Nick, no había montado la empresa solo. Y Liberty no era propiedad de Nick. Era de todos los accionistas. Él solo tenía una parte mayor que los demás.

Nick tampoco había contestado a la pregunta.

—¿Pero cómo...? —preguntó Kat.

Susan la interrumpió y se dirigió a ella como si fuera una niña pequeña.

—Porque el trust está haciendo de las suyas. Al menos eso es lo que pensamos. El trust busca a alguien lo bastante generoso como para sobornar a bastantes accionistas de clase B para poder formar una mayoría con ellos.

—Pero juntos tampoco tienen acciones suficientes —declaró Kat.

Nadie la escuchaba. Tanto Susan como Nick la ignoraron.

—He invertido demasiado trabajo en la empresa para perderla ahora sin luchar —dijo el segundo.

Kat no pudo evitar intervenir.

—Nick, quizá esto sea una estratagema para aumentar el precio de las acciones. Algunas corporaciones asaltantes hacen amagos de absorciones solo para agitar las aguas. Cuando suben las acciones en respuesta al anuncio, venden las suyas y se alejan con un buen beneficio. Como ni el trust ni usted pueden bloquear esa venta, tienen pocas probabilidades de éxito y muchas de ganar dinero rápido. A menos, claro, que el trust o usted se quieran librar de Liberty. ¿Es así?

—Por supuesto que no. ¿Por qué demonios voy a querer yo eso?

—No digo que lo quiera. Pero es extraño que vayan a por Liberty y no a por una empresa que es propiedad de más gente, donde podrían convencer a los accionistas —dijo Kat.

Nick la miró con el mismo desdén con el que miraría a un escarabajo pelotero. La apuntó con un dedo.

—Usted limítese a sus números. No entiende cómo funciona el mundo de los negocios.

Kat no estaba de acuerdo con eso. Ella no había nacido en una familia rica y sabía mucho más que él. Nick no había trabajado nunca en ningún lugar aparte de Liberty. La rabia que ardía en la boca del estómago de Kat amenazaba con explotar. Pero guardó silencio porque necesitaba cobrar.

—Tiene cierta razón, Nick —intervino Susan—. No sería la primera vez que ocurre eso. Además, ¿por qué iba a intentar Porter algo así cuando hay un bloque de control de acciones que no aceptará la oferta? Tú no vendes las tuyas y, por lo que me has dicho de Audrey Braithwaite, el trust tampoco. Sabes que la absorción no tendrá éxito. Yo también lo sé, pero el público no. Las acciones han subido ya un veinte por ciento desde que abrió el mercado. Independientemente de lo que pase o deje de pasar, Porter se lleva una buena suma por las suyas. Y nosotros también.

Nick la miró de hito en hito.

—Tú tienes tus teorías y yo tengo las mías. A diferencia de ti, yo no tengo el lujo de pensar todo el día en ello. Tengo que volver a la reunión de la Junta —repuso Nick, cortante. Se levantó y salió del despacho de Susan.

Kat esperó a que se marchara y se inclinó hacia Susan.

—¿Estás segura de que Nick votaría que no? —preguntó.

—Ya lo has oído. A mí me ha resultado bastante convincente.

Kat pensó con cinismo que los puñetazos en la mesa tendían a crear esa impresión. Aparte de añadir melodrama.

—¿Y el trust?

—Los beneficiarios son los herederos de Alex Braithwaite y Audrey. Con Alex muerto, Audrey es probable que haga lo que recomienden Nick y la Junta Directiva.

—Quieres decir que la Junta está unida en contra de la absorción.

—Por lo que dice Nick, parece que sí. Van a recomendar que se rechace la oferta. Nick se ha mostrado muy firme en eso.

—Pero Susan, suponiendo que Porter no se tome todas estas molestias solo para subir el precio de las acciones, si saben que es improbable que tenga éxito la absorción, ¿por qué intentan hacerse con Liberty?

Susan hizo una pausa algo larga antes de contestar. Se inclinó hacia Kat y habló casi en susurros.

—Eso es lo que me preocupa. Las absorciones son demasiado caras y largas para hacer una a menos que vayas en serio, y creo que Porter va en serio. No intentaría algo así si no esperara ganar. Nick no quiere ver la realidad. La Junta está trabajando en una estrategia para bloquear la absorción, pero no será fácil. Con esta oferta sobre la mesa, habrá mucha presión de los otros accionistas para que acepten. O, como mínimo, para que encuentren una oferta mejor en otra parte.

Tendió a Kat una copia del documento de divulgación 13D que Porter había presentado el día anterior ante la Comisión de Bolsa y Valores. Las leyes de valores exigían que una empresa comunicara su intención de compra cuando poseía el cinco por ciento o más del total de acciones. El documento 13D indicaba que la intención de Porter era, o comprar Liberty directamente, o asumir el control de la empresa.

—No comprendo —comentó Kat—. ¿Por qué iba a mentir Porter en el 13D? Eso le causaría muchos problemas legales.

—No mentiría. Aquí ocurre algo más.

—O sea que, mientras Nick y la Junta recomiendan rechazar la oferta, ¿tú crees que hay negociaciones por detrás?

Tal vez la Junta Directiva no estuviera tan unida después de todo.

—Una absorción sería imposible. —Susan respiró hondo—. Es decir, a menos que Nick o el trust Familia Braithwaite quieran que ocurra. Ellos controlan la empresa con sus acciones y pueden cambiar el voto. El que quiera hacerse con el control de Liberty tendría que conseguir el control de una mayoría de acciones de clase A. Y nadie sabrá cómo votan en realidad Nick o el trust con sus acciones.

—¿No se sabría por el número de acciones que votaran a favor?

—Si el setenta y cinco por ciento o más aceptaran la oferta, significaría que los dos han votado que sí. Pero eso sería después del hecho. Si el porcentaje fuera menor, eso implicaría que uno de ellos había votado a favor de la oferta de Porter. Pero cuál de ellos seguiría siendo un misterio.

O sea que Nick podía hacerse el bueno y votar después a favor de la oferta sin que nadie lo supiera. Kat estaba dispuesta a apostar a que Nick conseguía lo que quería.

CAPÍTULO 21

Ortega se levantó del sillón de cuero y paseó por el espacioso despacho. Era mediodía y desde el enorme ventanal, veía, abajo en la calle, a la gente que iba a almorzar. La voz de Mohammed lloriqueaba en el altavoz del teléfono, soltando una letanía de excusas que Ortega había oído ya muchas veces.

—Mohammed, ahórrame las mentiras. Ya me he cansado de tus patéticas razones sobre por qué no puedes cumplir. Estos diamantes son una basura. Tú lo sabes y yo lo sé. ¿Por qué no lo admites y me ahorras tantas sandeces?

Ortega estaba furioso. Estaba harto de las disculpas interminables de Mohammed. Volvió a sentarse.

—Pero señor Ortega, le prometo que...

—¡Basta! —Ortega descargó el puño sobre el escritorio de caoba. Mohammed y su cohorte de libaneses lo habían timado. Pura y simplemente.

—Mis diamantes son de la mejor calidad. Por favor. No sé de qué me habla.

—Yo creo que sí. He hecho analizar los diamantes. Me estás robando, Mohammed. No puedo colocar esa basura. —Ortega tamborileó en la mesa con el bolígrafo—. Los he hecho analizar, así que no me mientas.

Los resultados de la prueba habían mostrado que los diamantes tenían aún menos grado de lo que sospechaba. No solo había bajado el volumen, sino también la calidad.

Ortega se acercó al sofá de piel que había delante de una pantalla plana de televisión montada en la pared. Tomó un café de la bandeja que había llevado Luis un momento atrás y le añadió leche caliente.

En la pantalla estaba el exterior de la tienda de Mohammed, con los mismos hombres vagos perdiendo el día en el café de al lado. Ortega había instalado cámaras al principio de su acuerdo para vigilar las actividades en la tienda de Mohammed. Los momentos como aquel hacían que todas aquellas precauciones valieran la pena. Dentro de muy poco podría asegurarse de que Mohammed no volviera a estafarlo nunca más.

—Señor Ortega, se lo compensaré. Hablaré ahora mismo con mis suministradores.

Mohammed siguió hablando, defendiendo su caso, pero Ortega no sintió ninguna simpatía. Sufría una escasez de suministros por culpa del libanés. Tenía una necesidad interminable de diamantes, pero Mohammed no le había respondido en aquel momento crítico. Cambiar de planes en una fase tan avanzada resultaba imposible. Mohammed estaba a punto de pagar muy cara aquella infracción.

Ortega miró la pantalla con el ceño fruncido. Estaba cansado de esperar. Ya era hora de acabar con aquello. Contó hasta cinco y apretó el detonador. Miró impasible la explosión que salió del interior de la tienda, lanzando paredes y ventanas hacia fuera. El teléfono quedó en silencio. Los hombres del café gritaban y corrían, alejándose de la explosión.

Ortega siempre prefería terminar personalmente los contratos. Solo podía estar seguro del resultado si lo hacía él.

Tomó un sorbo de café y pensó un momento en las maravillas de la tecnología. Cinco años atrás habría sido imposible llevar a cabo aquella demostración de fuerza sin ser detectado. Ahora podía eliminar a sus enemigos apretando un botón desde la comodidad de su despacho. Era limpio y sencillo e imposible de rastrear. Ortega valoraba mucho la eficiencia.

La primera razón para la muerte de Mohammed era el castigo. Ortega creía en la venganza, aunque eso no compensara por lo que serían grandes pérdidas económicas si no conseguía ejecutar rápidamente su plan de repuesto. La segunda razón era la intimidación. Mohammed se podía sustituir fácilmente, pero Ortega quería que el siguiente suministrador captara el mensaje. No se dejaría marginar ni permitiría que otros entraran en su negocio. Simplemente, no había sitio para nadie más, y había demasiado en juego. O los libaneses trataban con él, o con nadie. Ortega no podía permitirse ceder. Lo siguiente en su lista era eliminar al comprador de los diamantes que supuestamente eran suyos. Los conseguiría de un modo u otro, pero se le acababa el tiempo.

El timbre de su teléfono móvil interrumpió sus pensamientos. Era Nick Racine, otro que necesitaba una lección. Ortega repasó en su mente los sucesos de Liberty mientras oía a Nick a medias y se servía otra taza de café.

La inversión en Liberty justo antes del descubrimiento de Mystic Lake había ido bien, le había supuesto unos beneficios de diez por uno cuando había vendido en el momento álgido del mercado. Saliéndose justo antes de que la noticia del robo de Bryant llegara a la prensa, había ganado también bastante. La enorme cantidad de acciones vendidas en corto habían hecho caer tanto el precio que las acciones habían quedado casi en cero. El golpe de gracia era su absorción de Liberty a precio de venta del mercado.

Ahora todo eso estaba en peligro porque su cuenta de cliente en Canadá, a nombre de una compañía de inversiones, Opal Holdings, había sido congelada por las autoridades canadienses. Ortega había pensado cerrar la cuenta y utilizar el dinero para financiar la compra de Porter. Y por si no bastara con eso, ahora Nick Racine lo traicionaba buscando otro comprador que subiera la oferta de Porter.

—Oye, Nick. Teníamos un acuerdo. Yo te saqué las castañas del fuego. A cambio espero que cumplas tu parte del trato. Un trato no incluye otras ofertas por Liberty. Tú tienes tu dinero y ahora yo quiero lo que me debes.

Ortega encendió un *Cohiba* y chupó con fuerza, saboreando el toque especiado y el leve aroma a chocolate. Estaba resultando ser un día complicado.

—Emilio, escucha —dijo Nick—. Sé lo que hago. Tú quieres que esto parezca legítimo, ¿verdad? Si no hay un segundo comprador, parecerá que la Junta Directiva no ha hecho lo que debía. Los accionistas podrían rechazar la oferta.

Ortega pensó que quizá tendría que eliminar a Nick antes de lo previsto.

—Otra oferta me subirá el precio a mí. Y en lo fundamental, tú eres los accionistas. Solo tienes que asegurarte las acciones Braithwaite. Con las suyas y las tuyas, es cosa hecha. Tenemos un acuerdo. Me he portado bien contigo, Nick. No me traiciones solo para ganar unos cuantos dólares más.

—Emilio, buscar otro comprador evitará sospechas. No puedo apoyar públicamente una absorción no solicitada. Como director, tengo que mostrar que he evaluado otras alternativas y he recomendado la mejor. Al menos, si aparece otra oferta, parecerá que hay competencia. Porter puede aumentar levemente la oferta y Liberty será tuya.

—Nick, tómate esto como un aviso. No voy a aumentar la oferta. Y líbrate de esa contable forense. Hace demasiadas preguntas.

—Estoy trabajando en ello. La despediremos. Pero antes necesitamos su informe incriminando a Bryant.

—Dijiste que no descubriría nada más.

—Pensaba que no lo haría. Pero es mejor de lo que yo creía.

—Pues ya no basta con despedirla. Tienes que librarte de ella.

—¿Qué quieres decir? —preguntó Nick. Hubo una larga pausa—. ¿Te refieres a matarla? ¿No te parece un poco radical? Yo no estoy aquí para eso.

—Cuando desapareció Bryant, no dijiste nada. Estabas contento siempre que se pagaran tus deudas de juego.

—Eso era distinto. Además, tú dijiste que le harías desaparecer. No creí que lo ibas a matar.

—Nick, ¿qué crees tú que ocurre cuando la gente desaparece? Que tú no apretaras el gatillo so significa que no seas cómplice. Incriminar a Bryant fue idea tuya, ¿recuerdas? Eres igual de culpable.

Ortega se había asegurado de que no hubiera dudas de eso. Cuando encontraran a Bryant, encontrarían también ADN de Nick en la escena del crimen. Ortega solo tenía que ser paciente hasta que se completara la absorción de Liberty. Cuando tuviera la empresa, Nick dejaría de importar. Dio por finalizada la llamada. Ya había tenido bastante de Nick por un día.

Apagó el cigarro puro en el cenicero de mármol y volvió sus pensamientos a Clara. Seguía sin tener noticias de ella. Hasta donde sabía, sus planes se estarían desarrollando según lo previsto. Pero su silencio lo ponía nervioso. Podía verse tentada a correr riesgos. Riesgos innecesarios. Y él no podía hacer otra cosa que esperar su llamada.

La había mezclado de mala gana en aquel asunto y solo por la insistencia de ella. Se arrepentía ya de haber cedido. La conocía y, sin embargo, ella lo sorprendía a veces. Era dura, lista e invencible, pero también era su hija. Se preocupaba por ella. Su mundo era mucho más peligroso para una mujer.

CAPÍTULO 22

*E*ran casi las diez de la noche. Kat iba conduciendo y repasaba en su mente los motivos detrás de la absorción hostil. El precio de las acciones de Liberty estaba más bajo que nunca, pero también la empresa estaba inmersa en un buen lío, lo que la convertía en un objetivo poco atractivo. El director financiero había robado dinero suficiente para empujar a Liberty a la bancarrota y dos personas relacionadas con la empresa habían aparecido muertas. La aparición de Porter en aquel momento llamaba la atención. Y Kat no pensaba ni por un segundo que la elección del momento fuera una coincidencia.

Repasó mentalmente las distintas posibilidades con la lluvia golpeando el parabrisas. Si Nick y el trust votaban a favor de la oferta, Porter se quedaba con Liberty. Nick solo podría forzar también la venta, pero para ello tenía que votar sí con sus acciones y conseguir que todos los accionistas minoritarios votaran también sí. Solo así tendrían una mayoría de dos tercios. El trust, con el treinta y cinco por ciento, no tenía acciones suficientes para actuar por su cuenta. Y si todos los accionistas minoritarios votaban a favor de la oferta de Porter junto con el trust, solo sumarían el sesenta por ciento, con lo

119

que no llegarían a una mayoría de dos tercios. Kat sabía que se le escapaba algo. ¿Pero el qué?

Frenó para salir del asfalto liso y de las farolas de la calle principal. Sus ojos se adaptaron lentamente a la calle poco iluminada, pues además al Toyota Celica solo le funcionaba un faro. Abrirse paso entre los baches y surcos sin acercarse al lado que daba al río requería concentración. La lluvia golpeaba ahora el parabrisas con fuerza y era difícil ver más allá de dos metros delante de ella. ¿Por qué no había recogido la caja de madera en su última visita a Takahashi? Había sido un shock descubrir su cuerpo y en aquel momento no había pensado en la caja.

Ahora se daba cuenta de que probablemente era la única prueba que podría conseguir sobre el origen de los diamantes. Quienquiera que plantara aquellos diamantes en Mystic Lake estaba relacionado con el dinero robado, y probablemente también con los asesinatos de Takahashi y Braithwaite. La policía probablemente la habría confiscado ya, pero había una posibilidad de que la hubieran pasado por alto. Kat rezaba para que la caja siguiera allí.

Se inclinó hacia delante, esforzándose por ver el camino de entrada de Takahashi a través de la lluvia torrencial. Los limpiaparabrisas limpiaron un segundo el cristal y vio que tenía el camino delante. Giró el volante a la izquierda con fuerza, esquivando por los pelos un baño de barro. Entró en el camino de la entrada y aparcó al lado de la casa. Paró el motor y permaneció sentada hasta que su corazón dejó de latir con fuerza.

Agarró la linterna y se dirigió a la puerta de atrás. El golpeteo rítmico de las gotas que caían del canalón y formaban charcos en el camino, era lo único que rompía el silencio. No había ladridos de perros ni policías ni cordones policiales que rodearan la escena del crimen. Kat se preguntó qué habría sido del perro. Hasta ese momento no había pensado en él. "Otra víctima", pensó con tristeza cuando rodeaba la parte de atrás hasta los escalones.

Ya no quedaban rastros del crimen. Las persianas estaban bajadas. A alguien que no supiera nada le parecería que los dueños se habían ido de vacaciones.

Kat subió los escalones del porche de atrás y probó la puerta. No estaba cerrada y el picaporte giró fácilmente. Entró en la parte destinada a botas y abrigos y alumbró con la linterna el estante de madera situado encima de los ganchos para colgar abrigos. Contuvo el aliento, casi con miedo de mirar. La caja seguía allí, aparentemente intacta. La tomó con manos temblorosas y abrió la tapa. Los tres diamantes de Mystic Lake que le había mostrado Takahashi en su primera visita estaban todavía allí. Uno de la chimenea original y dos de la nueva.

Las piedras eran la clave del misterio de la producción alterada, el único modo en el que ella podía hacerse con diamantes en bruto sin dar explicaciones. Ellos probarían o anularían la teoría de la producción falsificada y, sin pruebas, ella no tenía credibilidad. Kat tocó las piedras, sorprendida por su buena suerte.

Tenía que llevárselas. Era el único modo de conseguir diamantes para analizar. Se dijo que aquello no era robar. El propio Takahashi había dicho que allí pasaba algo extraño y, ahora que estaba muerto, le tocaba a ella demostrarlo.

Cuando regresó al calor de la calefacción del automóvil, depositó las piedras de casa de Takahashi en el asiento del acompañante y salió marcha atrás del camino de la entrada, con cuidado de evitar la zanja a ambos lados.

Se guio por la luz del único faro que le funcionaba para buscar la línea central de la carretera. Los limpiaparabrisas recorrían el cristal, dejando partes borrosas donde se habían desgastado. ¿Por qué no los había cambiado ya? Tenía suerte de que no hubiera más tráfico por allí.

Diez minutos después, estaba a punto de salir a la carretera principal cuando un vehículo apareció detrás de ella. A juzgar por las luces que veía Kat en el espejo retrovisor, iba muy deprisa. Ella frenó, momentáneamente cegada, y ajustó el espejo.

Demasiada velocidad con aquel tiempo.

Pero no había sitio para apartarse.

Las luces aparecieron de nuevo a la vista cuando el vehículo se acercó. A juzgar por la altura de los faros, era un camión. Y la seguía de cerca.

Kat aceleró para intentar aumentar la distancia entre el Celica y el camión. Miró el cuentakilómetros. Superaba en veinte kilómetros el límite permitido y en condiciones climatológicas adversas. No era lo ideal, pero la carretera principal, con sus farolas, estaba a solo un minuto. Allí podría hacerse a un lado y dejar pasar a aquel idiota.

Volvió a pensar en los diamantes. ¿Por qué no los había hecho analizar Takahashi si tenía muestras? ¿O sí lo había hecho? Los tomó del asiento del acompañante y se los guardó en el bolsillo.

De pronto el interior del Celica quedó iluminado como si fuera de día. Aquel idiota la iba a golpear por detrás. Volvió a acelerar, pero apenas pudo pasar bien la curva de la carretera. Iba a treinta kilómetros más del límite de velocidad y no veía más de dos metros delante de ella.

Apretó el volante y sintió los dedos tensos mientras se concentraba en la carretera, intentando anticipar las curvas de aquel camino desconocido.

El interior del vehículo volvió a quedarse oscuro.

Entonces la golpeó el camión.

Kat frenó con el pie, pero las cuatro ruedas se bloquearon cuando sintió el impacto del camión. Su vehículo cruzó la línea central y se colocó de lado. Ella giró el volante a la derecha, pero era demasiado tarde. Cuando el Celica se salió de la carretera, vio alejarse las luces rojas traseras de un camión oscuro de tres toneladas.

CAPÍTULO 23

*E*l impacto fue explosivo. Kat se esforzaba por entender lo que ocurría. El automóvil mantenía un equilibrio precario en el arcén, que caía hacia el río. El lado del conductor se inclinaba peligrosamente. Ella se pasó al lado del acompañante, agarrando todavía el volante con fuerza con las manos. Giró con pánico hacia el muelle, con la esperanza de ganar algo de suelo y detener el automóvil antes de que cayera al agua. No sirvió de nada.

El estómago le dio un vuelco cuando el Celica se deslizó por la superficie húmeda de madera, giró de lado y cayó por el borde. Luego oscuridad. Solo negrura y el ruido del agua a su alrededor cuando el automóvil se hundió en el agua helada del río. El vehículo flotó un momento y empezó a hundirse a medida que el motor lo empujaba hacia abajo, con el morro por delante, al silencio del agua fangosa.

Kat se debatió con el cinturón de seguridad, pero el cierre se había atascado. El agua entró en su zapato izquierdo y ella seguía intentando soltarse sin conseguirlo. Una sensación de pánico la envolvió.

Nadie sabía que estaba allí. ¿La encontrarían a tiempo? Intentó pensar con calma lo que podía hacer. El agua fría producía ya algunos efectos, le adormecía las manos y hacía que fuera más difícil manipular el cierre del cinturón. El corazón le latía con fuerza en el pecho. Moriría en el agua helada a menos que pudiera concentrarse lo suficiente para soltar el cinturón. Se dijo que debía calmarse y volvió a probar el cierre una vez más. Por fin se soltó.

El agua le llegaba ya casi a las rodillas. Kat intentó abrir la puerta, pero no cedió. Luchó contra el pánico. Si no conseguía pensar con claridad, no saldría nunca de allí. El agua helada resultaba paralizante, hacía que fuera difícil mover los brazos y las piernas. Tenía los pantalones mojados y el interior del vehículo se llenaría de agua en cuestión de minutos.

Todavía quedaba aire dentro, pero el nivel del agua subía lentamente. Ya le llegaba a la cintura y el agua fría se la iba tragando despacio. Golpeó con furia la puerta, pero el agua que la rodeaba le impedía usar mucha fuerza.

De pronto lo entendió. Había mucha más agua por fuera, y creaba tanta presión contra el interior, que sería imposible poder abrirla de una patada. A menos que la presión de dentro se equiparara a la de fuera. Eso no ocurría porque el interior estaba todavía parcialmente lleno de aire. Solo podría abrir la puerta si esperaba. Tendría que esperar a que hubiera más agua en el coche y volver a probar.

Se movió al asiento de atrás, que estaba ahora en un ángulo de cuarenta y cinco grados con el agua. La bolsa de aire de la parte de atrás le conseguiría algo de tiempo, pero solo unos minutos como máximo. Vaciló. Podía acabar atrapada en la parte de atrás del auto. Aun así, era su única esperanza de conseguir salir finalmente.

El agua llegaba a la parte de arriba de los asientos y ella tenía que estirar el cuello para dejar la cabeza fuera de la línea del agua. El agua fría la envolvía y hacía que le resultara imposible expandir el pecho lo suficiente para tomar aire.

El automóvil quedaría sumergido por completo en menos de un minuto. Ella tocó el control de las ventanillas, pero maldijo en silencio cuando comprendió que las ventanillas eléctricas no funcionaban en el agua. Maniobró su cuerpo de costado y preparó la pierna para golpear la ventanilla con una patada, pero en lugar de fuerza, sintió una insensibilidad fría en las piernas. Estaba demasiado débil. Cuando se preparaba para un segundo intento, la envolvió por fin la oscuridad al tragarse el agua fría la última bolsa de aire.

CAPÍTULO 24

*A*lguien la llamaba. Una voz, débil todavía, que crecía en volumen y en proximidad. Ella se concentró en la luz que parpadeaba en la distancia. El dolor atravesó su cuerpo cuando intentó avanzar hacia allí. Empezó en la cabeza, bajó por su espalda y después por la pierna derecha, hasta los dedos de los pies, como una sacudida eléctrica. El dolor hacía que le palpitara cada centímetro de su cuerpo. ¿Dolor? Eso significaba que no estaba muerta después de todo. Y si no estaba muerta, ¿dónde estaba?

—Kat, ¿me oyes?

La voz sonaba ahora más cerca y Kat abrió los ojos lentamente. Harry y Jace se inclinaban sobre ella, que enfocaba y desenfocaba alternativamente sus caras. Estaba tumbada en una cama con barandillas laterales y en una habitación gris apagada. Los únicos otros muebles que podía ver eran una silla y un carrito con ruedas con platos de plástico encima.

—¿Dónde estoy? ¿Qué hora es?

Intentó sentarse y la invadió una ola de náusea. Todo lo de la habitación empezó a girar. La cabeza le dolió con fuerza cuando intentó volver a enfocar a Harry y Jace. Hizo una mueca y dejó caer la cabeza sobre la almohada. Entonces recordó el accidente del vehículo y que se había hundido en el agua helada del río Fraser.

—Estás en el hospital, Kat. Son las diez y media y el doctor ha dicho que no te muevas todavía. —Harry le tocó el hombro con gentileza—. Relájate y vuelve a dormir. Te sentirás mejor.

¿Las diez y media? ¿De la mañana? La envolvió el pánico. Tenía que llevarle las piedras a Cindy para que las analizaran y tenía muchas más cosas que hacer, como buscar la conexión libanesa de Bancroft Richardson. La absorción hostil de Porter añadía también una dimensión totalmente nueva a los sucesos extraños que ocurrían en Liberty, y el plazo límite que le había dado Nick para encontrar el dinero se acercaba rápidamente.

No había tiempo que perder. Tenía que salir de aquel hospital enseguida.

—Tengo que irme. Tengo que trabajar y…

—Tú no irás a ninguna parte, jovencita. —La voz de su tío Harry adoptó un tono de regañina—. El doctor ha dicho que necesitan al menos veinticuatro horas más antes de pensar en darte el alta. Tienes una conmoción, costillas magulladas y muchos otros cortes y arañazos. ¿Se puede saber qué te pasó? La policía dice que te quedaste dormida al volante. ¿Recuerdas algo de anoche?

—¿Qué? Yo no me quedé dormida. Me echaron de la carretera —repuso Kat, ultrajada—. Yo iba conduciendo por la carretera del río cuando apareció un camión grande detrás y me golpeó y…

—¿Te golpeó un camión? —preguntó Harry.

—Eso es lo que he dicho. Un camión.

—¿Cómo sabías que era un camión? ¿No estaba oscuro?

—Lo vi. ¿Quieres hacer el favor de dejarme terminar? —Kat buscó el botón de control de la cama con la mano derecha. Cuando al fin lo encontró, lo pulsó para poder alzar la cabeza.

—Está bien, está bien. Continúa.

—Cuando giré, el vehículo perdió el control y cayó al río. Lo último que recuerdo es que estaba atrapada dentro del coche y que este se hundía.

—¿Viste al conductor? —preguntó Harry.

—No. Solo vi los faros en el espejo retrovisor. —Kat recordó el momento antes del choque. El interior del Celica se iluminó momentáneamente con los faros del camión y después quedó atrapada por el cinturón de seguridad mientras el vehículo caía desde el muelle. Se estremeció.

—¿Estás segura, Kat? El testigo dijo que no había nadie más allí. El impacto debió de ser por golpear el muelle antes de caer al agua.

—¿Qué testigo? ¿El camionero?

—Un taxista —contestó Jace.

—No había ningún camionero —dijo Harry.

—¿No me crees? Tío Harry, te digo que me echaron de la carretera. —Kat alzó la voz con frustración—. Tú no estabas allí, yo sí.

—No dudo de que tú creas que pasó así, Kat. Es fácil equivocarse cuando estás cansada.

—Yo sé lo que pasó. Verás las pruebas en mi automóvil.

—Tu automóvil está en el río. La policía ni siquiera está segura de poder sacarlo.

—Tienes mucha suerte, Kat —intervino Jace—. El taxista iba en dirección contraria cuando te vio salir de la carretera.

—Pero allí no había nadie más. Nadie —contestó ella.

—Él fue el que llamó a la policía. Dijo que ibas haciendo eses por la carretera. Como si estuvieras borracha. Eso es lo que dicen que pasa con la privación de sueño. Es igual que conducir ebrio y...

—Os digo que me echaron de la carretera. Era un camión grande. No sé cómo alguien podría no verlo. Intentaron matarme. —Kat se incorporó sentada, pero volvió a tumbarse rápidamente cuando otra puñalada de dolor asaltó su cuerpo.

Miró a Jace y notó que se sonrojaba de furia.

—Tenías razón en lo de Buddy. Alguien quiere impedirme que escarbe en lo que ocurre en Liberty.

—Quizá sea hora de dejarlo, Kat —repuso él—. Si alguien de verdad quiere matarte, no vale la pena el riesgo.

—No puedo dejarlo. Estoy muy cerca de encontrar a Bryant y el dinero y descubrir el fraude en Mystic Lake. Tengo que volver a la oficina.

Entonces se dio cuenta, con horror, de que alguien que se tomara la molestia de echarla de la carretera debía saber lo que había descubierto. Que sabía que falsificaban la producción. Y ese alguien llegaría hasta donde hiciera falta para destruirlas a ella y las pruebas que lo incriminaban.

—Deja que vaya yo. Te traeré lo que quieras —insistió Harry.

—No, tú no lo entiendes. Tengo que pararlos antes de que destruyan el rastro de papel.

—Kat, tú no vas a salir del hospital. El doctor y la enfermera han dicho que no. Deja que vaya Harry. —Jace acercó el carrito de ruedas a la cama—. Y tú desayuna algo.

—De acuerdo —dijo Kat.

Recitó una lista de carpetas que quería que le llevara Harry, junto con su ordenador portátil. Pedirle a Harry que hiciera otra cosa que no fuera contestar al teléfono y archivar, era una invitación al desastre. Pero por otra parte, él era el único que podría encontrar las carpetas con su disparatado sistema de archivar. Kat mordisqueó una tostada. Estaba fría y blanda.

Encontrar ese día el dinero también sería imposible estando atrapada en el hospital. Aunque fuera capaz de rastrear la conexión libanesa, los bancos cerrarían antes de que lo hiciera.

—Esto es increíble —dijo—. Por fin consigo un cliente importante y, cuando empiezo a hacer progresos en la resolución del caso, intentan matarme. Me he quedado sin auto. No tengo dinero para comprar otro, que necesito desesperadamente, y ahora me retienen prisionera en un hospital. El ladrón al que persigo probablemente estará destruyendo las pruebas en este momento y nadie me cree. Y el pobre Buddy está muerto por mi culpa. Hoy es el peor día de mi vida.

—No es el peor día de tu vida, Kat —dijo Jace con gentileza.

—¿No lo es? —Kat sintió una leve chispa de esperanza.

—No, solo es el peor día de tu vida hasta este momento.

—Jace, en este momento no me caes muy bien. Eso no es muy alentador.

—Kat, solo digo que nunca sabes lo que traerá el futuro. Lo que me recuerda... hay otra nota.

—¿Eh?

Jace le tendió un papel doblado.

—Esta estaba en el porche delantero.

—No quiero verla. —Kat retiró la mano. Por su cabeza pasaban imágenes del cadáver de Buddy. Quizá Jace tenía razón. Liberty no valía todo aquello.

—Lo siento. Es distinta a la nota de Buddy. Escrita a mano, parece femenina.

Kat desdobló el papel despacio, con miedo de mirar. La letra era pequeña y precisa, pero escrita con mano temblorosa.

ABONA LAS ROSAS, cubre sus pies. La menta es penetrante. Yo lo vi hacerlo.

—¿A quién vio? —preguntó Kat.

No había visto menta en el jardín. La menta era invasiva, pero solía morir con la primera helada. Definitivamente, no era algo que requiriera atención inmediata.

—No sé, Kat. Esperaba que lo supieras tú.

Ella no lo sabía, y le dolía la cabeza. Notaba que la pesadez del sueño se apoderaba de ella una vez más. Pero antes de dormirse, vio a Jace inclinarse sobre ella y besarla en la frente. Eso fue lo último que sintió cuando descendía de nuevo al sueño profundo de la inconsciencia.

CAPÍTULO 25

*K*at despertó con un sobresalto, con la sensación ya familiar de pánico envolviéndola. Intentó liberar las piernas, pero no pudo. En cuestión de segundos lo recordó todo.

Se estremeció. El accidente, el hospital y la cama en la que todavía yacía. Suspiró de alivio y abrió los ojos. Tenía los pies atrapados bajo la sábana, no estaban luchando por romper la ventanilla del Celica. Aparte de eso, las últimas veinticuatro horas estaban borrosas en su mente.

La luz del sol entraba por la ventana y se posaba en el suelo, capturando motas de polvo a su paso y sacando brillo al color beige apagado de las paredes del hospital. Del pasillo llegaban voces y ruidos de pasos, o la conversación de enfermeras que hablaban del fin de semana. Kat hizo un cálculo mental. El lunes por la noche había ido a casa de Takahashi y volvía a ser por la mañana. Debía de ser martes. El tiempo corría y cuanto antes saliera de allí, mejor. Miró la mesilla de noche. Su ordenador portátil estaba allí. Harry le había llevado lo que le había prometido.

Se dio la vuelta y reprimió un gemido cuando un espasmo le atravesó las costillas. Abrió el cajón de la mesilla en busca de su teléfono. Estaba allí, junto con algunos recibos todavía húmedos, su reloj y un puñado de monedas. Seguramente era lo que llevaba en los bolsillos cuando la sacaron del coche.

De pronto se acordó. ¡Los diamantes! ¿Dónde estaban? ¿Se habían perdido en el impacto del golpe? En ese caso, las piedras de Takahashi estaban perdidas para siempre. A Kat se le encogió el estómago. Los diamantes eran su última oportunidad. Debían de estar en el río, junto con el vehículo y su contenido, imposibles de recuperar. ¿Cómo iba a conseguir ahora diamantes de Liberty para analizar su autenticidad? Ese era el único modo de poder probar su teoría de la alteración de la producción.

Pulsó el teclado del teléfono. No funcionaba. El agua lo había estropeado. El teléfono se podía reemplazar, pero los diamantes no.

Deslizó las piernas por el lateral de la cama y utilizó los brazos para incorporarse sentada. Hizo una mueca de dolor. La cabeza le palpitaba cuando consiguió sentarse. Se tocó la frente y notó un bulto grande. Se enderezó, pero otro latigazo de dolor la obligó a doblarse de nuevo. Solo quería volver a tumbarse hasta que remitiera el dolor. Pero eso no era una opción. Se le acababa el tiempo y tenía que encontrar algunos diamantes de Liberty.

Se movió por la habitación con el camisón del hospital y zapatillas, buscando sus demás posesiones. ¿Dónde estaba su ropa? Tenía que estar por allí. Un ramalazo de dolor la obligó a doblarse en dos, pero siguió mirando a su alrededor en busca de sus pertenencias. Detrás de la cama había un pequeño armario que no había visto antes. Allí estaban los pantalones vaqueros y la camisa que llevaba cuando ocurrió el accidente. Registró los bolsillos, esperando contra toda esperanza encontrar los diamantes. No fue así.

Tampoco había zapatos. Así que estaba atrapada en el hospital por el momento, al menos hasta que pudiera encontrar calzado y recuperar alguna movilidad. Otro ramalazo de dolor le subió por la espalda y regresó a la cama agotada.

Encendió el ordenador y abrió su email. Revisó los mensajes, borrando ofertas de vacaciones gratuitas, medicinas baratas y dinero de banqueros nigerianos. El único email interesante era de Susan

Sullivan, de Liberty y llevaba fecha del día anterior. Lo abrió y se quedó paralizada cuando leyó lo que había en la pantalla.

Tres frases en blanco y negro que decían que ya no necesitaban sus servicios.

¿Qué demonios ocurría allí? Susan no había dicho nada de despedirla en su último encuentro. De hecho, le había contado algunas cosas de Nick. Aquello tenía que ser un error. Llamaría a Susan y lo aclararía todo.

Se volvió incorporar y salió de la cama de nuevo. Cuando se puso de pie, se revisó mentalmente. El dolor era tolerable siempre que se moviera despacio. Se puso las zapatillas del hospital y salió al pasillo, con la sensación de ser un preso fugitivo. Evitó mirar a nadie a los ojos y pasó por delante del mostrador de enfermeras. Por suerte, estas seguían enfrascadas en su conversación y no se fijaron en ella. Tenía que encontrar un teléfono público.

Por fin encontró uno en la puerta de Urgencias, al lado del aparcamiento. Un grupo de fumadores, algunos con suero enganchado y otros aparatos, la miraron con curiosidad. Al parecer, iba poco vestida para el clima. No hizo caso de las miradas, introdujo una moneda en la ranura y marcó el número de Susan. Decidió no decirle desde donde llamaba.

—Susan Sullivan.

—Hola. Soy Kat. Sé que me has retirado del caso, pero hay algo de lo que tengo que hablarte. Es importante.

Hubo una larga pausa al otro lado.

—Kat, siento que no haya salido bien. De verdad que sí. Tengo que dejarte. En este momento tengo mucho trabajo con lo de esa absorción.

—Pero Susan, el dinero es solo una parte de lo que pasa. Hay algo que debes saber de Mystic Lake.

—Sinceramente, Kat, ahora no tengo tiempo de escuchar una de tus teorías infundadas que puede que tengan algo que ver con el dinero desaparecido o puede que no. Ahora que le hemos seguido el rastro al dinero hasta Líbano deberíamos ser capaces de recuperarlo. Tengo que dejarte. Adiós.

Kat suspiró. Era ella la que había seguido el rastro del dinero hasta Líbano, no Susan ni ninguna otra persona de Liberty. Con la ayuda de Jace, por supuesto, pero Susan no sabía eso. ¡Qué conveniente para ella atribuirse el mérito por algo que no había hecho!

—Susan, por favor. No me cuelgues —casi gritó Kat en el teléfono. Una mujer obesa del grupo de fumadores se calló en mitad de una frase y la miró como si fuera una lunática—. Tienes que examinar tu anillo, Susan. El diamante no es de Mystic Lake. Puedo probarlo. Alguien está aumentando la producción de esa mina con diamantes ilegales.

—Kat, eso es una locura. Por supuesto que salió de Mystic Lake. Fue una de las primeras piedras que salió de esa chimenea. Sinceramente, no sé de lo que hablas. Y tengo que dejarte.

Kat decidió lanzarse al vacío. Le era imposible probarlo sin analizar el anillo de Susan, pero no tenía elección.

—Susan, el diamante de tu anillo es de una mina de África. Tengo los análisis que lo prueban.

Al otro lado de la línea hubo un silencio, seguido de un clic. Susan había colgado.

Kat desanduvo el pasillo, con las magulladas costillas doliéndole a cada paso. La sensación de urgencia había sido reemplazada por otra de desaliento. Técnicamente, había hecho lo que le había encargado que hiciera, aunque el dinero no hubiera vuelto a Liberty todavía. Olvidarse de Susan y de Liberty debería ser un alivio para ella. Encontraría un cliente menos problemático por el que no tuviera que arriesgar su vida. Y tendría tiempo de ayudar a Jace a preparar la casa para venderla.

Pero si seguía viva, era por pura suerte. Quienquiera que estuviera detrás de su accidente era también responsable de los asesinatos de Takahashi, Braithwaite y posiblemente Buddy. Les debía a ellos encontrar a su asesino. Los miles de millones que había en juego implicaban que no se detendrían ante nada y quizá todavía quisieran silenciarla aunque la hubieran despedido. Alguien tenía que capturarlos y asegurarse de que se hiciera justicia. ¿Susan era tan corta de vista que no podía ver eso o era cómplice de la estafa?

Cuando volvió, las enfermeras no estaban a la vista. Entró en su habitación, donde fue recibida por su tía Elsie y un olor extraño que le costó un poco identificar. Sándalo.

—Tía Elsie, no puedes quemar incienso aquí. Apágalo.

—No puedo, querida. Cuando empieza a arder, tienes que dejarlo que se queme del todo.

Su tía Elsie se levantó de la silla y caminó hacia ella, agitando la varita de incienso por el aire. Llevaba una chaqueta de brocado de color turquesa con un dibujo de crisantemos bordados, fiel a la moda oriental que le gustaba llevar últimamente. Un sencillo vestido negro y unos zapatos de tacón bajo completaban el conjunto. Era la única área de su vida en la que se mostraba práctica, a la hora de mezclar hallazgos de tiendas *vintage* baratas con prendas de armario básicas. Sostenía que cualquier pensionista podía vestir muy bien.

—Pero esto es un hospital. No puedes quemar cosas. Tíralo en el lavabo del baño. Ponlo debajo del grifo. —Kat tenía ya bastantes problemas sin tener que pelearse con el personal médico. Al menos en el hospital no intentaban matarla.

Elsie la miró con expresión dolida.

—Lo siento, Kat. Solo intento darle a esto un poco de ambiente. Este lugar es muy frío e institucional. No soy una maestra de Feng Shui, pero a esta habitación le falta algo. El incienso le añade calidez. Y toma un poco de té.

En la mesilla de noche había dos tazas de porcelana de china con Earl Grey recién hecho. Kat decidió no preguntar cómo se las había arreglado su tía para preparar aquello.

—Querida, no tenía ni idea de que la contabilidad fuera algo tan peligroso. Deberías haberte hecho enfermera como yo.

—Espera un momento, tía Elsie, ¿a tu convoy no le pusieron una emboscada en África? —Elsie había sido instructora de enfermería con la UNESCO antes de casarse con Harry.

—Bueno, sí, pero al menos sabes con quién tratas.

Kat no comprendía qué diferencia podía haber entre que te disparara alguien que conocías o lo hiciera un extraño, pero decidió no buscarle la lógica a aquello.

—Tía Elsie, tú estuviste en Sierra Leona en los años cincuenta. ¿Había ya minas de diamantes entonces? —Elsie había trabajado allí antes de conocer a Harry y casarse con él.

—Sí, querida. ¿No te he dicho nunca que Claude era comerciante de diamantes?

—¿De verdad?

Claude había sido novio de Elsie antes que Harry. Kat había oído hablar de él en alguna ocasión, pero siempre había asumido que trabajaba también para la UNESCO.

—Compraba diamantes en bruto y los vendía a talleres de Antwerp. Se ganaba la vida como intermediario.

—¿De dónde los sacaba? —Kat tragó con fuerza porque el té caliente le quemó el paladar. Estaba tan distraída con la conversación que no había prestado atención a lo que bebía.

—A veces de las minas, pero principalmente de mineros individuales. En Sierra Leona hay muchas operaciones de un hombre solo, o al menos las había entonces. La mayoría de los diamantes los encontraban en los lechos de los ríos. A eso lo llaman depósitos aluviales. Bien, pues Claude tenía un buen negocio. Él proporcionaba un mercado a los mineros y ellos le suministraban el producto. ¿Nunca te he mostrado el anillo de diamantes que me regaló?

—No. Estoy segura de que es bonito, pero lo que necesito saber es si...

—Oh, Kat, es precioso. Un día será tuyo. Es un diamante amarillo de un quilate del distrito de Kono, en Sierra Leona. Claude me lo regaló justo antes de que le dispararan.

—¿Le dispararon? ¿Quién le disparó?

—Un capitán del ejército. Quería una parte, como todos los demás. Claude se negó y lo mató.

—¿Lo mató? ¿Qué hiciste tú?

Elsie se secó una lágrima.

—Yo no podía hacer nada. Entonces fue cuando regresé a casa.

—¿Claude era legal? ¿Era parte del comercio legal o del mercado negro?

—En aquel entonces, todo el mundo era un poco de ambas cosas.

No había las regulaciones que hay ahora. Y no había tampoco un mercado negro en sí. Todo circulaba por los mismos canales. Podía ser extraído por la compañía minera durante el día o por operarios nocturnos que sobornaban a los guardias para colarse en la mina por la noche. Nadie pensaba en eso como hoy en día. Yo también tengo algunos diamantes en bruto. De hecho, son igualitos que tus piedras.

—¿Mis piedras?

—Ya sabes, las que llevabas ayer contigo. Iguales que esas.

—¿Tú sabes lo de mis piedras? —A Kat se le aceleró el corazón. Quizá todavía había esperanza después de todo—. ¿Sabes dónde están?

—Por supuesto, querida. Las tengo yo. Ya sabes cómo son los hospitales. Dejas algo por aquí y, cuando quieres darte cuenta, ha desaparecido. Decidí guardarlos yo.

—Oh, tía Elsie. No tienes ni idea de lo importante que es esto. ¿Puedes dármelos ahora?

—Sí, querida. En cuanto salgas del hospital y estés en casa, te los daré. ¿Pero dónde los puse? ¿En la caja de seguridad o en mi joyero? Ahora no lo recuerdo.

—Piénsalo, tía Elsie. Por favor. Es muy importante.

—Lo pensaré. Lo recordaré. Puede que tarde unos días, pero me acordaré. Cuando se llega a mi edad, las cosas se vuelven un poco más lentas. Pero lo recordaré, ya lo verás.

En contra de su buen criterio, Kat decidió mezclar un poco más todavía a Jace y a su tío Harry. Tenía que hacerle llegar los diamantes a Cindy lo antes posible. Su futuro dependía de ello.

CAPÍTULO 26

$\mathcal{K}$at había salido del hospital el día anterior, pero le parecía que hacía más tiempo. Había empezado a tomarle cariño a la casa de Verna. Tina ronroneaba a su lado y en la cocina, limpia y recién pintaba, había un frigorífico lleno de comida, gracias a Jace.

En la encimera había tazones llenos de azúcar, harina y otros ingredientes, incluido ese artículo básico de la cocina francesa, la mantequilla. Todos los platos, utensilios y centímetros de encimera estaban siendo utilizados, pero el diseño de la cocina evitaba que hubiera una sensación de caos.

Kat había encontrado recetas de Verna cuando limpiaba los armarios el lunes y había elegido algunas para el menú francés que iba a preparar. Kat y Cindy habían planeado esa cena semanas atrás, antes de lo de Liberty Diamond Mines, y antes de que la primera perdiera su apartamento y ganara la casa de Verna. Era parte de su multifacético plan de entrenamiento para el maratón de París: hacer todo lo que hacían los franceses en las semanas previas a la carrera. Todo, claro, excepto fumar Gitanes o comer caracoles.

Kat había buscado a Verna en Google, pero no había encontrado nada sobre la mujer que, a juzgar por su casa, habría podido competir con la mismísima Martha Stewart. Jace tampoco había averiguado gran cosa con los vecinos, pues la casa ya estaba vacía cuando habían llegado ellos dos años atrás.

Las coleccionistas de porcelana de Limoges y libros de cocina de Julia Child no desaparecían sin dejar rastro ni perdían sus casas en subastas del Ayuntamiento. Las coleccionistas tenían demasiado equipaje. Comprar la casa en una venta por impuestos podía ser legal, pero producía la sensación de que le robaban la existencia a alguien. Sin conocer las razones de Verna para desaparecer, Kat no podía hacer otra cosa que atesorar la porcelana de china, el cristal Baccarat y los muebles de un siglo de antigüedad como una guardiana temporal. No podían vender la casa con todos esos tesoros dentro, ¿pero qué hacer? Kat decidió buscarles hogares buenos, como si se tratara de una camada de gatitos.

El temporizador de huevo vibró (el reloj de la cocina ya no funcionaba) y Kat se puso manoplas de horno. Hacía varias cosas a la vez. Tenía un suflé esperando entrar en el horno en cuanto saliera la sopa francesa de cebolla. Una ensalada variada recién cortada esperaba pacientemente su aliño de vinagreta. Kat probó la sopa y volvió a poner diez minutos más en el temporizador.

Cindy llegaría en cualquier momento. Para Kat, entrenar para el maratón implicaba que cada momento que pasaba despierta lo empleaba en pensar en comida, comprar comida o prepararla. Por supuesto, el hecho de que la hubieran despedido de Liberty le daba libertad para hacer aquello y ese día no le importaba nada esforzarse. Se había terminado la comida de hospital aplastada en una masa uniforme. Morir de hambre era mejor que aquella pasta insípida.

Seguía esperando sacar la sopa de cebolla del horno cuando entró Cindy por la puerta de atrás. Kat alzó la vista justo a tiempo de ver a Tina salir disparada por la puerta antes de que se cerrara. Miró los brazos de Cindy, que llegaba cargada de regalos. Una baguette, una botella de Pinot Gris y una caja de pastelería que tenía todo el aire de llevar un postre sabroso en su interior.

—Mmm, huele de maravilla, Kat —dijo Cindy, abrazándola—. Te encuentro muy bien. ¿Has recuperado tu auto?

—No. La compañía de seguros dice que pueden pasar semanas, quizá incluso meses, hasta que puedan sacarlo del río. Así que, además de sin trabajo, ahora también estoy sin vehículo.

Cindy dejó las bolsas en la encimera y se comió un champiñón relleno.

—Están deliciosos. —Se metió otro en la boca—. En cualquier caso, es más barato no conducir. No tienes que pagar gasolina, revisiones ni lavado de coches. Puedes ir corriendo a todas partes.

—Eso es muy poco práctico, Cindy. No puedo presentarme en los sitios empapada en sudor. Además, correr me abre más el apetito. Y me gasto en comida tanto como antes en gasolina.

—¿Por qué siempre tienes que hacer un análisis de coste-beneficio de todo? Al menos ayudarías al medio ambiente. ¿Dónde está Jace?

—Ha salido de rescate. Anoche desapareció un esquiador de fondo en el monte Seymour. Lo llamaron a las cuatro de la mañana, cuando una patrulla encontró el coche del esquiador todavía en el aparcamiento.

Jace era miembro del equipo de Búsqueda y Rescate de North Shore. Las llamadas siempre llegaban o muy tarde por la noche, cuando la familia y los amigos denunciaban la desaparición de alguien, o por la mañana temprano, cuando la patrulla de esquí veía que el coche seguía en el aparcamiento.

—¿Cuándo volverá?

—No lo sé. No ha llamado, así que dudo de que vuelva a tiempo para la cena.

Una búsqueda podía durar desde unas cuantas horas a varios días. Hasta los montañeros y esquiadores experimentados subestimaban el campo de North Shore, ya que su proximidad a la ciudad solía hacer que se confiaran.

—Espero que vuelva pronto —comentó Cindy—. He oído que el riesgo de avalanchas es muy alto en este momento.

Kat no quería pensar en eso. Los miembros del Equipo de Búsqueda y Rescate a menudo se ponían en peligro para salvar a esquiadores que salían intencionadamente de los límites fijados en busca de nieve fresca. Cambió de tema.

—¿Recibiste los diamantes? —Harry tenía que habérselos entregado cuando Elsie recordara por fin su escondite especial.

—Sí, los tengo. —Cindy sacó un sobre de papel traslúcido de su bolso y se lo tendió—. Toma, quiero devolvértelos.

—No. Tienes que hacer que los analicen. Necesito probar que son diamantes sucios. Tú eres la única que puede ayudarme.

—Sin saber de dónde proceden, no. ¿Quién te los ha dado?

—Ah, bueno, puedo darte los detalles más tarde. Lo que importa es que son ilegales. Tú quieres atrapar criminales, ¿verdad? Te prometo que esto nos llevará hasta uno —dijo Kat.

Sacó la sopa de cebolla del horno y la colocó sobre una madera para que se enfriara un poco. El queso estaba fundido y tenía un agradable color marrón, igual que en la foto del libro de Betty Crocker. Kat tomó el suflé de queso y lo colocó en el horno.

—¿Y quién puede ser ese? —preguntó Cindy.

—Lo he reducido a unas cuantas personas de Liberty, pero todavía no estoy segura. Aunque sé que los diamantes no son legales. Ya sé de dónde no proceden. Tú me dirás de dónde salieron cuando tengas los análisis de laboratorio. Estoy segura de que no son de Mystic Lake.

—Pero Kat, yo no puedo llevar un puñado de diamantes y pedirles que los analicen sin darles una razón.

—Hay una razón. Tengo pruebas de que han alterado los números, han asesinado a dos personas y la siguiente era yo. ¿No basta con eso?

—¿El accidente? Harry dijo que te quedaste dormida de camino a casa.

—No del todo. Me golpeó un camión, y si sacaran mi condenado automóvil del río, los daños serían evidentes. Y antes de eso, mataron al pobre Buddy. Entonces fue cuando recibí la nota amenazadora. Tienes que ayudarme. En Liberty pasan muchas cosas, pero sin analizar los diamantes, no puedo probarlo.

Cindy suspiró.

—¿Estás segura de eso? Porque si salgo con las manos vacías, me meteré en un buen lío por malgastar recursos preciosos. Los recortes de presupuesto y todo eso. Ya sabes cómo es.

—Sé que esos diamantes no salieron de Liberty. Por lo tanto, salieron de alguna otra parte. Tú me hablaste del Proceso Kimberly y el sistema de certificación. Cada diamante tiene que tener documentada su procedencia. Según eso, estos diamantes deben de ser ilegales.

Cindy suspiró y miró a Kat con resignación mientras abría la botella de vino.

—De acuerdo, haré que los analicen. Me debes una.

—Lo sé. Pero ya verás cómo te alegras cuando capturemos al que está detrás de esta estafa.

Tina maulló a los pies de Kat. Extraño, puesto que había salido cuando llegó Cindy. Quizá había alguna ventana abierta. Tina despreciaba la comida de gato y prefería la de la gente. Kat había probado todas las marcas de comida de gato, pero Tina se ponía en huelga de hambre hasta que Kat accedía a darle de lo que comía ella. Sobre todo si era queso.

Kat rallaba un puñado de queso Gruyère para Tina cuando sonó el teléfono de Cindy. Esta dejó los diamantes en la encimera y salió al patio a contestar la llamada. Kat estaba acostumbrada a eso. El trabajo de infiltrada de su amiga implicaba que no podía dejar que nadie oyera sus conversaciones por el bien de todos los concernidos.

Kat no podía sacudirse la impresión de estar siendo observada. Miró por la ventana del patio, pero solo vio a Cindy, que hablaba por teléfono de espaldas.

Sirvió la sopa de cebolla y la llevó a la mesa. Cuando cortaba la baguette, vio movimiento por el rabillo del ojo. Cindy seguía fuera y no esperaba a Jace en un par de horas más por lo menos.

Era el inspector Platt. Estaba de pie en el umbral del comedor, observándola. ¿Cómo había entrado? Kat habría jurado que la puerta principal estaba cerrada. La de atrás estaba bloqueada por Cindy. Si no hubiera estado despierta, habría podido pensar que aquello era una pesadilla. Decidió que no tenía por qué ser amable. Aquel hombre carecía de educación.

—¿Siempre se mete en las casas sin llamar? —preguntó—. ¿Qué quiere?

—Katerina, no hay necesidad de ser antipática.

Kat lo miró. Le costaba trabajo contenerse. ¿Las había oído hablar de los diamantes?

—Dígame lo que quiere. Pregunte lo que sea. Acúseme de algo o déjeme en paz. No he hecho nada malo y estoy cansada de que me trate como a una criminal.

—Quiero que me diga la verdad. ¿Por qué volvió a la casa de Takahashi?

—¿De qué está hablando? ¿Por qué iba a volver allí?

—Dígamelo usted. Estuvo allí el lunes por la noche. La vimos.

—¿Me vieron? ¿Ahora me sigue? ¿Qué derecho tiene a acosarme así? —preguntó Kat.

En aquel momento decidió que Platt no solo le caía mal. Lo odiaba.

Cindy, alertada por las voces, miró a Kat desde el otro lado de la puerta. Kat le hizo señas de que entrara.

—Conteste a la pregunta, Katerina. ¿Por qué fue allí? —Platt se cruzó de brazos y la miró a los ojos. Obviamente, no pensaba moverse hasta que obtuviera una respuesta.

Cindy entró en la cocina, pero guardó silencio. Platt tampoco dijo nada, sino que siguió mirando a Kat, esperando su respuesta.

—Todo este interrogatorio sobre Takahashi bordea el acoso —dijo ella.

—No me iré sin una respuesta. —El inspector seguía mirándola con ojos inexpresivos.

—Tenía que ir allí. Quería comprobar una cosa.

Los diamantes. El paquetito de papel glassine seguía en la encimera, donde lo había dejado Cindy. Kat procuró no mirar hacia allí y confió en que Platt no se fijara en él.

—Vi que se guardaba algo en el bolsillo cuando salió. Allanamiento de morada y retirar propiedad sin permiso es un delito. Debería detenerla ahora mismo.

—No puede. No me llevé nada. Tenía un caramelo y me guardé el papel en el bolsillo.

—Inspector Platt, ¿Kat es sospechosa de algo? —preguntó Cindy.

—Digamos que es una persona que nos interesa. En este momento no puedo acusarla ni descartarla sin su colaboración.

—O sea que lo es.

Platt no contestó y siguió mirando a Kat, que se sentía como una rana debajo de un microscopio, de las que diseccionaban en clase de Biología.

—Inspector Platt, están matando a personas inocentes y a mí intentaron matarme el domingo. Pero eso ya lo sabe, puesto que me iban siguiendo. Yo también tengo algunas preguntas. Si me seguían, ¿por qué demonios no hicieron algo cuando me golpeó el camión y me lanzó al río?

—No la seguíamos. Vigilábamos la casa de Takahashi y la vimos llegar y marcharse. Todavía no ha contestado a mi pregunta. ¿Por qué fue allí?

—Solo quería echar un vistazo. Buscar pruebas que hubieran pasado por alto. El pobre hombre fue asesinado y ustedes se equivocan de sospechoso. Yo no soy la asesina, pero parecen creer que sí. Si no pueden hacer bien su trabajo y encontrar al asesino, entonces tengo que hacerlo yo, por la memoria de Ken. Están perdiendo mucho tiempo.

—Aparte del hecho de que está allanando una propiedad privada, usted no tiene autoridad para entrar en la escena de un crimen.

Por un segundo, Kat vio una chispa de fuego en los ojos azules fríos de Platt. Lo había enfurecido. Bien. A aquel juego podían jugar dos.

—Espero que diga la verdad, Katerina. Si se llevó algo de aquella casa, lo descubriré.

Cindy abrió la boca. Acababa de darse cuenta de la procedencia de los diamantes. La cerró con la misma rapidez y su rostro adoptó una expresión impasible. Volvía a estar enfadada. Pero guardó silencio y no aportó nada más a la conversación.

—¿Y si puedo probar que Takahashi fue asesinado por un encubrimiento en Liberty? —preguntó Kat.

—La escucho.

—Sigo trabajando en los detalles. Se lo diré cuando los tenga.

—No espere demasiado. Le daré una última oportunidad. ¿Sacó algo de esa casa? —La apariencia fría de Platt había desaparecido y tenía el rostro sonrojado. Kat decidió aprovechar aquello.

—¿Y si lo hice? ¿Qué va a hacer al respecto? —preguntó.

Cindy le lanzó una mirada de advertencia.

—La alteración de pruebas es algo que trataremos muy en serio. Aparte de que su entrada fue un allanamiento de morada, usted no puede retirar nada de la escena de un crimen.

—Eso no parecía importarle antes.

—Vamos a ser claros. Es un delito y, si lo descubro, será procesada.

—Muy bien. Pero usted debería estar investigando a todas las personas que tenían un motivo para matar a Takahashi. Fue asesinado porque hacía demasiadas preguntas.

—Hace mucho que lo despidieron de Liberty. Si estuviera relacionado con eso, lo habrían matado entonces. No intente desviar las cosas. Usted sigue siendo mi principal sospechosa.

—Hace unos meses, Liberty tenía cinco mil millones de dólares más, no afrontaba la bancarrota y no tenía un escándalo con el director financiero. Está usted en el camino equivocado y mientras usted pierde el tiempo vigilándome a mí, el asesino está libre para seguir matando. Ya ha matado a Takahashi, a Braithwaite y probablemente a Bryant. ¿Quién es el siguiente?

—Un momento. No hay pruebas que relacionen esos asesinatos. Y Bryant está desaparecido, no muerto.

—Vamos, inspector Platt. Braithwaite fue asesinado porque hablaba mucho y había una lucha de poder entre Nick Racine y él. Takahashi fue asesinado porque alguien temía que me hablara a mí de la producción falsificada de Mystic Lake. De nuevo un conflicto con alguien de Liberty. Lo obligaron a dejar su trabajo. Y a mí estuvieron a punto de matarme porque trabajo en la estafa de Liberty. Son pruebas que demuestran que todo esto está relacionado con Liberty. A Bryant lo colocaron como chivo expiatorio por el dinero desaparecido. Él no se llevó el dinero. El dinero fue un pago por los diamantes. Están usando Liberty para canalizar diamantes ilegales.

Kat no esperaba que la creyera, y él no lo hizo.

—Yo no debería estar bajo sospecha —insistió ella—. Yo estoy en peligro. ¿Alguien me lanza al río después de encontrar una nota amenazadora al lado del cuerpo muerto de mi gato? ¿Qué será lo siguiente que me suceda?

—Tenga mucho cuidado. Se está excediendo en sus atribuciones. —Platt se volvió y salió por la puerta del patio. Un olor a quemado subió desde el horno.

Kat abrió la puerta del horno y lanzó una maldición. El suflé se había quemado. Pero eso no era nada comparado con la furia de Cindy.

—¡Kat! ¿Cómo has podido hacer eso? Ahora soy cómplice de tus crímenes. No era una envoltura de caramelo. Tú robaste los diamantes de casa de Takahashi. No puedo creer que hayas hecho eso. —Cindy pinchó un champiñón con más fuerza de la necesaria y partió el palillo por la mitad.

—Lo siento. Tú sabes que no te habría metido en este lío si hubiera tenido otra opción. Cuando hayas analizado los diamantes, tendré las pruebas que necesito.

—Yo podría perder mi trabajo por esto. Si Platt se entera de que estoy mezclada, no volveré a trabajar de policía en toda mi vida.

—No, todo esto saldrá bien, ya lo verás. Espera a que lleguen los resultados. Te prometo que demostrarán que han blanqueado diamantes. Y eso hará que Platt deje de investigarme a mí y se concentre en los responsables del asesinato de Takahashi.

Kat calentó en el microondas la sopa de cebolla, que se había enfriado. Algo que probablemente sería un crimen en los libros de cocina parisina, pero que arregló el problema.

—Platt tiene fama de no rendirse nunca.

—No me digas.

—Hablo en serio. Si esto estropea su investigación de asesinato, mi carrera estará acabada.

Cindy sirvió dos copas de vino. El amigable ambiente francés de antes había desaparecido.

—Pero no hace bien su trabajo, Cindy. No se llevó esos diamantes. ¿Por qué soy yo la única que ata cabos? Si fuera un poco listo, se concentraría en la gente que tiene motivos para matar a Takahashi. Yo no tengo ninguno.

—Robo.

—¿Qué?

—Robo. Tú robaste los diamantes de su casa. Eso lo convierte en robo.

—Pero cuando analices esos diamantes...

—Kat, me estás colocando en una situación comprometida. Primero contaminas una escena de asesinato y después me das pruebas posibles de esa misma escena de asesinato, sin decirme que las has robado. Me estás incriminando. ¿Por qué debería ayudarte?

—Yo pensaba que te hacía un favor.

—¿Tú llamas favor a esto? Yo te hago un favor, salvándote el pellejo. A costa de poner el mío en peligro, si se me permite decirlo.

—Está bien. Supongo que tienes razón. Tendría que habértelo dicho. Pero estoy segura de que el análisis demostrará que son diamantes ilegales. ¿Eso no haría que yo dejara de ser sospechosa?

—No sé si haría eso. Tu ADN está por toda la casa de Takahashi. Pero añadiría otro motivo, lo que implica otros sospechosos. Aunque hay algo que Platt no parece haber tenido en cuenta.

—¿Qué?

—Me resulta raro que tú ganaras en una pelea con Takahashi.

—¿Porque soy mujer?

—Sí. Aunque seas algo más alta que Takahashi, tú no tienes la fuerza de la mayoría de los hombres en la parte superior del cuerpo. Si él estuviera luchando por su vida, dudo mucho de que perdiera contigo.

—Levanto pesas. Soy más fuerte de lo que crees.

—No te estoy criticando, solo constato un hecho. Si hubieras estado en una pelea a muerte con un cuchillo, como mínimo tendrías también algunas marcas. Me sorprende que Platt no se haya cuestionado eso. O quizá lo haya hecho. Simplemente no tiene otras pistas en este momento.

—Eso es justo lo que yo digo. Y tampoco intenta buscarlas.

—Kat, yo estoy de tu parte. Pero a veces no me gusta cómo funcionas. Sé que no eres una asesina. Dejemos el tema. Pediré que analicen los diamantes.

—¿Estás segura? Puedes retirarte cuando quieras.

—Ya no, no puedo. Analizar los diamantes es el único modo de limpiar mi nombre. Si Platt descubre que yo tenía los diamantes y no he hecho nada, seré historia.

Kat diseccionó el suflé con la esperanza de salvar algunas partes. No fue posible. Ni siquiera Tina quiso comérselo. Kat lo tiró a la basura y puso agua a hervir. Tendrían que comer sopa y queso.

—Oh, casi lo olvido —dijo Cindy. Entregó un papel doblado a Kat —. Esto estaba en el porche de atrás.

Kat lo desdobló. Estaba escrito con la misma letra que la nota que le había mostrado Jace el día anterior. Con una diferencia importante. Aquel sí iba firmado.

QUERIDOS GUARDESES,

Mi gira se ha prolongado. Por favor, sigan aquí. El jardín está bien, pero las azaleas necesitan algo de abono.

Atentamente, Verna

CAPÍTULO 27

*K*at empezaba a impacientarse. Audrey Braithwaite llegaba tres cuartos de hora tarde. El camarero se acercó y le rellenó el vaso de agua con ademán ostentoso.

—¿Sigue esperando a su amiga? —preguntó.

No iba a sacar mucha propina rellenando agua. Eran casi las once y Calisle's estaba lleno con la gente del almuerzo. El camarero estaba ansioso por entregar la mesa a un comensal más lucrativo. Kat tendría que irse pronto o pedir algo de la carísima carta.

Decidió darle unos minutos más a Audrey. Miró la comida de las mesas próximas. Mejor así. Los entrantes eran minúsculos. Aunque colocados artísticamente, los caracoles de la mesa de al lado le recordaban los que había visto esa mañana en la acera. Solo podía justificar el precio si iba a valer la pena.

Pensó en la nota del día anterior. ¿Era Verna la que escribía o era una broma pesada de alguien? La letra no parecía la de una mujer mayor, pero eso se podía falsificar. ¿Podía ser Verna la persona que había visto un día en el jardín?

Si conseguía interceptar a la persona que dejaba las notas, quizá encontraría la respuesta. Tal vez incluso averiguara más cosas de Verna y de por qué había perdido su casa en una venta por impuestos.

—Está aquí.

La voz del camarero atrajo su atención. Alzó la vista de la carta y vio al camarero insolente que se acercaba con Audrey. Su arrogancia anterior había desaparecido y ahora sonreía ampliamente mientras acompañaba a la mujer hasta la mesa, situada en la parte de atrás del restaurante. A juzgar por su modo de conversar, se conocían, lo cual no era ninguna sorpresa, ya que era Audrey la que había elegido el restaurante.

Esta parecía tener al menos sesenta años, aunque estaba bien conservada. Kat imaginó un ejército de entrenadores personales, cirujanos plásticos y demás gente a la que emplearan los ricos para comprar juventud. Al sentarse, dedicó una sonrisa blanca artificial a Kat.

—¿Qué va a ser, señora Braithwaite? ¿Lo de siempre? ¿Y usted, señorita? ¿Agua?

Audrey pidió dos *gintonics* dobles sin dar opción a Kat a protestar. Esta notaba todavía algún efecto del Pinot Gris de la noche anterior. El alcohol la atontaba y tenía que trabajar deprisa antes de que eso ocurriera. No había más remedio.

Y sentía cierto optimismo. Tal vez pudieran abrirse la una a la otra con el alcohol. Un pequeño *tête-a-tête* y quizá pudiera parar el siguiente acto criminal.

Tomó un sorbo de su vaso y estuvo a punto de vomitar. Era casi todo alcohol y era el primer contacto de Kat con la ginebra. No lo encontró placentero, pero estaba decidida a llevarse bien con Audrey costara lo que costara. Si eso implicaba beber alcohol fuerte con el estómago vacío, lo haría.

Audrey se terminó su vaso en dos tragos rápidos.

—Así que tú eres la chica que trabaja en la estafa de Bryant. He oído hablar mucho de ti.

Al parecer, no tanto como para saber que ya habían despedido a Kat. Y ella no hubiera dicho que era una "chica", pero decidió no ofenderse por el comentario. La gente más mayor siempre tendía a subestimar la edad. Era una forma de autonegación.

—Bien, dime, ¿a qué viene esto?

Kat le contó los detalles de la oferta de Porter. El camarero se acercó con otra bebida para Audrey.

—¿Y tú crees que venderle a Porter es una mala idea? —preguntó Audrey.

—Sí. Creo que se están aprovechando de ustedes. Alguien ha vendido en corto acciones de Liberty a gran escala y ha hecho caer el precio. Probablemente todo esté orquestado por las mismas personas que intentan vender Liberty a un precio muy rebajado.

—¿Porter? Pero es nuestra última oportunidad de recuperar nuestro dinero. O aceptamos la oferta por Liberty o entramos en bancarrota. Hay tantas deudas debido al robo de Bryant, que ya no tenemos elección. Las acciones casi no valen nada en este momento. ¿Qué otra cosa podemos hacer?

—No aceptar la oferta. Lo que quiere Porter es que vendan. ¿No lo entiende? Primero manipulan el precio de las acciones y ahora intentan arrebatarles la empresa. Además, Liberty ha refinanciado su deuda a corto plazo, así que no hay peligro de bancarrota, al menos en unos meses. Solo necesitamos algo más de tiempo para recuperar los cinco mil millones.

El camarero llegó con dos *gintonics* más, uno para cada una. Kat tenía todavía tres cuartos del primero. Ni el camarero ni Audrey parecían tener interés en mencionar la comida. A la joven le habría venido bien algo de pan que empapara el alcohol en su estómago. Audrey tomó un trago largo de su vaso y se echó hacia atrás.

—¿No te gusta la ginebra? —preguntó en un susurro conspirador—. Puedo decir que se la lleven si quieres.

—Ah, no. Está muy buena. Simplemente la quiero saborear.

—Bueno, hay mucha más en el local. No seas tímida —dijo Audrey.

Kat se preguntó cómo lo hacía. Era mucho más pequeña que ella y seguramente no pesaría más de cincuenta kilos. Era el estereotipo de la matrona de sociedad anoréxica de talla 36, frente a la talla 40 de Kat. Esta rezó en silencio por su hígado y volvió a beber. Ya se preocuparía de las consecuencias más tarde. Lo más importante era convencer a Audrey de que no apoyara la oferta con las acciones del trust Familia Braithwaite. Y de momento, la ginebra era el vínculo común entre las dos.

Audrey siguió hablando, ignorante del dilema de Kat con el alcohol.

—Tengo que admitir que estos asuntos empresariales me aburren. Alex siempre se ocupaba de todo. Ahora está muerto. Pero Nick me ha ayudado mucho. Eso ha sido una sorpresa, teniendo en cuenta cómo odiaba a mi hermano.

—¿De verdad? ¿Nick la ha aconsejado?

—Me dijo que no importaba mucho lo que hiciéramos, que sus acciones decidirían el destino de la empresa. Y tiene razón. Nick siempre consigue lo que quiere. Alex tuvo algunos enfrentamientos con él. Nunca se ponían de acuerdo en nada.

—¿Por qué cree que asesinaron a Alex?

—No lo sé. Mi hermano era un poco impulsivo. Tenía enemigos debido a eso. Mucha gente lo quería fuera de escena. ¿Pero asesinato? Nunca pensé que nadie llegaría tan lejos.

—¿Lo haría Nick? Ha dicho que odiaba a Alex. —Kat rozaba territorio peligroso. De hecho, no se dio cuenta de que decía lo que pensaba hasta que lo hubo dicho. Era el alcohol el que hablaba.

—¿Nick? Tiene algunos rasgos de carácter raros, pero no es un asesino. Los hombres como Nick no se ensucian las manos. Él no lo haría. Aunque sí podría encarárselo a otro. ¿El asesinato se puede delegar?

—Se puede comprar de todo si el precio es el adecuado.

Audrey le lanzó una mirada larga.

—Tú no crees que el asesinato de Alex tenga nada que ver con esta absorción, ¿verdad?

Kat veía, a través de la niebla del alcohol, que Audrey comenzaba a entenderla.

—Bueno, el momento es interesante. Yo no lo descartaría. —Kat estaba segura de que estaban relacionados, pero todavía no sabía cómo.

—Ahora que Alex ha muerto, nadie se opondrá a Nick —comentó Audrey.

—Eso parece. A menos que su trust familiar decida pararlo.

—¿Qué podemos hacer nosotros? Los demás accionistas están convencidos de que no verán ni un centavo a menos que vendan las acciones. Con esas y las de Nick hay bastantes para una absorción.

—Nick tiene razón sobre sus acciones. Él puede cambiar el voto. Pero hay algo que olvidó decirle. Aunque su trust familiar no tiene una mayoría de acciones para votar por la absorción, sí tiene bastantes para pararla. La absorción necesita una mayoría de dos tercios para prosperar. El trust tiene el treinta y cinco por ciento. Cien menos treinta y cinco nos deja un sesenta y cinco por ciento, menos de la mayoría de dos tercios, que es el sesenta y seis por ciento.

—Suficiente para parar la absorción y parar a Nick.

—Sí —dijo Kat.

Las cosas se movían en la dirección correcta. Tomó otro sorbo de ginebra. Audrey acabó lo que quedaba en su vaso y el camarero apareció de pronto y depositó dos *gintonics* más en la mesa.

—Audrey, ¿qué habría pensado Alex de vender?

—Jamás lo habría aceptado. Siempre decía que esto era solo el comienzo para Liberty y él estaba ahí para mucho tiempo. Pensaba que había mucho potencial sin explotar en el norte de Canadá y que Liberty estaba en la mejor posición para aprovecharlo. Papá también solía decir lo mismo. —Audrey se mostró pensativa un momento.

"Igual que Bryant", pensó Kat.

—Audrey, recuerde que tiene una opción. Aunque Liberty tenga dificultades económicas en este momento, eso no significa que esté todo perdido. En este momento hay un despacho de abogados que está trabajando en devolver el dinero desaparecido.

—Nick dijo que esta era nuestra última oportunidad. La Junta Directiva también ha recomendado aceptar la oferta Porter. Si la oferta no fuera razonable en estas circunstancias, no harían eso. No quiero vender la empresa de papá, pero tampoco quiero que las acciones se queden sin valor.

Kat sabía que Audrey Braithwaite no había tenido que trabajar ni un solo día en toda su vida. La riqueza le había llegado sin esfuerzo. Alex tomaba todas las decisiones y contrataba a profesionales que ejecutaban todos los detalles. Probablemente esa era la primera vez que Audrey tenía que decidir algo más complicado que el color con el que quería pintarse las uñas. Seguro que eso la asustaba.

—Usted puede pararlo, Audrey. Su hermano lo habría hecho. No tiene por qué venderle a Porter.

—¡Ojalá Alex estuviera aquí! Él sabría lo que había que hacer. Siempre hacía lo correcto, aunque fuera un poco impulsivo.

—Audrey, depende de usted. Sin su voto en contra, los demás accionistas están impotentes. No deje que Porter se aproveche de un momento de debilidad temporal.

—No sé. Quizá tenga razón. Déjeme un día para pensarlo.

El voto de los accionistas tendría lugar dos días después. Audrey se levantó de la mesa y se marchó, sin que se notara que los *gintonics* le hubieran producido algún efecto. Y sin pagar, como descubrió Kat horrorizada al darse cuenta de que le había dejado la cuenta a ella.

CAPÍTULO 28

Kat contestó el teléfono al segundo timbrazo. Era para Harry, no para ella, lo cual no tenía nada de sorprendente. Harry recibía más llamadas en la oficina que ella. Deprimente. Al oír quién llamaba, aguzó el oído.

—Espere un momento. ¿Bancroft Richardson? —Kat se levantó con tal ímpetu de la silla que derramó café encima del teclado. En ese momento no le importó. Seguramente se lo embargarían y aquello podía ser justo lo que necesitaba.

—Sí. Por favor, dígale al señor Denton que me llame en relación con su cuenta.

Kat detectó un leve tono de condescendencia en la voz de la mujer. Probablemente había asumido que hablaba con la recepcionista.

—¿Esto tiene que ver con Opal Holdings, Frannk Moretty o Liberty? —preguntó. Harry seguramente había dejado el número de la oficina para evitar ser detectado por Elsie.

Hubo un silencio en la línea.

—Me temo que sí —contestó al fin la mujer—. Necesito hablar con el señor Denton y asegurarle que estamos haciendo todo lo que podemos para resolver el problema.

—Quizá debería hablar también conmigo. Trabajo en el caso de estafa relacionado con Liberty. Podríamos intercambiar notas. —Kat no veía ningún mal en mentir. Que la hubieran despedido no significaba que no pudiera seguir trabajando en el caso por su cuenta. Podía ser la primera contable forense voluntaria del mundo.

Menos de dos horas después, estaba sentada enfrente de Rashida Devane, en el flamante despacho que esta tenía en Bancroft Richardson. Se hallaban en un rascacielos situado enfrente de Liberty. Kat habría podido ver el despacho de Susan, de no ser porque el edificio de Liberty tenía cristales ahumados.

—¿Liberty la contrató para trabajar en la estafa?

—Sí. —Técnicamente era cierto. Rashida no le había preguntado si Liberty la había despedido, así que no dijo nada de eso—. Y como ya dije por teléfono, sospecho que están manipulando el precio de las acciones.

—¿Y ahí es donde entran en juego Frank Moretti y Opal?

Kat asintió. Miró a su alrededor. Pensó que se podía decir mucho de una persona por su despacho. El de Rashida era opulento, decorado en tonos de color burdeos y madera oscura. El escritorio antiguo de caoba que había entre ellas centraba la habitación y los ventanales grandes desde el suelo hasta el techo estaban cubiertos con pesados cortinajes de damasco. Dos lámparas de suelo de Tiffany proporcionaban un brillo dorado. Si eran reales, suponían una gran inversión en luz. A la mujer le gustaba el lujo. Definitivamente, aquello era diferente al estilo ejecutivo que había visto Kat al entrar en Bancroft Richardson. Se quitó un zapato y tocó la lana suave de la alfombra bajo sus pies.

—Así es. Hábleme de las ventas —contestó.

—No puedo hablarle de las cuentas de nuestros clientes. Eso es confidencial. Pero supongo que podemos comentar los aspectos públicos del caso.

Rashida le habló del gran volumen de compras de Liberty que había hecho Frank mediante los tres fondos que manejaba, así como de los volúmenes que se habían comprado por medio de transacciones de Opal. Las últimas transacciones de los fondos habían sido compras. Opal no había comprado ni vendido nada desde una venta en corto antes de la desaparición de Bryant. Con anterioridad a eso, las transacciones de Opal y de los fondos eran idénticas. Ambos habían comprado cantidades importantes de acciones de Liberty justo antes del descubrimiento de Mystic Lake y habían vendido justo antes de la desaparición de Bryant. Esa cronología era demasiada coincidencia en opinión de Kat.

—¿Han encontrado ya sus cuentas en paraísos fiscales? —preguntó.

—¿Qué cuentas en paraísos fiscales?

—La única razón de que se arriesgara a comprar algo con lo que los fondos de inversión iban a perder mucho dinero era para subir el precio de las acciones. ¿Por qué? Para poder vender las suyas personales. —Kat apostaba por las cuentas en paraísos fiscales. No estaba segura, pero tenía que resultarle convincente a Rashida—. Sospecho que tiene mucho dinero atado en acciones de Liberty y necesitaba impedir que el precio de las acciones siguiera cayendo. Está usando una cuenta en paraísos fiscales para no ser detectado, probablemente una compañía que no estará a su nombre. Si rasga el velo corporativo, verá que esa cuenta lleva hasta Frank Moretti.

—Pero según las reglas de cumplimiento de Bancroft Richardson, tiene que comunicar todas sus inversiones. Y en la lista no aparecían cuentas en paraísos fiscales.

—Él no es exactamente un hombre honrado, como ha indicado usted. —Kat se preguntaba si la ignorancia de Rashida era genuina o estaba actuando.

—Cierto —contestó Rashida—. Asumiendo que tuviera una gran inversión en Liberty, habría estado vendiendo de su propia cuenta en el momento en el que compraba grandes cantidades para los fondos, ¿verdad?

—Creo que sí. ¿Hay algún modo de comprobarlo?

—La Comisión de Valores revisa todas las transacciones. Aun en el caso de que las suyas personales se hicieran desde fuera del país, también tendrían que pasar por la Bolsa. Deberíamos poder rastrearlas en los registros de transacciones. Aunque probablemente necesitemos una orden judicial.

—Eso no deberá ser un problema. La investigación ya está en marcha. Solo falta comprobar una cosa más. —Kat vio que Rashida sacaba una carpeta gruesa de un cajón del escritorio.

Cuando abrió la carpeta, de ella cayó una foto, que aterrizó sobre el escritorio, delante de Kat. Esta la miró sorprendida. Conocía aquella cara, aunque el estilo y el color del pelo eran distintos. Tomó la foto y se la devolvió a Rashida.

—¿Suelen guardar fotos de los ejecutivos de las empresas en las que invierten? —preguntó.

—Esa es Clara de la Cruz, secretaria de Opal Holdings. La ley nos obliga a tener fotos de los accionistas en nuestros archivos.

Kat acababa de encontrar una de las piezas grandes del puzle. Era una fotografía de Susan Sullivan.

CAPÍTULO 29

*C*uando Kat caminaba por Denman Street en dirección al supermercado, había empezado a lloviznar. Llovía lo bastante como para humedecerle la piel, pero no tanto como para usar paraguas. Eran las cuatro de la tarde y anhelaba hidratos de carbono, después de su maratón de ginebra con Audrey a la hora del almuerzo. Pasta, o incluso un gran trozo de pan francés untado con mantequilla, podrían hacer mucho por su concentración.

Había dicho a Rashida que tenía que irse porque tenía una cita y había prometido llamarla al día siguiente. Se sentía culpable por ocultar lo que había descubierto, pero no podía arriesgarse a que Rashida desenmascarara a Susan antes de que ella, Kat, tuviera un plan de acción. La conexión Susan/Clara había hecho que encajara todo. Ahora necesitaba un plan para desenmascarar a Clara sin convertirla en un riesgo de fuga. Y pensar cómo quitarse a Platt de encima y que pasara a investigar a Clara.

Abrió su teléfono y marcó el número de Jace mientras caminaba, miraba el maniquí en el escaparate de una tienda de moda y pensaba en la identidad secreta de Susan.

—¡Cuidado!

Kat no había visto al anciano. La gabardina gris que llevaba lo volvía casi invisible contra la pared de cemento. Cuando chocaron, él dejó caer el bastón, que aterrizó contra la pared, directamente debajo de un canalón que soltaba agua.

—¿Pero qué demonios le pasa a usted? —El hombre estaba también apoyado en la pared, con la cabeza calva chorreando agua. Alzó el bastón hasta la altura de la cintura y la apuntó con él—. Vaya más despacio.

Kat murmuró una disculpa y en ese momento Jace contestó la llamada. Kat le contó su descubrimiento de Susan/Clara cuando entraba en el supermercado.

—¡Vaya! ¿Cómo has dicho que se llamaba?

—Clara. Clara de la Cruz.

Kat se detuvo a agarrar una cesta de compra del supermercado. Tenía que hacerse pasar por compradora para recorrer los pasillos buscando muestras gratis. Cada centavo que ahorraba era uno menos que acumulaba intereses en su Visa. Hasta ahorrar podía ser divertido si se hacía con la actitud apropiada.

Oyó teclear a Jace al otro lado de la línea.

—Interesante. En Argentina hay una Clara de la Cruz a la que investigaron por blanqueo de dinero. Aquí hay un vínculo a un artículo. Dice que no llegaron a procesarla.

—¿Blanqueo de dinero? Eso encaja con esto.

—Hay más. Está emparentada con un gran traficante de armas argentino. Él se llama Emilio Ortega Ruiz. Es su padre.

—No hay duda de que Clara está bien relacionada. Pero no del modo que yo creía —dijo Kat, de camino a la panadería.

—Ortega controla prácticamente el tráfico en la Triple Frontera. Es el que más armas y municiones vende allí.

—¿Triple Frontera?

—En Sudamérica —explicó Jace—. Es donde se juntan las fronteras de Brasil, Paraguay y Argentina. Es un punto importante de venta de muchas cosas, desde electrónica falsificada a coches robados, la mayoría a través de Paraguay. Los brasileños y argentinos van a buscar gangas a Ciudad del Este los fines de semana, pero la mayoría de esos artículos son robados o falsificados.

—Ahora recuerdo haber oído hablar de ese lugar. También es uno de los mayores centros mundiales de espías internacionales, terroristas y criminales. —Kat sonrió a la mujer del mostrador y pinchó un trozo de pan de plátano de muestra con un palillo.

—Kat, es una gran historia. Sabía que lo era, pero no sabía que tanto.

—Aún hay más. Clara ha estado vendiendo en corto acciones de Liberty a través de Opal Holdings. Los cinco mil millones se usaron para eso justo antes de que anunciara la desaparición de Bryant. Cuando el robo se hizo público, las acciones de Liberty prácticamente carecían de valor. Entonces cerraron la operación en corto con un gran beneficio. —Kat contó a Jace lo que había descubierto con Rashida sobre las transacciones de Opal.

—¿Una directora ejecutiva que vende en corto acciones de su propia empresa?

—Sí —dijo Kat—. Opal es una tapadera. Creo que Clara y su padre están detrás de la desaparición de Bryant y del robo de los cinco mil millones. Por supuesto, las ventas en corto de Opal ocurrieron justo antes de la desaparición de Bryant. ¿Por qué otro motivo iba a bajar ella el precio de las acciones y renunciar a su bonificación?

—Tienes razón. Pierde los millones de la bonificación pero gana miles de millones vendiendo en corto.

—Así es. Cronometró esas ventas para que tuvieran lugar justo antes de anunciar el robo de Bryant, sabiendo que la noticia dejaría prácticamente sin valor las acciones. Opal vendió acciones de Liberty a casi doscientos dólares la acción antes de la noticia. Después volvió a comprarlas por unos centavos por acción y cerró la posición a corto.

—¿Cuánto calculas que ganaron?

—Rashida solo me dejó ver un trozo del documento, pero sospecho que miles de millones. Sabemos que transfirieron cinco mil millones a la cuenta de Líbano. Rashida solo dijo que Opal acabó con un gran beneficio. ¿Cuál puede ser el beneficio de cinco mil millones?

—No me extraña que Susan estuviera dispuesta a seguir dos años más —comentó Jace.

Kat se detuvo al final del pasillo de las sopas, donde habían colocado vasitos con crema de calabaza y sopa de pimiento en una bandeja de plata. Había incluso un picatoste en el centro de cada vaso. Tomó uno y se metió en la boca una porción con una de las cucharaditas de plástico que había al lado, procurando no sorber.

—¿Qué es ese ruido? —preguntó Jace.

—Ah, nada. Falta una pieza final del puzle.

—¿Cuál?

—Porter. Las empresas al borde de la quiebra como Liberty no suelen recibir ofertas de compra. ¿Por qué quiere Porter Liberty?

—El precio es bueno —razonó Jace.

—El precio es barato, ¿pero dónde está el valor? Liberty se ha quedado sin capital, está cargada de deudas y sus acciones casi no valen nada.

—Tiene que haber una explicación.

—La hay. Creo que Porter está relacionado de algún modo con Opal. Opal Holdings tenía su base en las Islas Caimán. Según la oferta circular de Porter, también esta está basada en las Caimán. Quizá eso no sea todo lo que tengan en común.

—¿Crees que Porter está controlada por Clara o su padre? ¿Por qué quieren Liberty después de haberla dejado limpia?

—Para blanquear diamantes de guerra. ¿Recuerdas los datos de la producción? Sabía que se habían inflado las cifras, pero no conseguía adivinar por qué. Los diamantes canalizados a través de Liberty se pueden pasar como legítimos. Por supuesto, el reto para Clara y su padre era conseguir pagar esos diamantes. Los cinco mil millones pagaron una parte, pero funcionó tan bien que quieren seguir haciéndolo. Comprar la empresa significa que los beneficios vuelven a ellos —contestó Kat.

Oyó más ruido de teclas al otro lado.

—Jace, por favor, dime que no estás escribiendo ya sobre esto.

—Solo es un borrador. Así es más fácil hacer el reportaje luego. No te preocupes, no irá nada al periódico todavía.

—Eso espero. No quiero espantar a Clara antes de que puedan capturarla y acusarla. Con ella todo esto adquiere una nueva luz.

—Y apoya todo lo que tú has dicho siempre. A Bryant lo acusaron en falso. ¿No te preguntabas por qué te contrató para un caso tan importante? Creo que contaba con que no pudieras encontrar el dinero desaparecido.

—Caray, Jace, gracias por el voto de confianza.

—Bueno, tú dijiste que Nick quería llamar a una de las grandes firmas de contabilidad, pero que Susan, es decir Clara, no. Solo pretendo entenderla. Primero te contrata y, cuando parece que vas a encontrar algo, te despide.

—Pues no se librará de mí tan fácilmente. Le demostraré que se equivoca.

CAPÍTULO 30

*K*at salió de la casa con cuidado de no hacer ningún ruido que pudiera despertar a Jace. Pero a juzgar por sus ronquidos, él dormía profundamente, agotado todavía después de haber pasado la noche del sábado y la del domingo en la montaña. No habían encontrado al esquiador perdido hasta la madrugada del lunes, así que se había ido a trabajar sin dormir.

Jace no aprobaría lo que iba a hacer. Tampoco lo aprobaría Harry, especialmente si sabía que iba a usar su automóvil en un delito. Pero ella no tenía muchas alternativas. Giró la llave de contacto y salió en dirección a la Autopista 99.

Viajó por la autopista en el larguísimo Lincoln de Harry. El auto era el doble de grande que el pobre Celica de Kat, pero aceleraba con suavidad y eficiencia. El banco que formaba los asientos delanteros era más grande que el sofá de ella, e igual de cómodo. Harry había comprado aquel vehículo de finales de los noventa un par de años atrás y presumía de que era un imán para las mujeres. Kat tenía sus dudas. Ninguna mujer mayor con andador iba detrás del automóvil. El Lincoln encajaría perfectamente con los residentes del geriátrico White Rock, suponiendo que hubiera alguno despierto a esa hora.

Kat iba cantando *Beyond the Sea* con Bobby Darin, en la emisora para la gente mayor, lo que le permitía olvidar por un momento la tarea que tenía entre manos. Una lluvia ligera azotaba el parabrisas. Ella avanzaba hacia el sur, siguiendo el brillo amarillo frío de las luces de sodio de la autopista.

Cuando se terminó la canción, sus pensamientos volvieron de nuevo a Liberty. Por su mente cruzaban muchas preguntas. ¿Quién era Clara de la Cruz y qué quería? Hacerse pasar por una fictica Susan Sullivan y engañar a todo el mundo durante dos años era algo impresionante. Kat no podía por menos de alegrarse de la casualidad que había llevado a su encuentro con Rashida. Era el golpe de suerte que necesitaba, y había llegado en el momento oportuno. El Lincoln entró en la rampa de salida mientras ella seguía intentando unir las piezas.

Clara representaba a Opal Holdings, la empresa que estaba en el extremo receptor del dinero desfalcado, pero, en su papel de Susan Sullivan, trabajaba también para Liberty. ¿Eso podía significar que estaba mezclada en los asesinatos? Una cosa era cierta. Según el rastro del dinero, estaba definitivamente relacionada con la desaparición de Paul Bryant.

Kat aparcó a pocas manzanas de Beachgrove Drive, al final de una calle sin salida. Harry le había prestado su auto sin hacer preguntas. Muy amable por su parte, teniendo en cuenta que el último vehículo que había conducido ella descansaba en el fondo del río Fraser. En opinión de Harry, no había conspiración. Simplemente era mala conductora.

Kat caminó por Beachgrove Drive, sintiéndose como un ninja con su chándal negro. El barrio estaba tan silencio que oía el roce de goma de las suelas de sus Adidas contra el asfalto. Miró su reloj. Eran casi las tres de la mañana. Se sentía un poco nerviosa, sola en un barrio extraño, pero si hacía aquello a una hora más temprana, incrementaría el riesgo de que la descubrieran.

Su plan era sencillo. Robar la basura de Clara y buscar pistas en ella. Sus genes de genio de la contabilidad no funcionaban bien últimamente, así que había llegado el momento de ser pragmática. No podía permitirse quedarse sentada esperando a ver qué sería lo siguiente que ocurriera.

Llegó a la esquina y miró los números de la casa. La dirección pertenecía a una casa que era la cuarta desde la esquina. Había una ventana redonda de cristal adornada con un dibujo de caracola que probablemente correspondía al rellano de la escalera interior. Delante de la casa había un largo porche envolvente con dos sillones Adirondack. Kat suponía que eran solo decoración, pues no conseguía imaginarse a Clara sentada en el porche charlando con la gente que pasaba.

La parte de atrás de la casa daba al agua. Kat se dirigió al sendero de acceso a la playa, buscando por el camino luces en el interior de las casas. No vio ninguna. Un minuto después llegó a una playa de arena y dobló la esquina. Contó cuatro casas desde el sendero de acceso. Una luz iluminaba la cocina. Desde donde estaba, no podía ver a nadie dentro. Tendría que trabajar deprisa para evitar ser detectada.

La verja de metal estaba entornada y la empujó despacio, atenta a crujidos o a algún ruido que anunciara su presencia. Caminó con cuidado por la hierba hacia la casa, pendiente de la presencia de perros que pudieran anunciar su presencia y frustrar su misión. De momento, todo iba bien. Con un poco de suerte, Susan guardaría la basura en la parte de atrás de la casa.

De pronto el jardín quedó bañado de luz. Ella saltó a un lado e intentó fundirse en las sombras del seto de cedro. Contuvo el aliento, esperando que la descubrieran. Pasaron unos segundos pero no salió nadie a investigar. Seguramente había hecho saltar un sensor de movimiento.

Divisó dos cubos metálicos de basura en el lateral de la casa. Desgraciadamente, lo mismo había hecho una familia de tres mapaches, que estaban ocupados intentando abrir la tapa de uno. Kat se acercó hasta una distancia de unos tres metros.

El más grande de los mapaches saltó hacia delante y le siseó enseñando los dientes. Kat necesitaba esa basura aunque implicara arriesgarse a que le contagiaran la rabia. Adelantó un paso y rezó para que no la mordiera. Ella era más grande que el animal y se mantuvo firme.

Siseó a su vez y agitó los brazos. El mapache no se inmutó. La miró a los ojos y le escupió, retándola a acercarse más.

De pronto la tapa de metal cayó al suelo, cuando los otros dos mapaches lograron retirarla. Aquellos bichos tenían recursos. No tenía nada de raro que no hubiera mapaches delgados.

Una voz femenina atravesó la oscuridad desde la terraza de arriba.

—¿Quién anda ahí?

Kat guardó silencio. Los mapaches también. La interrupción de la acción parecía casi un intermedio. Excepto porque no había palomitas. La voz de mujer volvió a sonar.

—¿Cariño? Hay alguien fuera.

"Cariño". Clara, en su personificación de Susan, no había mencionado ninguna pareja. Kat había asumido que una adicta al trabajo como ella viviría sola. Que no tendría novio, hijos ni casi amigos.

Se abrió la puerta y Kat oyó pasos pesados en la terraza. Tenía que moverse deprisa. Los ojos del mapache seguían centrados en los de ella, Su clan y él seguían haciendo guardia en los cubos a pesar de que ella era más grande. Kat levantó la vista. Un hombre se asomaba por la barandilla de la terraza. Su rostro quedaba en la oscuridad.

—¡Eh! ¿Qué pasa ahí abajo?

No había tiempo que perder. Kat cargó contra los mapaches y sacó la bolsa del cubo abierto. Los mapaches se dispersaron, pero no antes de que el más grande se lanzara contra su pierna. Sus garras atravesaron el pantalón de chándal de ella, que hizo una mueca de dolor y confió en que la basura compensara por la inyección del tétanos.

Se volvió y echó a correr justo cuando el hombre bajaba las escaleras. Medio trasportó medio arrastró la bolsa por el patio con el hombre corriendo hacia ella en diagonal, intentando cortarle el paso hacia la verja.

—¡Alto! ¿Qué demonios hace?

Kat se giró. La luz del sensor de movimiento le permitió ver a un hombre alto y fuerte que corría hacia ella y estaba ya a menos de diez metros. No le habría sorprendido que la persiguieran también los mapaches.

—¿Pero qué demonios…? ¡Deje eso!

A Kat se le aceleró el corazón. Llegó a la verja. Habría jurado que la había dejado abierta, pero estaba cerrada. Maldijo en voz alta y movió la manilla, pero estaba atascada. El jadeo del hombre se hizo más ruidoso detrás de ella, que se giró justo lo suficiente para ver que estaba ya muy cerca.

Golpeó la manilla con pánico y por fin se soltó. La verja se abrió justo cuando el hombre la agarraba por el cuello de la chaqueta. Ella gritó y se quitó la chaqueta mientras atravesaba la verja.

Aterrizó en la arena del otro lado e intentó correr, aunque sus pies se hundían más a cada paso que daba. Se le enganchó el dedo en un agujero del plástico, donde se había roto la bolsa. Sintió que sobresalía algo afilado, que la golpeaba al andar. La bolsa de basura no estaba hecha para tanta acción. Kat corrió tan deprisa como pudo por la arena, con la esperanza de que la bolsa aguantara hasta que llegara al coche.

Cuando dobló la esquina, se detuvo a escuchar. No oyó pasos ni jadeo, pero no se atrevió a frenar todavía. En veinte metros más estaría en el sendero de tierra que llevaba a la calle. Corrió todo lo deprisa que pudo con la bolsa, que llevaba abrazada al costado para disminuir el movimiento. Cuando llegó a la calle, vio por fin el Lincoln. Al menos el entrenamiento para el maratón le había dado velocidad suficiente para dejar atrás al hombre misterioso.

Depositó la bolsa en el asiento de atrás y puso el motor en marcha. La calle seguía vacía, no la seguía nadie. Pero no se atrevió a respirar con alivio hasta que entró en la rampa. Cuando aceleró para salir a la autopista, Frank Sinatra cantaba en la radio.

De la parte de atrás del vehículo llegaba un olor rancio a fruta pasada. Kat debatió para sí si debía abrir las ventanillas. Fuera hacía frío, pero el olor era muy fuerte, así que abrió las ventanillas y subió la calefacción. A Harry le daría un ataque si se enteraba de que usaba su automóvil para trasportar basura apestosa robada. Quizá los mapaches habían tenido suerte de perderse aquello.

Pensó en el hombre de casa de Clara. Le resultaba extrañamente familiar, incluso en la oscuridad. ¿Dónde lo había visto antes?

CAPÍTULO 31

Kat estaba sentada con las piernas cruzadas dentro de un círculo de basura ordenada en montones por tipos. Se sentía como una Martha Stewart sin techo que se dedicara a rebuscar en contenedores. El montón de su derecha lo formaba materia vegetal, a su izquierda había plásticos y detrás, metal. Enfrente tenía mayoritariamente papeles, que separaba con cuidado en ese momento. Pasarían horas hasta que el papel estuviera lo bastante seco para desdoblarlo y mirarlo. Kat había improvisado una cuerda de tender ropa en la parte delantera del escritorio de recepción. Le recordaba las cuerdas donde se colgaban las tarjetas de Navidad, aunque las suyas olían peor.

Harry entró en la oficina y se detuvo en seco, con la boca muy abierta. Se quedó unos segundos sin palabras, hasta que recuperó la compostura.

—¿Qué demonios pasa aquí?

—No mucho, tío Harry. Estoy haciendo algo de reciclaje.

—¿Desde cuándo te has vuelto ecologista?

—¿Desde cuándo llegas tú a las seis de la mañana?

—No cambies de tema, Kat. ¿A qué viene este desastre?

—Siempre he sido ecologista. Es solo que ahora empiezo a actuar.

Harry tomó una botella de plástico vacía y le dio la vuelta para leer la etiqueta. Miró a Kat confuso.

—Un momento. Esto es suavizante de la ropa. Tú no lo usas, eres alérgica. ¿Qué pasa aquí?

—He recogido algo de basura que había suelta por ahí. Solo quiero empezar a reciclar en serio.

—¿Estás loca? —Harry observó la estancia—. ¿Estás tan pobre que te dedicas a rebuscar en la basura? ¿Por qué no has dicho nada?

—Tío Harry, esto no es lo que parece.

—No tienes que rebajarte a esto, Kat. ¿Por qué no pides ayuda? Puedes venir a cenar siempre y, si necesitas dinero, puedo ayudarte hasta que te empiece a ir bien.

—Tú no lo comprendes. Esto es la basura de Susan Sullivan. La estoy revisando porque necesito encontrar algo.

Harry la miró con escepticismo.

—Me da igual de quién sea la basura. Nunca pensé que mi sobrina llegaría a esto. Dios sabe que te hemos dado todo lo que podíamos darte. ¿Qué te ha pasado?

—Tranquilo, tío Harry. La gente deja muchas pistas interesantes en la basura. Y yo estoy lo bastante desesperada como para llegar a estos extremos. Necesito encontrar algo sucio de Susan. Literalmente.

—Eso es ridículo. Dame ahora mismo esa bolsa. La voy a tirar y nos vamos a Safeway a comprarte comida. Has caído más bajo que nunca, Kat. Me sorprendes.

—Cálmate. Ya te he dicho que es la basura de Susan. Solo que ella no es Susan Sullivan. Se hace pasar por Susan, pero en realidad es Clara de la Cruz. —Kat informó a Harry de la doble identidad de Susan.

—Me da igual si es Susan, Clara o el Papa. La basura es basura.

—¿No lo entiendes? Susan, Clara o como se llame, está mezclada en el engaño de Liberty y Opal y yo voy a averiguar cómo.

—¿Revisando su basura? Eso es asqueroso.

—Es lo único que tengo. Espero que haya tirado algo que me dé una pista. Algo que nos ayude a capturar al que robó el dinero.

Harry pareció pensarlo un momento. Por asqueroso que fuera aquello, si resolvía el caso, sus acciones de Liberty podrían subir.

—Está bien. ¿Tienes otro par de guantes? —preguntó.

—Toma. Tengo un sistema. La sustancia vegetal va ahí. Los papeles se apartan con cuidado y se ponen a secar. —Kat hizo un arco con el brazo—. Todo lo que no encaje en estos montones va en el rincón. Más tarde nos ocuparemos de eso.

Kat oyó que se abría la puerta del ascensor y miró hacia la pared de cristal.

Era el decorador de interiores de la oficina de enfrente. Salió del ascensor y miró a Kat con mal disimulado desprecio antes de abrir su teléfono móvil y empezar a marcar. Sin duda estaba cambiando sus citas para prevenir que sus clientes vieran a los friquis con guantes de látex de la puerta de enfrente. O quizá llamaba al encargado del edificio por segunda vez aquella semana. Aunque eso daba igual, pues Kat no había podido pagar el alquiler y, en consecuencia, sus días allí estaban contados de todos modos.

Kat sabía que la vista no era bonita. Basura en varias fases de descomposición cubría el suelo y todas las superficies horizontales de la zona de recepción. Miró a su tío Harry, que había agarrado una camisa de pana y la observaba con interés.

—Mira esto. ¡Qué desperdicio! Una camisa en buen estado tirada a la basura. —Leyó la etiqueta del cuello—. Eh, es cara. Al menos podían habérsela dado a una tienda de caridad.

—¡Qué asco! Déjala ahí.

—Un buen lavado y estará como nueva. Y es de mi talla. —Harry sujetó la camisa en cuestión contra su pecho.

—Acabas de quejarte porque yo rebuscaba en la basura. ¿En qué te estás convirtiendo tú?

—Oh, tienes razón. La dejaré donde estaba. Pero es más porquería para el vertedero.

De pronto Kat recordó algo.

—Espera. No la tires.

—Pero acabas de decirme que sí.

Kat se dio cuenta repentinamente de quién era el dueño de la camisa. Del hombre que la había perseguido en casa de Susan. Y recordó dónde lo había visto antes.

Aquel hombre era Paul Bryant.

CAPÍTULO 32

—o discutas conmigo. Márchate ahora mismo.

Clara sentía la garganta oprimida por la rabia que crecía en su interior. Su padre nunca la valoraba, por mucho dinero que ella le hiciera ganar.

La voz de él sonó como un estruendo a través del auricular.

—Nunca debí permitir que te convirtieras en la directora ejecutiva de Liberty. Es demasiado arriesgado.

—¿Por qué? ¿Porque soy mujer? —La mano de Clara se tensó alrededor del teléfono inalámbrico por el que le llegaba la voz de su padre desde miles de kilómetros de distancia.

—Porque eres mi hija, por eso. No discutas conmigo.

Canalizar los diamantes de guerra a través de Liberty les permitía venderlos como diamantes legítimos, al precio total del mercado. Pero el golpe más brillante de ella había sido disfrazar el pago como un robo, lo que permitía que el pago al imperio de Ortega no fuera detectado y denunciado por las leyes antiblanqueo de dinero. Se le había ocurrido la idea después de leer un artículo sobre la incipiente industria de diamantes en el norte de Canadá. La minería de diamantes en el norte de Canadá hacía menos de diez años que existía, y eso implicaba que no había comparaciones que despertaran sospechas. Y todo había funcionado bien hasta que Kat había empezado a hacer las preguntas equivocadas.

—Padre, el voto de los accionistas es dentro de dos días. La absorción podría descarrilarse si yo no estoy allí.

Clara se miró en el espejo del vestíbulo. Su cabello rubio teñido iba recogido en un moño, a juego con el corte formal de su traje de lana gris. Encajaba perfectamente con el papel de Susan, aunque estaba deseando descartar aquella ropa seria y volver a usar algo más atractivo. Algo sexy, que le hiciera sentirse viva de nuevo.

Se acercó a la ventana y apartó la cortina. Era muy temprano y todavía estaba oscuro. Fuera empezaba a llover. En Buenos Aires sería mediodía de un día soleado y brillante. Su padre probablemente llamaba desde la mesa del rincón de su restaurante de Recoleta favorito, donde tenía una reserva perenne.

Vicente tendría que haber sido el director ejecutivo de Liberty para vigilar a Nick y asegurarse de que cumplía su promesa. Eso había sido antes de que su padre descubriera el fondo secreto de Vicente y matara al amor de su vida. Ella había sido simplemente un plan alternativo, porque su padre no se fiaba de nadie más.

—Tengo el voto asegurado, Clara. Eso ya está resuelto.

—¿Pero y si Nick...?

—Yo me ocuparé de Nick. Tú haz las maletas y sube al próximo avión.

—¿Cómo sabes que no te la jugará? —Clara sabía que no debía discutir con su padre, pero el voto de Nick era necesario para sacar adelante el trato.

—Yo lidiaré con él.

Clara sabía lo que significaba eso.

—De acuerdo. Pero dame unos días más.

Necesitaba más tiempo para mover sus beneficios de las ventas en corto y prepararse para el futuro. Un futuro que no incluía a su padre.

—Está bien. Pero te quiero en Buenos Aires justo después de la votación.

—¿Cómo explicaré mi ausencia repentina? —preguntó Clara, entrando en la cocina.

—No sé. Diles que tienes cáncer. O problemas de mujeres y tienen que operarte. Piensa en algo.

Su padre controlaba gobiernos, guerras y el comercio mundial de armas, pero era un idiota en relación a las personas. Si no cooperaban, los mataba. Clara sabía que algunas personas eran mucho más útiles vivas. Siempre se podía usar la naturaleza humana en beneficio propio.

—¿Dónde me deja eso a mí? ¿Volveré a Liberty cuando se haya completado la absorción? —preguntó.

—Cuando se termine, hablaremos de tu futuro.

Lo que significaba que ella no tenía ninguno, al menos no en el imperio Ortega.

Cuando colgó el teléfono, estaba furiosa. Lo lanzó por la cocina y vio cómo se estrellaba contra la jarra de café. El cristal se hizo añicos, pero el teléfono cayó al suelo de una pieza. El mostrador y el suelo se llenaron de trocitos de cristal.

Clara miró el jarrón Lalique años cuarenta que había en el mostrador, un regalo de graduación de su padre. Lo había llevado consigo desde Argentina, pero ahora solo le recordaba el control que ejercía su padre sobre ella. Lo agarró y lo lanzó contra el microondas. Hizo una grieta larga en la puerta de este y se rompió en docenas de pedazos en el suelo.

Siempre había estado bajo el control de su padre. Había pasado de institutrices a internados y al ojo vigilante de las personas destinadas a cuidar de ella. En Liberty había probado por primera vez una libertad relativa con más de treinta años y no quería volver atrás.

Solo tenía recuerdos tenues de su madre, que se había caído de una terraza en una de las muchas propiedades de Ortega. Clara solo tenía cuatro años entonces, pero había una cosa de la que estaba segura. La versión oficial de los hechos siempre era mentira. Su padre había eliminado a las dos únicas personas que le habían importado en la vida.

—¿Qué es todo ese ruido? —Paul entró en la cocina y se detuvo al ver los cristales rotos en el suelo.

Clara, en su furia contra su padre, había olvidado que él estaba en la habitación de al lado.

—Nada. Un accidente.

—Estás enfadada. —Él la rodeó con sus brazos y le acarició la mejilla—. ¿Qué te ha dicho?

—Quiere que me vaya antes de la votación. Me trata como a una niña.

—¿Le has sacado más tiempo?

Ella asintió y apoyó la cabeza en el pecho de él. Clara había usado los cinco mil millones un tiempo breve antes de que llegaran a la organización de Ortega. Antes de transferirlos, los había multiplicado por diez vendiendo en corto acciones de Liberty. Era más rica que todos los hombres y mujeres de la lista Forbes, pero nadie lo sabría nunca, y su padre menos que nadie.

—Bien. Si te fueras ahora, levantarías sospechas.

Clara suspiró y revisó los daños causados. Limpiaría más tarde. De momento tenía que ir a Liberty. Debía poner en marcha su maniobra de evasión.

Estaba a punto de desobedecer al hombre más poderoso de Buenos Aires. Nadie podía sobrevivir a eso, ni siquiera su hija. Pero se recordó que, en vez de empezar una nueva vida con Vicente, estaba salvando lo que quedaba de la suya. Su padre lamentaría el día en el que había matado a su esposo.

CAPÍTULO 33

uando Kat abrió la puerta de la oficina, una mancha blanca en el suelo de roble llamó su atención. Un sobre entregado en mano nunca presagiaba nada bueno. Quizá había sido un error salir a almorzar. Pero no, tenía que comer y se merecía una recompensa después de haber estado catalogando la basura de Clara toda la mañana. Se había premiado comiendo en Athena, un restaurante griego nuevo que había en la misma manzana. Independientemente de lo que contuviera el sobre, al menos una hora del día había sido buena.

Se agachó a recogerlo. Estaba mecanografiado, dirigido a Carter y Asociados y no llevaba remite. Lo frotó con el pulgar para ver si podía descifrar el contenido, pero el papel era demasiado grueso. Cuanto más esperara para abrirlo, más tiempo podría ignorar la última exigencia de pago, factura vencida o cualquier otro desafortunado aspecto de su ruina económica. Aunque resultaba tentador, tendría que abrirlo antes o después.

Respiró hondo y desgarró el sobre. El contenido era aún peor de lo que temía. Era una orden de desahucio de Carter y Asociados. No podían seguir allí sin pagar alquiler.

Kat hundió los hombros en un gesto de derrota y se sentó en el

177

sofá. ¿Cómo había conseguido pasar de un sueldo de seis cifras y primas sustanciosas a deudas de seis cifras en menos de un año? Se lo había jugado todo por abrir su propia empresa. Un recorte de sueldo y un empleo en una compañía de menor nivel habrían, al menos, minimizado sus deudas. De todas las estupideces que había cometido, montar una empresa propia de contabilidad forense había sido la peor.

Su despido de Liberty implicaba que le sería aún más difícil atraer clientes nuevos, y carecer de oficina le haría parecer una aficionada. Habría dado lo que fuera por borrar el último año de su vida y volver a su antiguo trabajo, aunque fuera aburrido. Al menos tendría algo de dinero y perspectivas futuras. Nick tenía razón. La suya era una empresa de pacotilla y había tenido que llegar al desahucio para empezar a entenderlo.

Se sobresaltó cuando sonó el teléfono. Era un sonido que no había oído mucho en los últimos tiempos. Era Cindy.

—Kat, tengo los resultados de los diamantes. Adivina.

—No quiero adivinar. Dímelo.

—Está bien, gruñona. Resulta que los diamantes no son de Mystic Lake.

Kat se echó hacia delante en el sofá. Aquello no ayudaría en nada a su situación, pero al menos se sentía reivindicada.

—¡Lo sabía! ¿No te gustaría haber creído en mí desde el principio?

—Está bien, Kat. Lo diré. Tenías razón. Pero hay algo que no habías adivinado. Los diamantes analizados proceden de tres minas diferentes. Dos son de la República Democrática del Congo y el otro es de Costa de Marfil. Los dos países son puntos calientes para diamantes de la guerra.

—Tres minas diferentes apoyan mi teoría. El que está detrás de esto lo hace a gran escala y tiene fácil acceso a diamantes de una multitud de minas.

—¿Tienes idea de quién puede ser? —preguntó Cindy—. No hay mucha gente que tenga la capacidad de hacer algo así. Se necesitan muy buenos contactos en el mercado negro.

—Tengo algunas pistas, pero nada definitivo todavía.

Kat no podía compartir todavía su hallazgo sobre Clara, la princesa mafiosa. Si lo hacía, Cindy pensaría que se estaba metiendo en terreno muy peligroso e insistiría en que dejara de trabajar en ello. Pero había otra área en la que Cindy podía ayudar. Kat solo tenía que asegurarse de tener bien atada su parte antes de que Cindy consiguiera respuestas y descubriera la relación de Clara.

—Hay algo con lo que podrías ayudarme —dijo—. Averiguar dónde venden esas minas sus producciones. Puesto que hemos encontrado los diamantes en Liberty, asumo que los venden ilegalmente.

—Haré algunas llamadas. ¿Cuándo quieres saberlo?

—Ayer. O lo antes que puedas —repuso Kat. Cindy no sabía que la habían despedido de Liberty. Se lo acabaría diciendo, pero todavía no era el momento.

—Eso va a ser difícil. Hay muchos hilos que seguir. Muchos diamantes de África salen de operarios pequeños, de escarbadores individuales. Se ganan la vida vendiendo lo que encuentran a intermediarios, que les dan muy poco dinero a cambio. Eso hay que sumarlo a la producción diaria de la mina.

—¿Quieres decir que no solo vende diamantes la mina, sino también personas individuales?

—Así es. Algunos de esos escarbadores pagan a la mina por el derecho a excavar allí de noche. Otros simplemente se cuelan. Y los intermediarios pueden habérselos comprado a cualquiera.

Otra barricada. ¿Por qué nada de lo relacionado con Liberty era nunca directo?

—Queremos a las personas a las que venden esos intermediarios —dijo.

—Lo sé. Pero para encontrarlas, tenemos que empezar por la fuente. Eso nos llevaría hasta los compradores, normalmente narcotraficantes, crimen organizado u otros que necesitan un modo de blanquear su dinero.

—¿La Policía Montada no tiene una lista de esas personas?

—No es tan fácil, Kat. Si no los han pillado nunca, no los conocemos. Y a los criminales les gusta variar su modus operandi. En la parte positiva, esto es mucho dinero y probablemente necesitó mucha organización. Si les funciona el sistema, es difícil que lo abandonen de la noche a la mañana.

—Asumo que, en ese caso, los diamantes no llevarían el certificado del Proceso Kimberly. ¿Cómo pueden venderlos sin ese certificado?

Se suponía que los diamantes no podían cambiar de manos sin los papeles apropiados. La idea era impedir que los rebeldes usaran beneficios de los diamantes para socavar y derrocar gobiernos. Al menos, esa era la teoría.

—Hay lugares. Si conoces a la gente apropiada en Dubai, por ejemplo. Con un buen descuento, alguien los comprará, con o sin certificado Kimberly. Un narcotraficante con miles de millones de dólares para blanquear estaría dispuesto a comprarlos. Y algunos grupos terroristas de Oriente Medio prefieren cobrar en diamantes.

Cindy hizo una pausa.

—Kat, todavía no comprendo cómo llegaron los diamantes a Liberty. ¿No sería difícil introducir esas cantidades en la mina de modo regular? ¿Las carreteras del Ártico no están cerradas en el invierno?

—Sí, pero no tienen que llevarlos a la mina. Pueden enviarlos a la casa donde los cortan, igual que hacen con los auténticos. Falsifican la documentación del envío para que parezca que son de la mina de Mystic Lake cuando, en realidad, podrían ser de cualquier lugar.

—Está bien. Eso puedo entenderlo. Pero Liberty tiene que comprarlos en alguna parte, ¿verdad? ¿El coste de los diamantes no se comería los beneficios adicionales?

—Tienes razón —asintió Kat—. Alguien tiene que comprarlos. Y eso era lo que me confundía al principio. La producción ha sido alterada sin duda alguna. Eso puedo probarlo. Pero no he podido encontrar pagos por la transacción. Y también estoy convencida de que nadie le daría los diamantes gratis a Liberty.

—¿De cuántos diamantes estamos hablando, Kat?

—Ahí es donde se pone interesante. Eso ha durado al menos un par de años. Estoy convencida de que los cinco mil millones de Bryant se destinaron a pagar al menos una parte.

Cindy soltó un silbido.

—Eso compra muchos diamantes. ¿Cuándo se detuvo?

—Sigue en marcha, Cindy.

—¿Crees que a Bryant lo incriminaron en falso?

—Es posible, pero no estoy segura. —Kat no podía decirle a su amiga que había visto a Bryant en casa de Clara.

—Si fue así, eso lo cambia todo. Bryant podría ser una persona desaparecida y no un ladrón. ¿Qué dijo la dirección de Liberty cuando les contaste eso?

Kat no contestó.

—¿No se lo has dicho? —preguntó Cindy.

—No puedo. Necesito más pruebas. Es demasiado arriesgado. En este momento, cualquier persona a la que se lo diga podría estar mezclada en la estafa. ¿Cómo sé en quién confiar? Necesito la información de los intermediarios.

—Escarbaré un poco. Me parece que aquí hay una conexión criminal internacional ¿Seguro que no tienes más pistas? Si tuviera más de donde partir, podría encontrar algunos nombres.

Kat pensó por un momento revelar la identidad de Clara, pero decidió no hacerlo. Era cierto que eso aceleraría las cosas. Pero todavía no tenía el dinero y una intervención prematura por parte de la policía pondría en peligro las posibilidades de recuperarlo alguna vez. Unas cuantas pulsaciones en un teclado o una llamada de teléfono podían hacerlo desaparecer para siempre. Kat estudió la lista de números que aparecía en el papel manchado de salsa marinara de la basura de Susan. Cooperaría cuando tuviera el dinero.

CAPÍTULO 34

*L*os números en el papel de la basura de Clara estaban ordenados en tres grupos. El primero decía:

23,4MM DÓLARES
13434589TQ
41445
119846768
784119888718
642389

LOS OTROS GRUPOS de números eran similares, salvo porque no contenían letras. ¿Eran números de cuentas bancarias? ¿Las letras MM significarían miles de millones? La cantidad de dinero era asombrosa. Kat hizo un cálculo rápido. Los tres grupos de números sumaban cincuenta mil millones. Podía relacionar el número de cuenta original con los cinco mil millones desaparecidos. Cincuenta mil millones suponían diez veces más beneficios. A la luz de los comentarios de Rashida, ¿podía ser aquello una lista de transferencias planeadas por Clara?

Increíble. Aunque, por otra parte, robar los primeros cinco mil millones era ya bastante escandaloso. Suponiendo que MM fueran las abreviaturas de miles de millones, los cincuenta mil millones totales eran más que el PIB de la mitad de los países del mundo. ¿Cómo había convertido Clara cinco mil millones en cincuenta mil? Liberty no tenía tanto dinero.

Jace había llegado con pizza un par de horas atrás. Eran ya más de las nueve y Kat no estaba más cerca de descifrar los números.

—¿Adónde has ido esta mañana? —preguntó Jace—. Me he despertado a las cuatro y ya te habías ido.

—No podía dormir y me he venido aquí —contestó ella. No era mentira exactamente, ya que al final había terminado por ir allí.

—¿De dónde ha salido todo esto? Parece basura.

—Es basura. Es de la papelera de Susan, en Liberty. La estaba interceptando antes de que me despidiera.

Era demasiado obvio que se trataba de basura para intentar hacerlo pasar por otra cosa. Al menos la papelera de un despacho sonaba mejor que un cubo de basura lleno de restos de la cocina. Y se ahorraba hablar de Bryant y los mapaches.

—¿Por qué no me has despertado o dejado una nota? Te echaba de menos.

—No quería perturbar tu sueño —contestó Kat.

Empezaba a acostumbrarse a compartir la cama y los beneficios del calor del cuerpo de Jace. Pero eso conllevaba otras complicaciones. Tenía que hacer algo al respecto.

—Me sorprendió no haber notado tu marcha, teniendo en cuenta que era la primera vez en una semana que tenía suficiente edredón. —Jace sostenía la caja de pizza vacía en la mano y miraba los montones de basura—. ¿En qué montón va esto?

—Eso no tiene gracia. Si no hubiera robado la basura, no habría encontrado este papel. ¿Estás conmigo o contra mí?

—Por supuesto que estoy contigo —repuso Jace. Señaló uno de los montones—. Clara consume mucha comida enlatada.

Kat se acercó a su ordenador portátil, que estaba en el escritorio de recepción, con el papel manchado de café en la mano.

—Si esto son transferencias bancarias de Clara, demuestran que es una criminal. Si resuelvo esto, puedo parar la absorción de Porter y quizá incluso recuperar el dinero.

—Pero la votación es mañana a las once de la mañana —repuso Jace—. Y los bancos están cerrados.

—Lo sé. Me gustaría saber cuáles de estos números son de la cuenta de Opal en Bancroft Richardson.

—¿No puedes llamar a Rashida mañana a primera hora y preguntarle?

—No. No me lo dirá. Me dijo que ya me había dado demasiada información confidencial. —Pero Kat tenía una idea—. Harry tiene una cuenta en Bancroft Richardson. Si supiera su número de cuenta, podría compararla y ver si la sintaxis es similar. Es probable que tenga la misma combinación de dígitos que la de Clara. —Su tío se había ido esa tarde a Saskatoon a un torneo de curling.

—¿Harry no revisa su cuenta online aquí en la oficina? ¿Anotaste su número cuando hablaste con Rashida? —Jace arrugó la frente, pensativo.

—No, pero si Harry le esconde los extractos a Elsie, puede que los archive aquí. —Kat buscó en los cajones del escritorio de recepción, pero no encontró nada.

—¿Dónde puede guardar algo así? —preguntó Jace.

—¿En el archivador? —Kat abrió el cajón superior y buscó en la B de Bancroft Richardson. Nada. La I de Inversiones tampoco dio ningún resultado. Sacó carpetas del archivador, intentando recordar las reglas de Harry para archivar.

—¿Y en la D de dinero? —sugirió Jace.

—Vale la pena probar —contestó ella.

Sacó el cajón correspondiente y extrajo una carpeta titulada M-BR. Media docena de extractos de Bancroft Richardson cayeron al suelo. Los recogió y buscó el número de cuenta: 15782631RQ.

—Encaja con la combinación de números y letras del primer grupo de números de Clara —dijo—. Parece que es una cuenta de Bancroft Richardson. Ahora solo tenemos que averiguar la contraseña de Clara.

—Puede que esté en el mismo papel —sugirió Jace.

—Lo dudo. No es tan descuidada. Pero si consigo descubrir la sintaxis de la contraseña de la cuenta de Harry, quizá pueda adivinar la que usó Clara. Si consigo piratear la cuenta de Opal, podría cotejar las transacciones con el papel de Clara —repuso Kat. Así tendría pruebas de que Clara planeaba transferir los fondos fuera de sus cuentas.

—Harry no guardaría su contraseña aquí. La habrá memorizado.

—No creo. Harry no recuerda nada a menos que lo anote. Tiene que estar por aquí. —Kat pasó a la C en el archivador—. Creo que la tengo.

Sacó una carpeta llamada CSÑ. Dentro solo había un papel. Decía HURRYHARD. Un término de curling. Aquello no era ninguna sorpresa.

—Vamos a probarla —dijo Jace.

—No sé. Me resulta extraño colarme en su cuenta.

—Tienes razón. Tendremos que esperar hasta que vuelva.

Pero el voto de los accionistas era al día siguiente. Y si Kat conseguía averiguar la contraseña de Clara...

—Lo voy a hacer. El tío Harry lo entenderá. Ya le pediré perdón después.

Volvió al escritorio y entró en la página web de Bancroft Richardson. Mecanografió el número de cuenta y HURRYHARD y esperó.

—Estoy dentro —anunció. Decidió cambiar la contraseña de Harry para ver qué combinaciones posibles de letras y números estaban permitidas. Introdujo una nueva con algunos números y apareció un mensaje de error.

—Dice que tiene que ser de seis a doce letras. Lo que indica que la contraseña son solo letras. Pero aun así, sigue habiendo muchísimas combinaciones posibles.

Jace se sentó en el borde del escritorio, comiendo todavía el último trozo de pizza.

—¿Qué palabra o palabras tendrían algún significado para Clara? —preguntó.

—Ni idea. Pero tendremos que adivinarlo, puesto que solo tenemos tres intentos antes de que se bloquee la conexión. Tenemos que estar seguros antes de mecanografiarla.

Kat se sentó en el suelo al lado del montón de papeles y empezó a revisar su contenido.

Encontró una factura de teléfono, algunas notas escritas a manos, páginas de una agenda y un sobre vacío con una letra indescifrable en la parte de atrás.

Jace se acercó, tomó un sobre sucio del montón y lo abrió.

—¡Eh! Déjame ver eso —dijo Kat.

Jace se lo tendió. Era una tarjeta de felicitación dirigida a Clara y Vicente, deseándoles un Feliz Aniversario.

—¿Clara está casada? —preguntó Kat.

Pero Jace estaba ya delante del ordenador. Buscó Clara de la Cruz y Vicente en Google.

—Vicente es su esposo —dijo—. Vicente Sastre. O lo era. Fue asesinado hace dos años. Nunca detuvieron al asesino.

—Vicente tiene siete letras —comentó Kat—. Quizá deberíamos probar.

—¿Y si no es? ¿Por qué no esperamos a ver qué más encontramos?

—No podemos permitirnos esperar porque la votación es mañana. Además, podemos probar una o dos veces. Si no funciona, no importa. Se reajustará sola en veinticuatro horas.

Sin embargo, Kat sabía que, una vez que los accionistas hubieran votado lo que quería Clara, no había razón para que ella siguiera por allí.

Escribió el número de cuenta en la parte superior de la página y después VICENTE.

Contraseña incorrecta.

—Prueba de nuevo, ahora sin mayúsculas —dijo Jace.

—¿Pero cómo? ¿Todo minúsculas o la V en mayúscula?

—Mmm. Lo correcto es la V en mayúscula. Pero mucha gente no lo haría así. Yo probaría con todo minúsculas.

Kat estaba de acuerdo. Mecanografió vicente y permaneció un minuto mirando ese nombre.

—¡Oh, qué demonios! —exclamó. Pulsó Intro y contuvo el aliento.

Apareció la pantalla de bienvenida. Estaba dentro.

La cuenta 1343589TQ pertenecía a Opal Holdings.

CAPÍTULO 35

—*V*aya, eres buena. Inteligente y sexy.

Kat sonrió a Jace.

—Tú me has ayudado. Vamos a ver lo que tenemos. —Kat hizo clic en Historial de Cuenta y revisó los archivos—. Mira esto.

Señaló la primera línea. Era un depósito de cinco mil millones de dólares hecho dos semanas atrás. La cuantía tenía que llamar la atención por fuerza. Rashida y sus compañeros de Bancroft Richardson seguramente habrían hablado de eso.

—¿Y por qué no sospecharon inmediatamente de ella? —preguntó Jace—. ¿Alguien deposita cinco mil millones en metálico en una cuenta de corretaje en tu empresa, gana beneficios enormes con unas acciones y tú no haces nada? —Se acercó a la ventana.

—Seguramente Rashida no hizo nada. Las preguntas podían conllevar respuestas que no quería oír. Respuestas que podían poner en peligro el depósito. Un depósito de cinco mil millones de dólares genera muchas comisiones para Bancroft Richardson. Es mejor enterrar la cabeza en la arena y hacer dinero con las comisiones y las tarifas por transacciones. Además, no era una cuenta de Rashida, era de Moretti, el agente de bolsa que robaba. Pero otros habrían visto el depósito o habrían sido conscientes de él. Los contables y banqueros, por ejemplo.

—El depósito se hizo un par de días después de que Bryant desapareciera con los cinco mil millones. Mucha coincidencia, ¿no te parece?

—Demasiada. —Kat miró la pantalla. La cuenta se había abierto con los cinco mil millones transferidos desde Líbano. Había un cierto número de transacciones después de eso, en metálico para las ventas en corto de Liberty. Todas ellas beneficiosas. El saldo total había alcanzado casi los cincuenta mil millones tres días atrás.

Después, una serie de transferencias habían reducido esa cantidad hasta poco más de cinco mil millones.

—Dame esa lista —pidió Kat.

Jace se la tendió y ella comparó las cantidades transferidas con los números que aparecían debajo del número de cuenta de Bancroft Richardson.

—¿Ves esto? —Kat señaló una línea hacia la mitad del monitor del ordenador—. Encaja con la lista de Clara. Es una transferencia a otro banco. Ha abierto cuentas de paso para ir un paso por delante.

—¿Cuentas de paso? ¿Qué es eso?

—Si quieres mover tu dinero de un lugar a otro sin que te pillen, abres una serie de cuentas en distintos bancos del mundo. Cuando llega al primero, lo transfieres de inmediato al segundo. Cuando llega al segundo, lo organizas de modo que vaya a una tercera cuenta de inmediato, y así sucesivamente.

—¿Y así vas un paso por delante de la persona que intente seguirte?

—Exactamente —dijo Kat—. Cubre sus huellas para que no puedan seguirle el rastro al dinero.

—Comprendo. Cuando alguien consigue averiguarlo, ya hace tiempo que el dinero ha salido de ahí.

—Así es. Los otros números de la lista son más cuentas de correduría o cuentas bancarias.

—O sea que, suponiendo que usara la misma contraseña, y la mayoría de la gente lo hace, ¿podemos seguir al dinero colándonos en sus demás cuentas?

—Esperemos. Solo hay un problema. No hay ninguna descripción en las transferencias de salida, solo números de cuenta. Eso hace que sea difícil averiguar a qué bancos fue el dinero. Hay miles de posibilidades. Podrían ser la Islas Caimán, Guernsey, Malta. ¡Quién sabe! —repuso Kat.

¿Cómo podía reducir las opciones? ¿Usaría Clara un banco argentino? Probablemente no. Buscaría un paraíso fiscal con leyes fuertes de secreto bancario. Eso dejaba todavía cientos de bancos por examinar. Miró el reloj, sorprendida de la hora. Ya eran las tres y media de la mañana. Faltaban menos de seis horas para el voto de los accionistas.

CAPÍTULO 36

*E*l salón de baile Cristal del hotel Waterfront era opulento, con largos cortinajes de brocado enmarcando grandes ventanas con vistas panorámicas del muelle. Del centro del techo en forma de cúpula colgaba una enorme araña de cristal, que reflejaba la luz y la lanzaba en todas direcciones. Kat pensó que era mucho lujo para una empresa que estaba al borde de la bancarrota.

Miró la multitud en busca de rostros conocidos. La habitación estaba llena de accionistas, ansiosos por votar la oferta de absorción de Porter. Algunos se habían sentado ya, pero otros se reunían en pequeños grupos, conversando, esperando que comenzara la asamblea extraordinaria de accionistas.

Kat se había puesto sus mejores galas para una ocasión tan importante. Había elegido un traje verde esmeralda de Elie Tahari, comprado cuando todavía era una empleada bien pagada. Resaltaba sus ojos y acentuaba su cabello castaño rojizo, que llevaba recogido en un moño. Se sentía bien vestida así. Después de ser despedida, había dejado de preocuparse por la ropa y empezado a usar pantalones vaqueros y camisetas. Con maquillaje y pintalabios, volvía a sentirse adulta. Una ola de adrenalina recorría sus venas. Tenía la sensación de que podía enfrentarse al mundo entero. Lo cual era bueno, puesto que era justo lo que pensaba hacer.

Nick Racine conversaba delante del estrado con una mujer pequeña de cabello plateado vestida con un traje de negocios de color crema. La mujer estaba de espaldas a Kat. Nick, que estaba de frente, la vio, interrumpió la conversación y se acercó a ella.

—Disculpa, Kat. Esta asamblea es solo para accionistas. Si no te importa salir…

—Ah, Nick. Soy accionista. Y si me disculpa, me gustaría conseguir un asiento delante. Sospecho que va a ser una reunión muy animada —comentó ella.

Había comprado cien acciones la semana anterior con el único objetivo de asistir a la asamblea. No podía permitírselas, pero, por otra parte, menos podía permitirse no comprarlas. Pasó al lado de Nick y observó la estancia. No se dejaría intimidar.

Harry estaba allí, de regreso de su torneo de curling. La saludó con un gesto de la mano y le señaló un lugar en la segunda fila, donde él estaba. También se había vestido para triunfar. Su traje podía haber estado de moda veinte años atrás, pero las rayas le daban aire de gánster mayor.

—¿Verdad que es emocionante? —preguntó—. Podré oírlo todo sobre mi empresa. Y todo esto —hizo un gesto con el brazo—, es todo mío. Al menos en parte. Mi voto puede ser el voto decisorio.

No lo sería, pero Kat no tuvo corazón para decírselo. Observó la habitación, donde seguía entrando gente. La asamblea empezaría en cinco minutos, pero la única persona que Kat esperaba que pudiera cambiar el resultado no estaba allí. Eso podía no significar nada. Audrey Braithwaite no tenía por qué asistir en persona. Las acciones del trust Familia Braithwaite probablemente votarían a través de una persona designada. Pero presente o ausente, Kat confiaba en que votara en contra de la absorción.

—¿Kat? Pareces distraída.

—Lo siento, tío Harry. Estoy buscando a alguien.

—Ja. ¿No sería gracioso que apareciera el tal Bryant? —comentó Harry.

Pero ella ya no escuchaba. Agarró su bolso y casi corrió hasta la puerta, por donde acababa de entrar Audrey.

—¡Audrey! —exclamó.

El olor a Chanel No. 5 la envolvió en cuanto se acercó.

—Audrey, hay algo que tiene que saber. Liberty blanquea diamantes para el crimen organizado. La producción de la mina de Mystic Lake la falsificaron para que subieran las acciones.

—¿Qué? Eso es ridículo. Además, no debo hablar con usted. Cuando le conté nuestro encuentro a Nick, me dijo que la habían despedido. Inventa historias para vengarse. No me gustan los mentirosos.

—Yo no dije que siguiera trabajando en Liberty. Y no invento nada. En este momento hay personas mucho peores que yo en esta habitación, créame. ¿Me puede dedicar un minuto? Por favor.

Audrey miró a su alrededor con nerviosismo, sin duda buscando a Nick.

—Está bien. Pero dese prisa.

El ruido del micrófono atravesó el aire. Alguien probaba el sonido.

Kat le hizo a Audrey un resumen de un minuto sobre la falsificación de la producción, la manipulación del mercado de acciones por Opal, la conexión con la mafia argentina y cómo se relacionaba todo eso con la oferta de Porter.

—¿La Mafia? Se está quedando conmigo —repuso Audrey, incrédula—. No me extraña que Nick la despidiera. Inventar locuras no cambiará nada.

—Audrey, por favor. Tiene que creerme. Están usando Liberty para blanquear diamantes. Esas personas son peligrosas. Probablemente tuvieron algo que ver con el asesinato de su hermano.

—No vuelva a jugar la carta de Alex. Meter en esto a mi hermano es un golpe bajo. ¿Es que no respeta nada? No voy a seguir hablando con usted —dijo Audrey. Empezó a alejarse.

—¡Espere! Es la verdad —insistió Kat. ¿Se atrevería a decirlo?—. Hay corrupción dentro de la empresa.

Audrey observó la estancia, buscando a alguien que la rescatara.

—Susan Sullivan no es quien dice ser. Es hija de un mafioso argentino. Y está aquí para arrebatarles la empresa a su familia y a usted.

—Eso es absurdo. ¿Le han echado algo en la bebida? Déjeme en paz.

Audrey giró sobre sus talones. Kat la agarró por el hombro. Audrey la miró con una mezcla de sorpresa y miedo. Kat la soltó. Se sentía como una de los intocables en una especie de batalla prohibida entre castas.

—Audrey, no puede aceptar esa oferta. Susan Sullivan es una impostora. Su verdadero nombre es Clara de la Cruz Ortega y está buscada en Sudamérica por malversación, tráfico de drogas y blanqueo de dinero. Trabaja para una de las organizaciones mafiosas más grandes del mundo. Usted les va a entregar Liberty.

Kat vio un brillo de vacilación en los ojos de Audrey.

—¿Quiere saber lo que le pasó a Alex? —prosiguió—. Apuesto a que Susan, o mejor dicho Clara, lo sabe. ¿Por qué no se lo pregunta?

—No puede hablar en serio.

—Hablo muy en serio. Su padre es el jefe mafioso más despiadado de Sudamérica. No se detiene ante nada. Para él, asesinar a su hermano y a Ken Takahashi es solo el precio de hacer negocios. Le está robando Liberty. ¿No le importa?

—Tengo que irme —declaró Audrey.

Dio media vuelta y salió de la habitación cuando el altavoz anunciaba el comienzo de la asamblea. Kat suspiró decepcionada. No esperaba convencer a Audrey en un minuto, pero había confiado en que la información que le daba sirviera al menos para que lo pensara dos veces antes de entregar las acciones del trust Familia Braithwaite.

Tenía que pasar al plan B.

CAPÍTULO 37

*K*at se puso de pie y gritó con la voz más alta que pudo, para ahogar el discurso de Susan Sullivan a los accionistas:

—¡Impostora! Susan Sullivan es una criminal. Susan y su padre mafioso quieren robarnos Liberty delante de nuestras narices.

Los más próximos se volvieron en sus asientos cuando empezó a hablar y la miraron sorprendidos. Los de atrás murmuraban e intentaban ver a la entrometida. Un par de guardias de seguridad voluminosos se abrían ya paso desde la parte trasera de la sala hacia donde estaba ella. Kat corrió al estrado y agarró el micrófono que había delante de Susan. Esta, en silencio y con la boca abierta por la sorpresa, la miraba con incredulidad.

—El verdadero nombre de Susan es Clara de la Cruz Ortega. Su padre dirige la mafia argentina. Trafica con drogas, armas y minas de tierra. Mata a personas. Y desea desesperadamente apoderarse de Liberty. Por eso Susan, su hija, ha sido directora ejecutiva los dos últimos años.

—¡Basta! —Nick Racine subió al estrado y le arrebató el micrófono—. Miente. Esta mujer es una asesora descontenta. No pudo encon-

195

trar a Bryant y el dinero desaparecido y ahora inventa estas mentiras ridículas para ocultar su incompetencia.

Hizo una seña a los dos guardias de seguridad, que estaban ya de pie al lado del estrado.

—¡Maldita sea, Seguridad! ¿Se puede saber a qué esperan? Llévensela de aquí, vamos.

Ellos avanzaron hacia Kat. Uno la agarró con firmeza del brazo izquierdo e intentó llevarla hacia el pasillo. Nick la miraba de hito en hito y Susan se movía nerviosamente a su lado, evitaba mirar a Kat y no decía nada.

Kat dio un codazo al guardia de seguridad en las costillas y se soltó. Se giró hacia Nick.

—Dígale a este gorila que me suelte. Usted no quiere afrontar la verdad. ¿Por qué? ¿Forma parte de esta conspiración?

Nick volvió a hacer señas al guardia de seguridad para que se la llevara. Kat sintió un tirón en el brazo derecho. Era Harry, que quería contrarrestar al guardia. Ella se sentía como una muñeca de trapo a punto de ser despedazada desde los dos lados.

—¡Suéltela! Tiene derecho legal a estar aquí. Es una accionista. No pueden echarla así.

—Está alterando el orden —replicó Nick—. Eso es motivo suficiente para echarla.

—Hay una buena razón para que altere el orden. No le permiten hablar. Lo que tiene que decir nos concierne a todos los accionistas. Yo soy accionista y quiero oír lo que tiene que decir.

Varias personas se habían levantado también como muestra de apoyo. Las conversaciones en la sala aumentaban de volumen.

—Claro que sí. Dejen que hable.

Antes de que Kat pudiera decir nada más, Audrey se levantó de su asiento en la primera fila y avanzó hacia el micrófono.

—Un momento, Nick. Yo también quiero oírla. Al menos deja que hable.

Nick se sonrojó, pero no dijo ni una palabra. Miró de hito en hito a Audrey y después a Kat, pero regresó a su asiento. El guardia la soltó. Audrey le hizo señas de que regresara al estrado.

—Susan Sullivan es una impostora y tengo pruebas. —Kat levantó en alto la foto de Clara—. Aquí están. Es conocida también como Clara de la Cruz Ortega. Su padre, Emilio Ortega Ruiz, y ella esperan que ustedes voten sí a la oferta de absorción de Porter. ¿Por qué? Porque ellos controlan Porter Holdings. Cuando hayan votado sí, ellos tendrán una empresa de diamantes con la que blanquear todos sus diamantes de guerra.

Aquello era un farol. Kat no tenía pruebas claras de que Porter Holdings estuviera relacionado con Opal, pero conseguirlas era solo cuestión de tiempo.

Hubo murmullos entre la multitud. Un hombre delgado de cabello gris se puso de pie en la parte de atrás.

—¿Eso es cierto, señorita Sullivan? ¿Por qué no dice usted nada?

—Es una mentira. —Susan se dirigió a Kat—. Señorita Carter, tendrá noticias de mis abogados. Siga haciendo estas acusaciones sin fundamento y la demandaré por difamación.

Kat sacó un extracto de Opal Holdings que había imprimido.

—¿Ven esto? Su directora ejecutiva vendió en corto acciones de Liberty. ¿Qué les parece eso como voto de confianza? Y sacó muchos beneficios. —Kat sujetó el papel en alto para causar más efecto—. La prueba está aquí.

—¿Susan? ¿Eso es cierto? —preguntó Audrey—. Si lo es, no tienes derecho a ser directora ejecutiva. Debes dimitir al instante.

—Clara, ¿por qué no dices nada? —preguntó Kat—. ¿No tienes nada que decir?

Susan permanecía impasible, sin mostrar ninguna emoción. Miraba a Nick, esperando que la rescatara. Kat volvió su atención a él.

—¿Y qué me dicen de Nick Racine? Él la contrató. No es ningún tonto. No crean ni por un momento que él no sabe que ella es Clara de la Cruz Ortega. La princesa mafiosa de Liberty.

El ruido en la multitud empezó a aumentar. Los accionistas hablaban con la gente que los rodeaba. Kat esperó a que se calmaran los ánimos para continuar. Pero Audrey se le adelantó.

—Presento una moción para retrasar el voto de la absorción de Porter durante dos días hábiles.

—Secundo la moción —dijo Harry, levantando un brazo.

—Pido suspender a la directora ejecutiva y abrir una investigación.

—¡Secundo la moción! —Harry casi no podía contener su excitación. El activismo accionista era su nueva vocación.

Kat respiró aliviada. Dos días hábiles no eran mucho tiempo, pero al menos había aplazado el robo de toda la empresa.

Aunque ahora se había metido en una carrera contra el reloj. Clara había sido descubierta y seguramente se daría a la fuga. No había tiempo que perder. Kat había retrasado la absorción de Liberty, pero acababa de desencadenar algo mucho peor. Había enviado un aviso a Ortega para que fuera a por ella.

CAPÍTULO 38

—*S*u voz suena diferente, señorita de la Cruz.

—¿De verdad? Es este terrible resfriado. Estoy perdiendo la voz. Disculpe —dijo Kat. Carraspeó.

—No debería hablar. Así va a empeorar —comentó la mujer del Bank of Cayman.

Kat había llamado al banco a la hora de cerrar y había funcionado. En lugar del banquero personal de Opal Holdings, la había atendido una mujer más joven, alguien que no reconocería su voz ni cuestionaría su pregunta de una transferencia pequeña a la cuenta. Dicha trasferencia no existía, era solo una excusa para llamar al banco y verificar que el dinero seguía allí.

—Sí, puedo confirmar que el saldo de su cuenta es el mismo de ayer. ¿Es eso todo, señorita de la Cruz?

—No hay ninguna transferencia pendiente de entrada ni de salida, ¿correcto?

—Así es.

—Bien. Ha sido de gran ayuda.

—Gracias. Y cuídese ese resfriado.

Kat le dio las gracias y colgó el teléfono, decepcionada porque la llamada no hubiera sido más fructífera. Había esperado encontrar una transferencia de fondos pendientes y poder cancelarla. La cancelación llevaría tiempo y el intento de transferencia proporcionaría un rastro de las intenciones de Clara, rastro que se podía inspeccionar. Aun así, le aliviaba saber que el dinero seguía en la cuenta de Opal Holdings en las Caimán. Eso no duraría mucho. No tardaría en ponerse en movimiento.

Tenía que alertar a las autoridades. ¿Pero cómo? ¿En la Comisión de Valores? ¿La policía? Había un problema con las jurisdicciones cruzadas. Que al final, nadie se hacía responsable.

Decidió llamar a Platt. Le razonaría que aquello proporcionaba un motivo obvio para los asesinatos y quizá lo convenciera de que la quitara a ella de su lista de sospechosos. Además, confiaba en que hubiera menos burocracia con la policía que con la Comisión de Valores. Eso era lo que pensaba mientras esperaba que él contestara la llamada. Cuando lo hizo, el inspector parecía tener prisa.

—¿No quiere detenerla? —preguntó Kat, cuando terminó su razonamiento.

—No es mi jurisdicción. Trabajo en Homicidios.

—Pero inspector, eso está relacionado con los asesinatos. Estoy segura.

—Estar segura de algo no es lo mismo que tener pruebas, Katerina.

—Le estoy ofreciendo las pruebas. Corre el riesgo de perder tanto a Clara como el dinero. Sé que ella está detrás de los asesinatos. ¿Por qué ignora una pista tan obvia?

—Katerina, no tengo libertad para comentar qué pistas sigo y cuáles no sigo.

—Dígame, inspector. ¿Sigue la de Clara, sí o no?

Hubo un silencio.

—¿O sea que continúo siendo sospechosa? —preguntó Kat.

Sabía que Platt seguía al teléfono porque lo oía respirar. Sintió rabia. Clara no solo iba a quedar libre de asesinato, sino que además se iba a hacer muy rica en el proceso.

—Katerina, es…

—Inspector, ¿cómo es posible que no le interese una persona que tiene los mayores motivos posibles para asesinar a Takahashi y

Braithwaite? Clara de la Cruz trabaja con un nombre supuesto y tiene vínculos con el crimen organizado. Está relacionada con la mayor estafa de la historia y está a punto de salir del país con miles de millones de dinero robado. ¿Qué motivo más fuerte puede haber?

—Muy bien. Lo revisaré.

—Le enviaré mis notas.

—Eso no será necesario.

—¿Me contará lo que suceda? —preguntó ella.

—Katerina, no puedo comentar aspectos de la investigación con usted.

—Me refería a que me diga si sigo siendo sospechosa o no.

—Muy bien —dijo Platt. Y colgó el teléfono.

Kat estaba furiosa.

Obviamente, Platt no la iba a tener informada. ¿Podía confiar en que investigara a Clara? Posiblemente no. Necesitaba un plan alternativo. ¿Pero cuál? La Comisión de Valores tardaba un par de días como mínimo en conseguir una orden judicial para congelar los fondos. Y eso era en un banco canadiense. El dinero estaba ya fuera de Canadá. No había más recursos legales efectivos que una decisión judicial, que tardaría años en llegar y para entonces haría mucho tiempo que Clara y el dinero habían desaparecido.

Kat miró el reloj cursi de cuco que había encima de la mesa de la cocina de Verna. Era la una y veinte de otra tarde soleada, algo raro en el invierno de Vancouver. El clima estaba en consonancia con su humor.

Había triunfado sobre Nick y Clara. Podían insultarla y cuestionar sus habilidades, pero eso no alteraba el hecho de que los había descubierto.

Miró por la ventana de la cocina mientras pensaba en los siguientes pasos. Una ardilla que saltaba de árbol en árbol se salvó por los pelos cuando una rama se rompió bajo su peso. Se columpió un segundo en la rama partida y después bajó por el tronco hasta el suelo. Corrió por el jardín y de pronto se detuvo.

Kat no podía creer lo que veía. Inclinada sobre el huerto, justo delante de la ardilla, había una mujer con una gabardina de cuadros escoceses rojos. Se incorporó despacio, con unas hojas en la mano derecha enguantada.

Kat se puso de pie y corrió al porche de atrás en calcetines.

—¿Verna?

La mujer no contestó. Kat bajó corriendo los escalones y siguió por el jardín, donde la hierba mojada le empapaba los calcetines.

—¿Verna Beechy?

La mujer se volvió y le sonrió. Llevaba los botones de la gabardina mal abrochados y calzaba sandalias con los dedos al descubierto.

—Esa soy yo. ¿Quién es usted?

—Me llamo Kat.

—¿Quién?

—Kat. La, ah… guardesa. —¿De qué otro modo podía describirse después de salir de la casa de Verna?

—¿Ha recibido mis notas?

—Sí. Hay algo que quiero preguntarle sobre ellas.

Daba la impresión de que Verna no la oía.

—¿Se quedará aquí mientras estoy fuera? —preguntó.

—Claro. ¿Cuándo cree que volverá?

—Oh, no sé. Han ampliado el tour. Tengo que volver al autobús o partirán sin mí. Esta semana estamos en Italia.

—No la retendré mucho rato —repuso Kat—. Verna, ¿olvidó pagar sus impuestos?

—Claro que no. He pagado impuestos muchos años. Después decidí que ya no iba a pagar más. Además, estoy de vacaciones. ¿Por qué voy a pagar impuestos si no estoy aquí?

Obviamente, Verna estaba un poco confusa.

—Usted cuidará de esto, ¿verdad? —preguntó.

—Por supuesto que sí. ¿Dónde se reúne con el tour?

—En Golden Arches, calle abajo.

¿Golden Arches? ¿Verna vivía en Goden Oaks? Aquella residencia estaba a menos de dos manzanas de allí. Eso podía explicar por qué había dejado la casa con todo dentro. ¿Pero no tenía familia ni amigos? ¿Cómo podía dejar alguien que le quitaran la casa por una venta de impuestos?

—La acompañaré. Solo tengo que entrar a por los zapatos.

—De acuerdo. Pero dese prisa.

Kat subió corriendo los escalones y corrió al vestíbulo delantero. Se calzó las Adidas y agarró una chaqueta. Volvió corriendo al jardín, pero Verna ya no estaba.

CAPÍTULO 39

*K*at salió a correr en la oscuridad. Las cinco de la
mañana era una hora temprana, pero necesitaba
correr para despejar la mente. ¿Adónde movería el dinero alguien
como Clara? Rastrear las transferencias de fondos desde la cuenta de
Bancroft Richardson en Opal era tedioso. La noche anterior había
revisado y descartado cientos de bancos de todo el mundo, pero
todavía le faltaban docenas. Si Clara volvía a mover el dinero, aquello
podía continuar eternamente.

Corrió por el camino en la oscuridad, colocando los pies con
cuidado para evitar tropezar con ramas y piedras sueltas. Era como
correr en la nieve, poniendo los pies antes de saber exactamente lo
que había. Un paso en falso y podía hacerse un esguince en el tobillo o
algo peor.

En el camino hacia el río no había farolas, así que usaría la linterna
de cabeza hasta que llegara al embarcadero y aparcamiento del lado
sur de Riverside Park. Lo único que rompía el silencio eran sus pasos
y el sonido de un silbato de tren a un kilómetro de distancia, en el
interior desde el río.

Su linterna de cabeza alumbró un claro a la derecha del sendero
que estaba cubierto de montones de basura y carritos de supermer-

cado. Debajo de tres montones de mantas cubiertos de cartones había personas sin hogar acampadas bajo los árboles para huir de la lluvia. No estaba sola. Apretó el paso y salió al claro.

El amanecer llegaba despacio, con la luz gris de la mañana enmarcando el puente Port Mann. El parque Maquabeak, situado debajo del puente, era poco conocido excepto para los dueños de los botes y la gente que lo usaba para pasear al perro o para correr. Era el lugar favorito de Kat para despejarse.

Ese día no la decepcionó. Desde el río soplaba una leve brisa y los arbustos resplandecían con el rocío de la mañana. La asamblea general de accionistas pesaba todavía mucho en su mente. Su discurso había atraído la atención de todos los presentes, pero Nick y el trust Familia Braithwaite tenían el control de las acciones. ¿Había convencido a Audrey o esta pensaba todavía que solo quería llamar la atención? Era difícil saberlo. De un modo u otro, la votación tendría lugar al día siguiente.

Liberty se vendería y parecía que eso solo le importaba a ella. A menos que consiguiera seguir el rastro del dinero hasta Porter, nadie la creería. Y le resultaba escandaloso pensar que el crimen organizado iba a usar Liberty para blanquear diamantes.

Revelar la identidad de Clara estaba bien, pero sin nada que la atara al dinero, no se la podía acusar de nada. Y la suspensión de su puesto tampoco duraría mucho. Nick había emitido un comunicado de prensa para suavizar las cosas, en el que decía que Susan Sullivan no era más que el intento de Clara de adoptar un nombre más anglicanizado y distanciarse de su padre. Kat esperaba que Clara saliera huyendo para eliminar cualquier posibilidad de ser acusada de la estafa. Estaba segura de que la directora ejecutiva estaba detrás de todo, incluidos los asesinatos de Braithwaite y Takahashi.

¡Si pudiera averiguar a qué bancos pertenecían los números de cuenta del papel de la basura de Clara! ¿Cómo podía limitar la búsqueda para no tener que mirar los miles de bancos que había en el mundo?

Atajó por el aparcamiento en dirección a las vías del tren. El lugar estaba vacío excepto por una furgoneta oscura aparcada en un extremo. Probablemente alguien que madrugaba para sacar al perro, aunque todavía no había visto a ninguno. La ruta de ese día iba por los límites de la Reserva Natural de Colony Farm, que bordeaba el parque. El murmullo del tráfico en la autovía, que estaba más adelante, se iba haciendo más alto a medida que corría hacia él siguiendo las vías.

Se acercaba otro corredor. Era fuerte, no el típico corredor delgado al que solía encontrar Kat en aquellas vías. Intentó ver sus rasgos a medida que se acercaba, pero estaba oscuro y él llevaba puesta una capucha. Eso la puso nerviosa, porque ya no llovía.

Él esquivó su mirada cuando se cruzaron y, a juzgar por su modo de respirar, ella dudaba de que pudiera conseguir hacer más de cien metros sin tener que parar a recuperar el aliento. Estaban en un lugar aislado, a un par de kilómetros al menos de la carretera y se preguntó qué haría allí a esa hora un corredor que obviamente estaba tan poco en forma.

Kat pensó que seguramente se trataría del dueño de la furgoneta que había en el aparcamiento.

Pensó en volver atrás, pero cambió de idea. El aparcamiento estaba igualmente desierto. Si empezaba así, nunca conseguiría correr bien. Seguiría por las vías, giraría en la entrada del jardín comunal y volvería por Eagle Trail, como había pensado.

De pronto la agarraron por detrás. Un brazo le rodeó el cuello con fuerza y el otro la cintura. Ella tuvo arcadas al luchar por respirar. Sentía un aliento caliente en la parte de atrás del cuello.

Se revolvió. Golpeó hacia atrás con el pie, intentando hacer contacto. El hombre que la sujetaba apretó con más fuerza en el cuello y le rodeó los brazos hasta que ella no pudo moverse.

"Estúpida", pensó Kat. Era una idea estúpida correr sola en la oscuridad. ¿Cuánto tardarían en encontrar su cuerpo? Se prometió que, si salía de allí con vida, nunca volvería a hacer nada tan idiota.

—No digas nada, zorra, o te mato.

Él le dio la vuelta. Era el hombre con el que se había cruzado en el sendero.

—¿Quiere dinero? No llevo nada encima, pero puedo...

—Cierra el pico. ¿O es que estás sorda?

Kat abrió la boca e intentó gritar. Solo le salió un graznido. De todos modos no la oiría nadie. Ni siquiera las personas sin techo. Él le puso la mano debajo de la barbilla y le apretó la yugular mientras ella intentaba respirar. Ella lo miró para memorizar sus rasgos por si salía con vida de allí. Él le sonrió con dientes podridos y descoloridos que parecían palomitas quemadas en una hilera desigual. Era evidente que su captor disfrutaba con aquello.

—Por favor, suélteme. Le prometo...

Él le dio un golpe en la sien y todo quedó a oscuras. A Kat se le doblaron las piernas y se deslizó hacia el suelo. Él le sujetó el cuello en la V de la mano y le apretó la garganta, parando la caída. Ella tuvo arcadas. Se tambaleó para intentar apoyarse en los pies y liberar la presión del cuello. Él apretó con más fuerza.

Kat pensó que su única posibilidad era correr. Si conseguía soltarse y apartarse un poco, quizá pudiera correr más que él. Lo miró. Era alto y fuerte, con la constitución de un defensa de fútbol americano. Pesaba al menos ciento diez kilos y le sacaba más de quince centímetros. Necesitaba sorprenderlo antes de que pudiera reaccionar.

Ya no llevaba puesta la capucha y ella podía ver mejor su cara. Era el hombre que había entrado en su oficina, el adicto a la metanfetamina. Solo que ahora vestía mejor, con un chándal Reebok. Sus ojos verdes salvajes la miraban como valorándola. Kat tuvo la impresión de que él no se iba a esforzar mucho por que ella saliera de allí en una pieza.

O sea que el allanamiento de la oficina no había sido al azar. Aquello estaba claramente relacionado con Liberty. El miedo que la embargaba le impedía alegrarse de haber acertado en eso. ¿A Takahashi y Braithwaite les habían hecho lo mismo? ¿Qué pasaría a continuación?

El hombre aflojó momentáneamente la mano para buscar algo en el bolsillo. Sacó una abrazadera de nailon y le ató las dos manos juntas delante.

—Le pagaré lo que quiera, pero déjeme ir. Le daré más que la persona que le ha contratado. Y no se lo diré a nadie. Lo prometo. Por favor, déjeme…

—¿Qué te he dicho?

—¿Que no hable?

—Exacto. Ahora cállate o te arrepentirás.

Kat se lanzó a la derecha, pero él la agarró por la camiseta. Ella se lanzó hacia delante y consiguió soltarse. Él se arrojó sobre ella de costado, la agarró, la tiró al suelo y le empujó la cara en el barro.

Lo último que sintió ella fue un golpe en la parte de atrás de la cabeza. Después, nada en absoluto.

CAPÍTULO 40

Kat despertó con un terrible dolor de cabeza. Le dolía la espalda de estar tumbada en el duro suelo de baldosas y tenía frío. Intentó mover los brazos, pero se lo impidió la abrazadera de nailon que se le clavaba en las muñecas. Recordó lo ocurrido, al hombre de la metanfetamina, el sendero del parque, y se prometió no volver a correr sola nunca más.

Estaba en un edificio, un lugar húmedo y frío. La envolvía la oscuridad y tiritaba dentro de la ropa de correr. Guardó silencio e intentó oír algo que indicara que había personas cerca, pero no captó ningún ruido. Parecía estar sola.

Después de algunos intentos, maniobró lo suficiente con los brazos como para conseguir sentarse. Hizo un inventario rápido de su persona. Aparte de la abrazadera que le sujetaba las muñecas, estaba intacta y podía moverse libremente. Dobló las rodillas y se puso de pie. En ese momento le pareció que se movía el suelo bajo sus pies. Esperó unos segundos, pero no volvió a ocurrir. Pensó que era posible que estuviera mareada por el golpe en la cabeza.

Se enderezó y movió lentamente los brazos en arco, intentando palpar algo a su alrededor. Su cadera conectó con una encimera. Fue rozando la superficie y encontró dos lavabos. Al otro lado, sus brazos golpearon una puerta batiente. Estaba en un cuarto de baño. Siguió la encimera con las manos unidas hasta que llegó a la pared. Apretó un interruptor, pero no pasó nada. Estiró el dedo alrededor para pulsar la luz de su reloj, pero la abrazadera le apretaba el hueso de la muñeca y necesitó varios intentos para que se iluminara la esfera y le permitiera ver la puerta. Empujó esta una rendija y se asomó fuera.

Se encontró con las mesas y sillas de un restaurante de comida rápida, del tipo de los que se atornillan al suelo. Una luz difusa se filtraba por los cristales, cubiertos de suciedad. El lugar parecía abandonado.

Entró más en el restaurante, con cuidado de no hacer ruido. Dobló la esquina y se le paró el corazón. Enfrente de ella había un hombre de espaldas, inmóvil. Kat se quedó paralizada en el sitio. Podía volver corriendo al cuarto de baño, pero probablemente la oiría. En lugar de eso, se acercó de puntillas apara observar mejor.

Era un Ronald McDonald de tamaño natural, atornillado al suelo. Kat se riñó por no haber reconocido antes la odiosa ropa roja y amarilla, aunque fuera por detrás. Se asomó con cuidado por detrás de él, buscando alguna señal de vida en el restaurante. No había ninguna, solo más mesas y sillas polvorientas. Ella dobló una esquina, atenta a cualquier movimiento.

A juzgar por los precios baratos que había en el tablón de la carta, hacía mucho tiempo que allí no servían hamburguesas. El cartel decía que las sonrisas eran gratis, aunque no había nadie ofreciéndolas detrás del mostrador. Kat tuvo de nuevo la extraña sensación de que el suelo se movía bajo sus pies, pero solo duró un momento.

Una tos de hombre la sobresaltó. El tipo de la metanfetamina debía de estar por allí. Se movió con cautela en dirección al sonido, haciendo el menor ruido posible con las zapatillas de correr. Se asomó por la esquina y vio una figura oscura en una mesa lejana, sentada en una de las sillas.

Era la última persona a la que esperaba ver en un lugar como aquel.

CAPÍTULO 41

—¿ **K**at? ¿Eres tú? —preguntó él con un tono extrañamente conciliador, mucho más amable del que ella estaba acostumbrada a oírle.

¿Por qué seguía teniendo aquellos reencuentros raros? Primero el hombre de la metanfetamina y ahora Nick Racine. Cuando se acercó más, vio que tenía los brazos atados a la espalda y las piernas atadas a las patas de la silla. Ella tenía suerte de poder moverse libremente.

El traje de Nick estaba arrugado y su rostro se veía oscurecido por la barba de un día.

—¿Nick? ¿Qué haces aquí? ¿Qué demonios pasa?

—No lo sé. Algo que ver con Susan.

—Te refieres a Clara.

—Sí, Susan, Clara, como se llame. Oye, tú tenías razón, ¿vale?

—No te hagas el inocente conmigo. Tú también estás metido en esto. Todavía no sé cómo, pero es obvio que Clara hace lo que quiere contigo.

—Kat, piensa un poco. ¿Estaría o aquí si ese fuera el caso? —Nick se movió un poco, incómodo en el asiento de plástico duro. Kat se preguntó si habría pisado un McDonald en su vida antes de aquello.

—Clara no estaría en Liberty de no ser por ti. ¿No te molestaste en investigar su procedencia antes de contratarla?

—Dejemos esta discusión para más tarde y concentrémonos en salir de aquí. Volverán a por nosotros y no creo que tarden. —Nick volvía a ser el hombre arrogante de siempre—. Ve a la cocina y busca un cuchillo para cortar mis ligaduras.

—Me parece que no. Hasta que no me digas la verdad, no —respondió Kat.

A pesar de que había poca luz, vio que el rostro de Nick enrojecía de furia. Ella no cedió. En una situación menos comprometida, Nick no se mostraría dispuesto a cooperar con ella. Se giró para marcharse.

—Muy bien. Como quieras. Pero espero que no hagas que nos maten a los dos por esto.

—¿Por qué estás aquí, Nick? ¿Intentaste echar a Clara de Liberty? ¿Querías quedarte los despojos solo para ti? —Kat buscó en la zona de los condimentos, pero solo pudo encontrar pajitas y paquetitos de kétchup.

—Cuestioné la oferta de absorción de Porter. Es demasiado baja. Yo solo quería sacar un precio justo para los accionistas. Normalmente eso significa buscar otras ofertas. —Lo que decía no era muy altruista, teniendo en cuenta que era el accionista mayoritario—. A Clara no le gustó eso. Y ahí me enteré de quién era en realidad.

—Vamos, Nick. Tú sabías quién era cuando la contrataste. No soy tan estúpida. Algo se torció y tú intentaste retroceder. ¿No es así? ¿Qué fue? —Kat buscó en el mostrador algo lo bastante afilado para cortar su abrazadera de nailon. ¿Allí no había nada que no fuera de plástico?

—Está bien. De acuerdo. Debía dinero. Tenías deudas de juego y me perseguían unos matones. El padre de Clara me prestó el dinero y, a cambio, quería que uno de sus empleados trabajara en Liberty para que aprendiera el negocio de los diamantes.

Kat reprimió una carcajada. ¿Nick hablaba en serio? ¿Un programa de instrucción criminal? Aquel hombre era todavía más incompetente de lo que había pensado. Según Jace, su padre le había dejado una fortuna. ¿Por qué necesitaba un préstamo teniendo en cuenta su herencia y su sueldo en Liberty?

—A ver si lo entiendo —dijo ella—. ¿Pediste dinero a un tiburón, y cuando eso se puso feo, llamaste a un jefe de la mafia para que te rescatara? ¿De cuánto dinero estamos hablando?

—Solo unos pocos millones. Y la condición fue que su empleada estaría hasta que devolviera el dinero. —Nick se removió en la silla, claramente incómodo. Kat se preguntó cuánto tiempo llevaría allí.

—A ver si lo adivino —dijo—. No devolviste el dinero.

—No. Pensaba hacerlo, pero él me dio más de lo que necesitaba y decidí comprar más acciones al margen con el dinero sobrante. El precio había caído y era una oportunidad de duplicar pronto el dinero. O eso pensé yo. Pero el precio cayó más todavía. No pude reunir dinero suficiente para pagar la compra al margen. Todo mi dinero estaba invertido.

—¿Haces operaciones intradía con tu propia empresa? —preguntó Kat. ¿El propio presidente de Liberty manipulaba las acciones?

—Eh, no eran operaciones intradía. Mi plan era conservar las acciones unos meses. Era una oportunidad de recuperar mis pérdidas y poner mi vida en orden. Cuando subieran las acciones, vendería y recuperaría el dinero. El único problema fue que el precio de las acciones no se recuperó. Y cuando llegó el momento de cubrir las compras al margen, no tenía el dinero y tuve que vender. Eso me dejó más pérdidas y sin dinero para devolver el préstamo.

—Parece que te engañaron —comentó Kat. ¿Había alguien que no manipulara las acciones de Liberty?

—Supongo que sí. Si es cierta tu teoría de que Clara vendías acciones de Liberty en corto.

—No es una teoría. Es un hecho —repuso Kat. ¿Aquel hombre no la creería nunca?

—Sea como sea, pensé que la noticia de una buena absorción podía hacer subir las acciones y le comenté la idea a Ortega. El problema es que lo hizo en serio. Yo nunca quise vender. Era solo un modo de subir el precio.

—¿Eso no es ilegal? —preguntó Kat. Después de todo, Nick era parte de la empresa.

—Me engañaron. Manipularon las acciones para que perdiera mi dinero. Y con mis acciones como aval, las perderé seguro si no pago el préstamo. —Nick hundió los hombros con aire de derrota.

—¿Quiénes son ellos? ¿Clara?

—No. No directamente. Su padre. Dijo que el aval era solo un trámite. En aquel momento yo no sabía que pensaba robar la empresa con una absorción a la baja.

—Nick, ¿qué esperabas? Esas personas son grandes criminales

¿Era posible que fuera tan estúpido o solo se hacía el tonto? Tenía que haber sabido cómo actuaba Clara desde el comienzo.

—¿No lo entiendes, Kat? La asamblea general de accionistas es mañana. Si no estoy allí, no puedo votar. Y si no nombro un apoderado, Clara, como directora ejecutiva, puede votar como quiera con mis acciones.

—Cierto. Pero tú contrataste a Clara. Hay algo en esa historia que no me suena bien. ¿Qué es lo que no me has dicho?

—Aplacemos esta discusión para otro momento y concentrémonos en salir de aquí. Podemos ayudarnos mutuamente. Solo tenemos que encontrar algo para cortar las ligaduras.

—¿Tenemos? Creo que te refieres a mí, puesto que soy la única que puede andar en este momento. Y no haré nada hasta que me digas lo que ocurre. ¿Por qué debería ayudarte?

El ruido de un motor fuera del restaurante ahogó la respuesta de Nick. Kat se volvió y corrió de regreso al baño. Cuando llegaba al mostrador, oyó una cadena que golpeaba la puerta principal. Esta se abrió de golpe.

CAPÍTULO 42

*E*l hombre de la metanfetamina entró como una tromba en el restaurante. Esa vez no iba solo. Lo seguía otro rufián, más bajo y más grueso, con entradas en el pelo que compensaba con una coleta. Los dos llevaban chaquetas de cuero negro, chalecos de cuero y pantalones tejanos sucios. Kat, desde su posición en el suelo cerca del mostrador, captó humo de cigarrillo.

—¿Dónde está él, Gus?

—Oh, por lo que más quieras, Mitch. ¿Qué te he dicho? No uses mi nombre.

—De acuerdo, jefe. Pero tú acabas de usar el mío. Supongo que estamos en paz.

O sea que el presunto adicto a la meta era Gus. Y aparentemente tenía subordinados.

—Cierra esa maldita bocaza.

Gus miró a Mitch de hito en hito y pasaron por delante del mostrador sin reparar en Kat. Se dirigieron al rincón donde estaba Nick atado. La luz de la tarde decaía rápidamente y Mitch encendió una linterna y alumbró a Nick con ella. La luz iluminó algo más. Kat vio un brillo de acero en la mano de Gus.

—Yo puedo ocuparme de él, ¿verdad, jefe?

—Sí. Pero con algo sencillo, ¿de acuerdo? No como la última vez. No te pongas creativo.

¿Gus se refería a Takahashi? ¿Iban a matar a Nick? ¿Para quién trabajaban? Las preguntas invadían la mente de Kat, que se esforzaba por no perder nada de la conversación.

—Por mí, de acuerdo.

—Gracias a Dios que han recuperado el sentido común. Desátenme primero las manos. Tengo que…

—¡Gilipollas! He dicho que silencio.

—¡Ay! Eso duele.

Kat se asomó por la esquina del mostrador. Gus estaba delante de Nick y le tapaba la vista. Tenía una pistola en la mano derecha con la que apuntaba a Nick. Lo que Mitch le hacía a Nick debía de ser doloroso, a juzgar por los gritos de este último.

De pronto se abrió la puerta de golpe. A Kat le latió con fuerza el corazón cuando se giró a mirar detrás. Luego se relajó. Milagrosamente, en la puerta apareció Cindy.

—¡Qué alivio! No sabes lo…

Cindy la interrumpió con una patada rápida. Kat gritó y se acurrucó en posición fetal en el suelo. El dolor le atravesaba la espalda.

—¡Cállate, zorra!

Espasmos de dolor recorrían la columna de Kat, que se esforzaba por guardar silencio. Sus ojos se llenaron de lágrimas cuando intentó respirar. Tenía la sensación de que la patada de Cindy le había partido la espalda en dos. Gimió involuntariamente al intentar apartarse.

—¡He dicho que te calles! —gritó Cindy.

Kat la miró sorprendida. Su amiga, de pie a su lado, vestía de cuero negro desde la chaqueta hasta las botas de tacón de aguja que tanto dolor podían infligir. Miró a Kat con burla y dio una chupada de su cigarrillo.

—Tú no escuchas, ¿verdad? ¿Quieres acabar como Nick? —preguntó.

No esperó respuesta. Dio un golpecito al cigarrillo y dejó caer la ceniza en la cara de Kat.

Esta estornudó e inhaló la ceniza.

—No hagas ruido, zorra. ¿Entendido?

—Sí.

Cindy no la iba a salvar. En vez de eso, planeaba matarla. Era una de ellos, una policía corrupta. ¿La había comprado Clara? Ahora todo tenía sentido. Eso explicaba que ellos fueran siempre un paso por delante, que Gus supiera por dónde iba a correr ese día. Todo. Hasta que Platt la considerara sospechosa del asesinato de Takahashi.

—Vámonos ya —dijo Cindy.

Tiró el cigarrillo en el muslo de Kat. Esta lo sintió quemar sus medias de correr, derretirlas en la pierna. Cindy aplastó la colilla con la bota.

Mitch empujó a Nick hacia delante, sujetándolo por la espalda. Nick tenía ahora las manos atadas a la espalda, pero las piernas libres. Gus iba detrás de Mitch. Aparentemente, los dos obedecían las órdenes de Cindy.

—Bien. Ahora cállate y quédate en la esquina. Volveremos más tarde a por ti. —Cindy salió la primera, seguida por Gus y Mitch, que cerró de un portazo. Kat oyó gritos apagados fuera mientras recolocaban la cadena en la puerta.

Menos de un minuto después oyó dos disparos y a continuación el ruido del motor. Ese ruido duró lo que a ella le pareció una eternidad antes de alejarse. Kat yacía en el suelo, donde la había dejado Cindy, con miedo todavía de moverse. Escuchó con atención para ver si oía algo más, un grito o un aullido. Pero solo oyó silencio.

Su pánico anterior se convirtió en pavor ante lo inevitable. Le habían disparado a Nick. Era solo cuestión de tiempo que volvieran para matarla.

CAPÍTULO 43

La luz de la mañana penetró por fin por los cristales sucios lo suficiente para que Kat pudiera ver. Registró una vez más la cocina, abriendo armarios y cajones con la esperanza de haber pasado algo por alto el día anterior. No era así. Los armarios seguían vacíos. No había nada con lo que cortar la ligadura de las muñecas, ni siquiera un cuchillo de plástico.

La votación de los accionistas era ese día. Su aplazamiento de dos días no había cambiado nada. Cindy se había ocupado de eso, teniéndola allí encerrada. La votación tendría lugar y la única diferencia era que la dirección votaría por las acciones de Nick. Eso lo haría Clara, que sería readmitida en su puesto si Kat no conseguía aportar pruebas de su engaño.

Una sensación de fatalidad se asentó en su estómago. Miró su reloj. Eran ya las ocho de la mañana. Cindy y compañía volverían pronto. Se dejó caer contra el frigorífico, derrotada. Observó la habitación y posó la vista en el mostrador que tenía delante. No se había fijado antes en la caja de papel film. El borde dentado quizá estuviera lo bastante afilado para cortar el nailon.

Colocó el extremo de la caja contra su estómago para sujetarla bien y empezó a mover las muñecas adelante y atrás por el borde de

218

cortar el papel. Después de unos minutos serrando sin cesar, sus esfuerzos se vieron recompensados y se formó una leve hendidura en la abrazadera.

Kat aumentó el ritmo del movimiento y la hendidura se fue haciendo más profunda. En su prisa por cortar la abrazadera, Kat resbaló y el borde metálico cortó la correa del reloj y le serró la piel.

Kat gritó de dolor. Dio un salto y el reloj cayó al suelo. El corte de la muñeca se puso rojo de sangre al instante. El grito de ella resonó en la cocina vacía. Pero la abrazadera de plástico ya colgaba solo de un hilo fino.

Hilillos de sangre caían por el brazo de Kat. ¿Habría cortado algo importante? La invadió el pánico. ¿Por qué no había prestado atención a las clases de primeros auxilios en el colegio? Tenía que vendar la muñeca, ¿pero con qué?

Encontró un montón de servilletas en un armario, agarró un puñado y las apretó contra el brazo para cortar la hemorragia. Las servilletas se tiñeron al instante de color escarlata. Kat las dejó caer al suelo y apretó un segundo puñado contra la herida. Esa vez la hemorragia se hizo más lenta. Kat buscó en la cocina algo con lo que sujetar las servilletas, algo con lo que atarlas a su muñeca. Miró el rollo de papel film. Eso podía servir. Sacó un trozo de unos sesenta centímetros, lo envolvió alrededor de la muñeca y las servilletas y lo sujetó en su sitio.

Salió corriendo de la cocina, apretándose todavía el brazo para parar la sangre. Cada minuto que pasara en el restaurante era un minuto menos que faltaba para que volvieran Cindy y sus secuaces a matarla.

Abrió la puerta de la cocina y corrió a la parte delantera del restaurante. Tiró de la puerta, pero esta no se movió. Tenía que encontrar otra salida. A la derecha de la puerta había una ventana. Buscó algo con lo que romper el cristal y vio un servilletero metálico en una de las mesas. Lo lanzó con todas sus fuerzas contra el cristal. Rebotó y cayó al suelo, pero antes hizo una grieta pequeña en el cristal. Kat volvió a lanzarlo una y otra vez, apuntando a la grieta.

Después de media docena de intentos, el cristal se rompió por fin.

Podía pasar por allí, pero antes tendría que retirar los cristales rotos. ¿Cómo podía haber tantos peligros en un restaurante hecho casi enteramente de plástico? Necesitaba una especie de cepillo o escoba, pero no recordaba haber visto nada de eso. Tuvo una idea y se quitó una zapatilla de correr.

La usó a modo de guante para apartar los restos de cristal del marco de la ventana y se asomó fuera.

Aunque no tenía ideas preconcebidas, se llevó una sorpresa.

Un viento fuerte le azotó el rostro. Le apartó el pelo de la cara y la dejó sin aliento. Se agarró al marco de la ventana y se inclinó fuera todo lo que se atrevió. En lugar de asfalto y cemento, vio agua, que formaba pequeñas olas espumosas debajo de ella. El restaurante estaba en una barcaza, flotando en lo que tenía que ser Burrard Inlet, a juzgar por la proximidad de las montañas North Shore a la izquierda. Eso explicaba la extraña sensación de que el suelo se movía bajo sus pies.

La tierra más próxima estaba a su derecha, una orilla rocosa con bosques detrás y ninguna señal de actividad. Estaba a casi un kilómetro, demasiado lejos para nadar. Directamente en frente de ella había agua, y Kat calculaba que estaría al menos a ocho kilómetros al este de Vancouver. ¿Qué demonios hacía un restaurante flotante en Burrard Inlet?

La puerta, a la izquierda, tenía un pequeño porche debajo, rodeado por una barandilla, pero el porche no llegaba hasta la ventana. Para escapar, tenía que salir fuera, agarrarse a la barandilla y conseguir subirse a la plataforma. Se asustó. ¿Y si fallaba?

Volvió a ponerse la zapatilla y se esforzó por escuchar algún ruido de lanchas o barcos. Solo se oía el sonido del agua. Aunque había ventanas en los cuatro lados, estaban demasiado sucias para ver fuera. Kat se planteó romper otra ventana en el lado opuesto. Quizá hubiera otro porche, que le permitiera ser vista y rescatada. Pero otra ventana abierta supondría que haría todavía más viento y frío dentro de la barcaza.

Solo tardó un segundo en desechar ese pensamiento. Pasar frío era mejor que esperar a que la mataran. Cindy y su pandilla volverían a por ella cuando se hubieran librado del cuerpo de Nick. A Kat le dio un vuelco el corazón. ¿Cómo era posible que su mejor amiga la traicionara de aquel modo?

Pero no había tiempo para autocompadecerse. Se acercó al otro lado y rompió una segunda ventana con el mismo servilletero metálico. Esa vez consiguió abrir un agujero al primer intento y golpeó en él con el servilletero. De pronto oyó voces. Se asomó por la ventana y divisó un par de kayaks en la distancia.

—¡Eh! —gritó.

Los ocupantes de los kayaks siguieron hablando, sin oír sus gritos.

—¡Socorro!

Los dos kayaks se convirtieron en puntos pequeños abajo en el agua. Pronto habrían desaparecido. Kat ya no los oía. Gritó durante diez minutos más, con la esperanza de que hubiera alguien más cerca. No obtuvo ninguna respuesta.

—Dentro del barco no la vería nadie. Tenía que salir. Debajo de esa ventana tampoco había cubierta. Y no veía que hubiera ninguna otra cerca.

Eso implicaba que su única esperanza era salir a la plataforma debajo de la puerta. Volvió a la primera ventana y se asomó fuera. Recordó sus clases de gimnasia en el colegio. Nunca se le habían dado bien las flexiones ni escalar ni nada de eso. Había muchas probabilidades de que no lo consiguiera, y si acababa en el agua, tendría muchos problemas. Por otra parte, ¿podía haber algo peor que su situación actual? De todos modos iba a morir. Al menos en la cubierta podría verla alguien.

El cielo se oscureció y el viento arreció, con rachas entrando en el restaurante por las ventanas. En la plataforma haría todavía más frío. Tendría una hora como máximo antes de que empezara la hipotermia. Si resbalaba, acabaría en el agua, sin nadie que la salvara, nadie que la viera ahogarse.

A pesar del frío, le sudaban las manos. Se las secó en los muslos y respiró hondo. Se subió al marco de la ventana y se agarró bien. Estiró el brazo para calibrar la distancia. La barandilla quedaba unos treinta centímetros más allá de su alcance. El único modo de agarrarla era saltar estirando la mano en dirección a ella. Tendría que agarrarla desde la ventana e izarse hasta la plataforma. Si fallaba, acabaría en el agua. Pero eran solo treinta centímetros. Seguro que podría agarrarla e izarse.

¿Pero tendría fuerza suficiente para izarse?

Se estremeció. Respiró hondo y saltó desde el marco de la ventana, intentando impulsarse hacia la barandilla. Extendió las manos hacia ella.

Pero sus manos acabaron agarrando solo aire. Y Kat las curvó con frenesí y notó que empezaba a caer.

CAPÍTULO 44

Sus dedos se cerraron alrededor del metal frío y mojado, en la superficie que el aire marino había vuelto irregular. Los brazos casi se le salieron de las articulaciones al absorber el shock del peso de su cuerpo frenando contra la barandilla. Una oleada de alivio la envolvió cuando recuperó el aliento. No había podido agarrar la barra de arriba de la barandilla ni las dos siguientes, pero había conseguido agarrar la más baja. Estaba colgando, con los ojos al nivel de la cubierta.

Sus tobillos se hundían en el agua con el movimiento de la barcaza hacia arriba y hacia abajo. Empezó a izarse. Alzó la pierna derecha y apretó la suela del zapato en el lateral del barco porque recordaba el único intento que había hecho en su vida de escalar rocas, dos años atrás. La idea era usar las piernas, no los brazos.

Buscó la barra de más arriba de la barandilla con una mano y empujó con la pierna. A continuación repitió con el otro lado. Ahora estaba fuera y se agarraba con más fuerza a la barra.

Recuperó la confianza en sí misma y escaló hasta que sus manos llegaron a la barra de más arriba de todas. La distancia entre esa y la siguiente era lo bastante amplia para permitirle pasar por ella los pies y después el cuerpo. Se dejó caer sobre la plataforma, con una sensación de orgullo por lo que había logrado.

Miró la ventana y se dio cuenta de que le sería imposible volver a subir al barco. No había asideros ni agarres en la parte externa de la barcaza. Estaba atascada en la plataforma, sin modo de volver al refugio del restaurante. Con los pies mojados, probablemente solo tenía media hora hasta que atacara la hipotermia.

Observó el horizonte. Seguía igual que antes. No había tráfico de barcos ni nada en la orilla. Apoyó la espalda en la puerta, intentando resguardar su cuerpo del frío lo más posible. Le castañeteaban los dientes y tenía hambre.

El ruido de un motor interrumpió sus pensamientos. Se enderezó. El corazón le latía con fuerza. ¿Y si eran Cindy o sus villanos? Pero no lo eran, o al menos no lo parecía. Era un remolcador, con el motor mucho más ruidoso que el que había oído la noche anterior. Vapores de diésel flotaron hacia ella.

—¡Socorro! —gritó.

El remolcador viró en dirección a la orilla.

Kat agitó los brazos con furia y siguió gritando.

—¡Eh, estoy aquí! ¡Socorro!

El remolcador frenó y se detuvo un momento antes de girar. A Kat le dio un vuelco el corazón al comprender que la habían visto. El barco giró y se detuvo a su lado. De la cámara del timonel salió un hombre de rostro rubicundo cubierto con un impermeable. La miró con recelo.

—¿Señora? ¿Qué demonios hace ahí?

—Me secuestraron. ¿Puede sacarme de aquí?

—¿Secuestraron? —Él la miró escéptico—. Llamaré a la policía y vendrán a buscarla.

Sacó un teléfono del bolsillo.

—¡No! No puede llamarlos. Todavía no. Si los llama, sabrán dónde estoy.

—¿Y no es eso lo que quiere si la han secuestrado? —Se interrumpió para toser con una tos de fumador—. ¿Hay alguien más ahí dentro?

Se mostraba más receloso que solidario.

Kat se vio a sí misma a través de los ojos de él. Sucia, desaliñada y con las medias rotas por agujeros de cigarrillo.

—No. Mataron a un hombre y dijeron que volverían a por mí. ¿No podemos irnos de aquí?

—Solo si antes llama a la policía. Al menos estarán en camino si vuelven sus secuestradores —dijo él. Enfatizó la palabra "secuestradores" como si no la creyera.

—No lo harán. Solo sáqueme de este barco, por favor.

Él la miró dudoso.

—No la comprendo. Si fuera usted una persona legal, querría llamarlos.

—Sé que es raro, pero tengo una buena razón. Cuanto más tiempo pasemos hablando, más peligroso será todo. Se lo explicaré cuando salga de aquí. ¿Esto no entra en el código de honor de los marineros o algo así? ¿No está obligado a rescatarme?

Él la miró de arriba abajo, como si intentara valorar cuántos problemas podía causarle. Al final decidió que era inofensiva.

—Muy bien. La llevaré. Pero tendrá que saltar hasta aquí.

El remolcador era unos tres metros más bajo que la barcaza. Y eso no era lo peor. Había un hueco de un metro entre el remolcador y la prisión flotante de Kat. Normalmente no sería un salto difícil para ella, pero el frío y la falta de comida le habían consumido mucha energía. Si fallaba el salto, caería en el agua helada entre los dos barcos.

—¿Preparada? Tenga, agarre esto.

Era una soga.

—¿Para qué necesito una soga? —preguntó ella.

—Por si falla. Así podré tirar y subirla.

Pero no falló. Sus rodillas absorbieron el grueso del impacto con un sobresalto. Los cartílagos gritaron, pero el dolor remitió después de un minuto. Se dejó caer de costado, totalmente agotada. Por fin estaba fuera del maldito barco.

El hombre del remolcador le agarró las manos y la incorporó. Señaló la cabina del timonel.

—Me llamo Rory. Entre ahí. Hay una manta dentro. Yo iré en un momento.

Kat hizo lo que le decía y se acomodó en el calor de la cabina, envuelta en una manta de lana que olía a moho. Miró el restaurante flotante y se estremeció. Era una mole de acero y cristal de los años ochenta, que flotaba encima de una plataforma elevada a unos cinco metros por encima del agua. Su exterior, en otro tiempo blanco, estaba muy roñoso.

Rory entró en la cabina y se puso ante los controles. Aceleró el barco.

—La llevaré al puerto deportivo. Pero primero tendrá que explicarme qué demonios hace en el McBarge.

—¿McBarge?

Él la miró con el ceño fruncido.

—¿No lo sabe?

—¿Saber qué?

—Es un antiguo McDonald's. ¿Usted es de por aquí?

Kat asintió.

—Pues entonces seguro que lo recuerda. ¿La Expo del 86?

Kat recordó la Feria Universal de Vancouver de aquel año. Harry y Elsie la habían llevado allí a menudo en el verano de 1986. Ella había comido muchas veces en el McDonald's flotante. En aquel entonces solo le interesaba la comida, no la decoración, por eso no lo había reconocido. Miró el casco roñoso que flotaba en el agua, sorprendida de que hubiera seguido allí todos esos años.

—Creo que lo recuerdo un poco. No sabía que estaba aquí todavía.

—No tenía que estar. McDonald's quería conservarlo, pero el Ayuntamiento no se lo permitió. Cada vez que proponían una ubicación, no conseguían que se la aprobaran.

—¿Y lo trasladaron aquí?

—Se suponía que sería algo temporal. Luego los meses se convirtieron en años, y McDonald's se cansó de no conseguir que se lo aprobaran y lo abandonaron. Desde entonces flota ahí, como una *Happy Meal* a medio comer. Pero todavía no me ha explicado por qué no quiere llamar a la policía —explicó Rory.

Kat le contó a grandes rasgos lo que había ocurrido, empezando por cuando había salido a correr el día anterior por la mañana. Omitió los detalles sobre Liberty, solo dijo que había sido testigo de un crimen. Alguien había comprado a una policía corrupta y esta había matado ya a la otra víctima del secuestro.

Rory empezó a mostrarse más solidario.

—Ahora lo entiendo. Los policías corruptos son lo peor. Es su palabra contra la de usted. Pero tiene que haber alguien en quien pueda confiar, ¿no?

Kat negó con la cabeza. Después de la traición de Cindy, solo podía contar con una persona: ella misma.

CAPÍTULO 45

—¿Qué le ha ocurrido? Está hecha un desastre.

Los ojos azules helados de Platt la observaron mientras avanzaba por el pasillo enmoquetado hasta el último asiento al lado de la ventana. Los cristales del restaurante del puerto deportivo daban al mar, pero estaban nublados por la humedad, lo que difuminaba la luz del sol y creaba un resplandor suave en el interior.

El traje azul índigo de Platt y sus zapatos de piel desentonaban tanto en el Maggie's como la imagen grunge-punk de Kat. Los habituales del restaurante llevaban una hora mirando a Kat y cuchicheando. La hora que hacía que Rory la había dejado allí y pedido a la dueña que le diera de comer y lo pusiera en su cuenta. Kat tragó un trozo de tortilla y dejó el tenedor en el plato.

Maggie llegó al mismo tiempo que Platt y le puso una taza de café humeante delante antes incluso de que él se sentara.

—Eso es parte de lo que tengo que contarle. Ha habido otro asesinato. —Ella terminó su café amargo y se puso de pie—. ¿Dónde está su automóvil?

—No tan deprisa. Me prometió una información sobre Takahashi.

¿Cuál es? —Platt vació dos pequeños recipientes de nata en su café y tomó un sorbo sin removerlo.

Kat volvió a sentarse.

—No puedo contárselo aquí. Podrían oírnos. —No exageraba. Los demás comensales habían dejado de hablar y hasta el ruido de los cubiertos había cesado—. Se lo diré en el auto.

—Muy bien. Pero deme un minuto, ¿de acuerdo? —Platt estaba irritable—. Este ha sido el segundo viaje en hora punta que he hecho hoy. Me gustaría descansar unos minutos antes de empezar el tercero.

El tráfico en Vancouver empeoraba cada vez más. La hora punta de la mañana duraba al menos hasta las diez y media, con un hueco pequeño antes de que volviera a empezar la del almuerzo.

—Está bien, pero cada minuto que perdemos podría significar que hay menos pruebas.

Platt se recostó en el asiento, sorbió el café y lo movió de un lado a otro en la boca antes de tragarlo. Kat intentó ocultar su repugnancia. Todo en él la irritaba. Pero era el único policía en el que podía confiar en aquel momento. No se llevaba bien con Cindy, lo cual hacía que fuera menos probable que estuviera mezclado en el secuestro.

—Espero que valga la pena que haya venido hasta aquí —dijo él—. No soy un taxista.

Quince minutos después, Kat le contaba lo que ocurría de camino hacia el centro en el automóvil sin distintivos oficiales de Platt. Le habló del secuestro, del McBarge y de la muerte de Nick pero dejó fuera por el momento la participación de Cindy.

—Si eso es cierto, deberíamos ir hacia el McBarge, no en dirección contraria. —Platt apretaba el volante con tanta fuerza que tenía los nudillos blancos por la presión—. ¿Por qué no me ha dicho esto en el puerto deportivo? Podría haber alguien ya en el barco.

Aflojó un momento las manos en el volante y marcó un número en su teléfono móvil.

—Tenemos que llegar a la asamblea general de accionistas de Liberty antes de que voten.

—¿De que voten qué?

O Platt era muy obtuso o se esforzaba por irritarla. ¿Cómo podía investigar el asesinato de Takahashi y desconocer la oferta de la absorción?

El inspector habló por teléfono con otro policía y organizó que fuera alguien al McBarge a asegurar la escena.

—Los accionistas votan hoy la oferta de absorción de Porter. Porter Holdings es en realidad una tapadera del crimen organizado. —Kat observó a Platt, pero este no mostró ninguna reacción—. Quieren controlar Liberty para utilizarla para blanquear diamantes del mercado negro —explicó.

—¿Tienen que comprar una empresa para hacer eso?

—Lo verá cuando estemos en la reunión. Nick es el accionista más importante. Si no está allí para votar con sus acciones, algún directivo votará en su nombre.

En el cráneo de Platt se encendió una luz.

—Ah. Un motivo. Alguien podría votar a favor de la adquisición.

Brillante. Aquel hombre solo necesitaba un guía.

—Así es. Entonces Liberty sería propiedad de Porter. Cuando Nick empezó a hacer demasiadas preguntas sobre la absorción, lo secuestraron. —Estaban a solo unas manzanas del hotel, pero el tráfico apenas se movía.

—¿Por qué importa tanto el voto de Nick? ¿Por qué no secuestran a otros accionistas?

Kat respiró hondo. ¿Platt no había establecido todavía la conexión con los asesinatos de Takahashi y Braithwaite? El vínculo común era Liberty.

—Nick no es el primero. Me sorprende que no sepa eso. —Era una crítica apenas bastante evidente del trabajo de él—. Braithwaite era el otro accionista importante. Lo asesinaron el primero. Los dos juntos tenían acciones suficientes para decidir el voto. Y Ken Takahashi trabajó también para Liberty. Ya son tres los asesinatos relacionados con Liberty. Alex Braithwaite, Ken Takahashi y ahora Nick Racine.

—Puede que haya una conexión —admitió Platt de mala gana—. ¿Por qué querían matarlos?

Kat reprimió el impulso de pegarle. ¿No había hecho ningún caso a lo que le había contado ella cuando la interrogó sobre Takahashi? Respiró hondo y volvió a explicárselo.

—Los que quieren hacerse con Liberty los querían quitar de en medio. Alex Braithwaite y Nick Racine eran los dos accionistas más importantes. Braithwaite estaba en contra de la absorción. A Nick lo obligaron a votar a favor porque tenía que cubrir unas deudas de juego. A Takahashi, que fue geólogo jefe, lo eliminaron porque cuestionó los hallazgos de los diamantes del mercado negro.

—¿Qué nueva información tiene sobre Takahashi?

—Acabo de decírselo. La nueva información es Nick.

—Katerina, ¿por qué no pudo decirme esto en el puerto deportivo o en el teléfono? Me hizo venir hasta aquí porque me dijo que me mostraría pruebas nuevas en el caso de Takahashi.

Estaban parados en un cruce a media manzana del hotel. El semáforo estaba en verde, pero se hallaban encerrados por un taxi que intentaba colocarse delante de ellos. Platt miraba con odio a un chico con rastas que intentaba limpiar el parabrisas, retándolo a sufrir las consecuencias si tocaba el cristal. No le haría ninguna gracia un cuarto viaje en hora punta hasta el McBarge después de la asamblea de accionistas.

—Inspector, si se lo hubiera dicho de otro modo, no habría venido. Además, esto tiene que ver con Takahashi. Ya lo verá en la asamblea de accionistas. —Le habló de Clara, de que se hacía pasar por Susan, y de Ortega—. Todos los que se entrometen son asesinados.

Platt guardó silencio un momento. El tráfico se despejó y se pusieron de nuevo en marcha.

—¿Dónde encaja usted? No trabaja para Liberty.

—Hasta hace una semana sí. Me contrataron para investigar la estafa de Bryant. Cuando empecé a escarbar, me encontré con el blanqueo de diamantes. Entonces fue cuando asesinaron a Takahashi.

—¿Por qué la secuestraron? ¿Por qué no la mataron?

—Ya habían intentado matarme cuando me sacaron de la carretera. Luego me despidieron. Supongo que no me doy por vencida fácilmente. Cuando revelé quién era Clara, me secuestraron. Quieren alejarme de la asamblea de accionistas para que gane el voto a favor de la absorción.

—¿Por qué no la mataron al mismo tiempo que a Nick?

—No lo sé. Debe de haber una razón. —Kat pensó que aquel hombre era exasperante—. Pregúnteselo a Cindy Wong.

CAPÍTULO 46

*K*at pasó corriendo al lado del atónito conserje y siguió corriendo por el vestíbulo, donde estuvo a punto de derribar a una anciana que estaba en su camino. Kat viró a tiempo a la izquierda y esquivó por los pelos una mesita lateral con un jarrón de aspecto caro encima.

—Lo siento —gritó a la mujer, que la amenazó con su paraguas.

—Vaya más despacio, señorita. —La mujer la apuntó con el paraguas con aire acusador—. Muestre respeto y mire por dónde va.

Kat corrió escaleras arriba hasta el Salón Cristal. Platt la seguía a una distancia más educada.

Las arañas de cristal relucían y se reflejaban en las paredes de espejos. Kat tardó un momento en darse cuenta de que la mayoría de los asientos estaban vacíos. ¿Era temprano? Se miró la muñeca y recordó que el reloj se había quedado en el McBarge después de haberle cortado la correa.

No tuvo que buscar a Audrey. El aroma a Chanel 5 la envolvió antes de verla.

—¡Vaya! —Audrey la miró de arriba abajo—. ¿Todo lo demás está en la lavandería?

—Puedo explicarlo. Me secuestraron y hace solo una hora que me han rescatado. He estado prisionera en el McBarge y...

—¿El Mcqué? A ver si lo adivino. ¿Esta vez la culpa es de la McMafia?

—Audrey, no estoy loca. Pero eso no importa. ¿Cuándo empieza la asamblea de accionistas? —Kat miró a su alrededor, confusa. ¿Dónde estaban todos? Había menos de una docena de personas esparcidas por la habitación.

—¿Empezar? Terminó hace veinte minutos.

A Kat le dio un vuelco el corazón. La reunión estaba prevista para las diez. No sabía que era tan tarde.

—¿Quién ha votado por las acciones de Nick? —preguntó.

—Yo.

—Espero que haya votado que no.

—Hemos votado que sí.

Kat sintió como si le hubieran dado un puñetazo en el estómago. ¿Cómo podía Audrey haber entregado Liberty sin luchar? Estaba demasiado atónita para decir nada.

El inspector Platt apareció por fin, con el rostro sonrojado y cubierto de sudor. Aunque era delgado, Kat notó con cierta satisfacción que no estaba muy en forma. El policía respiró hondo y soltó el aire por la boca, intentando frenar el ritmo de su respiración.

—Audrey Braithwaite, este es el inspector...

—Ya nos conocemos —repuso Audrey. Se volvió hacia él—. Aunque no he sabido gran cosa de usted últimamente.

Platt probablemente se encargaba también de la investigación del asesinato de Braithwaite. Y al parecer, Audrey tampoco era muy fan suya.

Esta se envolvió el cuello en un chal de cachemira y pasó al lado del policía, sin hacer caso de la mano que este le tendía. Caminó con brusquedad hacia las puertas dobles de la parte trasera del salón. Kat la siguió, empeñada en atraer su atención.

—Audrey, Nick ha sido asesinado —dijo. Fue lo primero que se le ocurrió para evitar que la otra se marchara.

—Nick. —Audrey palideció, se detuvo en el pasillo y se dejó caer en un sillón de orejeras. El sillón se la tragó, haciendo que pareciera más pequeña que nunca—. ¿Primero Alex y ahora Nick? Eso explica su ausencia en la asamblea. —Se agarró a los brazos del sillón como si se preparara para recibir más noticias malas—. ¿Qué ha pasado?

Kat le hizo un resumen del secuestro, culminando con cuando disparaban a Nick.

—¿Cree que Susan también está detrás de eso? —preguntó Audrey.

Kat no sabía si lo creía o no. Y ya no le importaba. El voto significaba que Liberty estaba en manos de Ortega. Todos los que se habían interpuesto en su camino habían sido silenciados.

—Quizá directamente no —contestó—. Pero no le estorbaba librarse del accionista más importante, sobre todo si él no cooperaba. —Le contó a Audrey lo del problema de juego de Nick y el intento de secuestro de Ortega.

—¿Qué voy a hacer? —Audrey se levantó del sillón y miró a su alrededor—. ¿Voy a ser la siguiente?

—Yo no me preocuparía por eso —repuso Kat.

Pero Audrey ya no la escuchaba. Pulsó el botón del ascensor y miró a Platt de hito en hito.

—Usted no ha sido de mucha ayuda —dijo—. ¿Sigue trabajando en el caso de mi hermano?

—Señorita Braithwaite, estamos investigando a fondo. Pero si la gente nos oculta información, eso retrasa la investigación. —Miró a Kat—. Si no nos lo cuentan todo, no podemos actuar.

Kat lo miró con rabia.

—Yo se lo conté todo, pero usted me ignoró. Le dije que el asesinato de Alex Braithwaite estaba relacionado con el de Takahashi y ahora ha pasado esto. Usted podría haber evitado el asesinato de Nick y mi secuestro. ¿Por qué no me escuchó? Estuvo demasiado tiempo sin hacer nada.

Se abrió la puerta del ascensor y entró Audrey.

—Cada día que pasa sin que descubra usted algo es un día más en el que puede huir el asesino de Alex, inspector —dijo.

La puerta se cerró antes de que Kat pudiera seguirla.

Un día más a favor de los asesinos y su impunidad.

CAPÍTULO 47

—¡ *A* udrey, espere! —Kat bajó corriendo las escaleras hasta el vestíbulo, siguiendo el rastro de Chanel. Solo tardó un momento en alcanzar a Audrey, que caminaba unos metros por delante sobre sus tacones altos. Era demasiado tarde para cambiar nada, pero tenía que saberlo—. ¿Por qué ha votado que sí?

—¿Pero a usted qué le pasa? ¿Ha vuelto a cambiar de idea? —Audrey se detuvo a ponerse unos guantes.

—¿Por qué dice eso? Acaban de entregar Liberty a unos criminales.

—No, no lo hemos hecho. Hemos votado a favor de bloquear la absorción. La Junta directiva redactó una nueva resolución para votar en contra de la absorción. Yo he votado por las del trust y por las de Nick como representante. ¿No era eso lo que quería?

—Sí. Oh, Audrey, gracias. —Kat la abrazó. Liberty quedaba fuera del alcance de Ortega. Un problema menos—. ¿Entonces la convencí?

Audrey se soltó de su abrazo con desagrado.

—Cuando dijo que el verdadero nombre de Susan era Clara, investigué un poco. Encontré un artículo sobre Ortega y Susan, es decir Clara, aparecía en la foto con su padre. El artículo no era muy halagüeño. Son villanos, pura y simplemente. Luego llamé a las empresas que Susan Sullivan había citado como referencia en su currículum. No sabían nada de ella. Estaba ya bastante decidida y cuando he visto que no se presentaba en la asamblea de hoy...

—¿Qué? ¿Ella no ha venido? —preguntó Kat, sorprendida.

¿Por qué huía Clara en un momento tan crucial? El dinero estaba congelado y ella jamás se iría sin él. ¿Qué otras cosas ocurrían? Tenía que llegar a su oficina para comprobar si el dinero seguía todavía en su sitio.

—Necesita una ducha. Llámeme esta tarde, tenemos mucho de lo que hablar —dijo Audrey. Y se introdujo en un Cadillac negro que esperaba en la acera.

CAPÍTULO 48

—¿*B*ryant? —Ortega contuvo el aliento pero se recuperó rápidamente. Se suponía que aquel hombre estaba muerto—. ¿Qué Bryant? —preguntó, fingiendo ignorancia.

Tapó el auricular con la mano e hizo señas a su secretaria para que se retirara. Esta, una belleza venezolana cuyo talento no incluía contestar teléfonos ni mecanografía, empezaba a cansarle y el cirujano plástico comenzaba a salirle caro.

—Usted sabe muy bien quién soy, señor Ortega —dijo la voz al otro extremo de la línea—. Escúcheme con atención. Tengo algo que usted quiere.

—No me interesa, llego tarde a una reunión. —¿Por qué estaba vivo todavía? ¿Clara no había hecho su trabajo y lo había eliminado?

—Olvídese de la reunión. Lo que tenemos que hablar es mucho más importante.

Ortega se esforzó por oír el ruido de fondo. Bryant llamaba desde un lugar público. Había anuncios por altavoces al fondo, como en un aeropuerto o en una estación de tren. Tenía que ubicar su paradero. Suponiendo, claro, que aquel bastardo insolente fuera de verdad él.

—¿De qué podría querer yo hablar con usted? —preguntó. Bryant no tenía más utilidad para él que ser el chivo expiatorio del dinero robado.

—Se me ocurren cinco mil millones de razones por las que debería hablar conmigo.

Ortega tardó un momento en contestar. Bryant intentaba extraer información. Por supuesto, sabía lo del dinero. Después de todo, lo habían acusado de llevárselo. ¿Pero de dónde había sacado aquel número de teléfono?

—¿En serio? Deme una —dijo.

La foto de Clara lo miraba sonriente desde el escritorio. La colocó boca abajo. Ella ya no era su hija.

—Tengo el dinero —dijo la voz al otro lado.

Imposible. La cuenta de Opal Holdings en Bancroft Richardson seguía congelada por los reguladores. Eso en sí mismo no preocupaba a Ortega. Cualquiera podía ser comprado si el precio era suficiente.

—¿Qué dinero? —preguntó con voz inexpresiva para no traicionar su furia. Le palpitaba la cabeza y notaba el rostro enrojecido.

—Los cinco mil millones, imbécil. Déjese de tonterías. Sabe muy bien de lo que hablo.

Ortega entró en la página web de Bancroft Richardson y contuvo el aliento. El dinero había desaparecido, lo que daba peso a la afirmación de Bryant. Había sido retirado el día anterior en tres transferencias distintas. La cantidad completa. Pero tenía que haber un error. Habló con voz tranquila, a pesar de que le empezaba a embargar el pánico.

—Diga qué es lo que quiere.

—El cincuenta por ciento. La mitad de los cinco mil millones.

—¿La mitad? —Ortega estaba atónito. A la gente como él no le robaban. ¿No sabía Bryant con quién lidiaba?—. De eso nada.

—No conteste todavía. Tendrá que pensarlo. Si se niega, acabará sin nada.

—¿Por qué voy a acabar sin nada? El dinero es mío. Además, la cuenta está congelada en este momento. —Tenía que haber un error, algún tipo de confusión con la cuenta. ¿Pero qué probabilidades había de error en transferencias de mil millones de dólares?

—No está congelada en absoluto, señor Ortega. A decir verdad, el dinero fluye bastante bien en este momento.

Ortega detectó una mueca de desprecio en las palabras de Bryant.

—¿Por qué debería creerle?

—No tiene que hacerlo. Compruébelo por sí mismo. Esperaré.

Ortega pulsó el botón que enmudecía el teléfono.

—¡Luis! ¡Ven aquí!

Se abrieron las puertas de madera tallada de la oficina y apareció Luis. Se pasó la mano por la frente pálida y se apartó el poco pelo que tenía.

—Rastrea esta llamada. Averiguar desde dónde llama.

Recuperaría su dinero de un modo u otro. Y tal vez Bryant además lo llevara hasta Clara.

Luis asintió y salió para llamar a la persona que tenían comprada en la compañía telefónica.

Ortega liberó la tecla muda del teléfono.

—¿Cómo sé que es usted quien dice ser? —preguntó.

—Para empezar, porque sé lo del dinero. Y también porque sé quién es usted. Nadie más ha establecido la relación entre el dinero y usted. Al menos todavía. Eso debe de valer algo.

—¿Me amenaza usted, señor Bryant?

—Yo no amenazo a la gente, señor Ortega. Solo he pensado que podíamos compartirlo.

—Yo no comparto lo que es mío.

—Eso está abierto a interpretación. Hasta donde yo sé, el dinero era de Liberty Diamond Mines.

—Puede que esté dispuesto a darle algo. La mitad no. Eso es inadmisible.

—Ya me ha oído, señor Ortega. Le he dicho lo que quiero. La mitad. Eso no es negociable.

Ortega pensó un momento. Había aprendido hacía mucho a no sacar conclusiones precipitadas. ¿Por qué pedía Bryant una parte si ya tenía el dinero? No tenía sentido. Eso implicaba que necesitaba algo más para conseguirlo. ¿Qué le faltaba? ¿Clara? ¿Dinero para sobornar a alguien? ¿Una contraseña?

—Necesito más tiempo.

—No deje para mañana lo que pueda hacer hoy, señor Ortega.

—Señor Bryant, no ha probado nada. ¿Y qué si el dinero ya no está en la cuenta? Eso no prueba que lo tenga usted ni que sepa dónde está.

—Pensé que diría eso. Y como gesto de buena fe, le he enviado un depósito por adelantado. —Bryant se echó a reír—. Mire en su fideicomiso en Líbano. ¿Ve el millón de dólares?

—¿Qué millón de dólares? —Ortega mecanografió con furia para entrar en otra cuenta. Cuando esperaba la conexión, le temblaban las manos. Allí estaba. Un depósito del día anterior por un millón de dólares.

—¿Lo ve? Eso es un regalito de mi parte. Considérelo una muestra de buena fe.

—¿Cómo ha hecho eso? —preguntó Ortega.

Estaba furioso. ¿De dónde había sacado Bryant la información de su cuenta? Solo la conocían Clara y su contable. ¿Cuál de los dos lo había traicionado? ¿Cuántas cuentas más le habían pirateado? ¿Qué otra información sobre su organización habían encontrado? Sacó un pañuelo del bolsillo y se secó el sudor de la frente.

—¿Acaso importa? —preguntó Bryant.

Ortega no contestó. Necesitaba tiempo para pensar.

—¿Sabe, señor Ortega? La mayoría de la gente muestra más gratitud cuando alguien les da un millón de dólares. Al menos podría dar las gracias.

Ortega explotó.

—¡Bastardo! Ese dinero es mío. Usted lo ha robado. No es suyo.

—Eso es debatible. Oficialmente, soy yo el que lo robó. Pero los dos sabemos que fue usted.

Ortega creyó detectar una sonrisa en la voz de Bryant. Era evidente que disfrutaba, hablaba despacio para torturarlo lo más posible.

—¿Señor Ortega? ¿Conoce el refrán de que el que roba a un ladrón tiene cien años de perdón? Eso nos describe bien, ¿no le parece?

Ortega no contestó. Estaba furioso.

Añadió un nombre más a su lista. Con dinero o sin él, Bryant no sobreviviría a aquella semana.

CAPÍTULO 49

—¡ o te acerques a mí! —gritó Kat. Entró en la oficina seguida de cerca por Cindy—. Llamaré a la policía.

Agarró su teléfono, que estaba sobre la mesa, y marcó el 911. Cindy le sujetó el brazo con fuerza y lo clavó sobre la mesa. Kat se golpeó los nudillos en la madera al intentar agarrar mejor el teléfono. Se maldijo por su estupidez. Tendría que haber sabido que Cindy se habría enterado ya de su fuga. ¿Por qué no había salido de allí en vez de quedarse a esperar a que Cindy fuera a acabar con ella?

—¡Ay! Me haces daño. —Kat era más alta, pero Cindy estaba entrenada en artes marciales.

—Kat. Deja de luchar conmigo y te soltaré. ¿Pero qué demonios te pasa?

El brazo de Cindy estaba encima del de Kat, a la que clavaba a la mesa como un campeón de lucha libre. Mientras se debatía, Kat oyó la voz lejana de la operadora del 911. Al menos el teléfono seguía en su mano. Intentó no desconectarlo.

—911 al habla. ¿Policía, bomberos o ambulancia? —preguntó la operadora.

—¡Policía! ¡Auxilio! —gritó Kat en dirección al teléfono.

Cindy tiró de sus dedos e intentó con su mano libre que Kat

soltara el teléfono. Esta apretó los dedos con más fuerza para impedir que Cindy desconectara la llamada. La voz de la operadora sonaba muy débil y casi no podía oírla.

—¿Llama desde un teléfono móvil? ¿Desde que dirección lla...?

—¡Ay! —Kat gritó de dolor cuando Cindy le apretó un punto en la palma de la mano. Soltó el teléfono sin querer y Cindy lo agarró y desconectó la llamada.

—Kat, déjate de tonterías. ¿Puedes relajarte un momento y dejar que te explique?

Kat se frotó la palma de la mano. El terrible dolor de un momento atrás había desaparecido por completo como si nunca hubiera existido. ¿Cómo podía Cindy infligir tanto dolor sin que durara el efecto? Kat volvió al presente. Tenía el brazo libre pero estaba todavía sola en una habitación con una asesina.

—¿Me vas a matar ahora? —preguntó.

—Por supuesto que no. Ya te metes tú sola en bastantes líos sin necesidad de que yo te ayude. Corres por parques desiertos en la oscuridad, alteras escenas de asesinatos y amenazas a hijas de mafiosos. Yo soy la que te salvó el pellejo, Gus quería matarte.

—¿Tú me salvaste? ¿Golpeándome y dejándome por muerta en el McBarge? —Kat se cruzó de brazos y miró de hito en hito a Cindy—. Podría haber muerto de frío.

—Pues yo no veo que estés muy mal. Aunque necesitas una ducha. Hueles a algas. —Cindy arrugó la nariz—. Si no hubiera ido al McBarge con ellos, habrían acabado contigo allí mismo. Convencí a Gus de que valías más viva que muerta. Fue idea mía llevaros a Nick y a ti allí, para tenerte fuera de peligro y ganar tiempo hasta que pudiéramos detenerlos.

—Tú no protegiste a Nick. Hiciste que lo mataran.

—Tranquila. Está a salvo.

—Pero yo oí el disparo.

—Fue puro teatro. Nick se hizo el muerto hasta que volvimos a la orilla.

Aquello era plausible. Quizá Cindy decía la verdad.

—¿Y qué hay de Gus y Mitch? —preguntó Kat, mirando atentamente a su amiga por si sorprendía alguna muestra de traición. Por su parte, no quería volver a encontrarse con ninguno de ellos nunca más. Se sentó en el borde de su silla y procuró relajarse.

—Detenidos. Encerrados hasta mañana por lo menos. —Cindy se sentó en el sillón que había enfrente del escritorio. Seguía vestida totalmente de cuero negro, como una motera—. Kat, soy poli. Tenía que hacer que pareciera realista o me habrían descubierto. Y eso hubiera sido muy peligroso para las dos.

—Pues tus patadas fueron muy reales. Mi espalda no se recuperará nunca —musitó Kat. Y, como si quisiera darle la razón, un espasmo recorrió su columna.

—Prefiero hacerte un moratón a dejar que mueras.

—Es muy generoso por tu parte. —Kat apartó la vista—. ¿De verdad tenías que emplearte tan a fondo?

—Kat, tenían órdenes de matarte. Tenía que resultar auténtico. Los convencí para que esperaran. Les dije que los Escorpiones Negros podían usarte como moneda de cambio con Ortega.

Tal vez fuera todo verdad.

—Supongamos que te creo —comentó Kat—. ¿Y ahora qué? —Se recostó en la silla, muy cansada de pronto. Relajó los hombros y respiró hondo.

—Tú me cuentas lo que sabes y yo hago lo mismo. Llevo diez minutos intentando hacer eso.

—Está bien. Pero no vuelvas a torturarme más con artes marciales. —Kat se observó la mano. No quedaba ningún rastro de la presión del punto mágico de Cindy.

—Hecho. Y tenías razón en lo de Clara. Ortega la puso ahí para vigilar a Nick. Y tus sospechas sobre el blanqueo de diamantes también dieron en el blanco.

—Lo sabía. Y cuando Ortega descubrió lo lucrativo que era ese negocio, decidió hacerse con la empresa. —Kat explicó lo que había pasado con la absorción de Porter y contó la ausencia de Clara en la votación de esa mañana.

—¿Crees que ha salido huyendo? —preguntó Cindy.

—No creo que se vaya sin el dinero. Y está congelado, ¿verdad?

Kat se dio cuenta, horrorizada, de que seguía conectada con la página web de Bancroft Richardson. Si a Cindy se le ocurría pasar a su lado del escritorio, vería que había pirateado la cuenta de Opal Holdings. Desde que descubriera la contraseña, entraba de vez en cuando para asegurarse de que el dinero seguía allí. Solo que esa vez ya no estaba. Alguien lo había sacado con una transferencia. Una transferencia de cinco mil millones de dólares. Esa era una de las cantidades que aparecían en la lista manchada de café de Clara. Y era también la cantidad que habían robado en Liberty.

—Kat, ¿por qué me miras así?

—¿Así cómo?

—Como si hubieras hecho algo que no quieres que sepa. Conozco esa mirada.

—No sé de qué me hablas —repuso Kat.

Hizo clic con el ratón para salir de la cuenta, pero el ordenador se había bloqueado y la cuenta de Opal Holdings seguía visible en la pantalla. Kat contuvo el aliento. La policía Cindy se enfadaría mucho si se enteraba de que había violado la ley. Y la villana Cindy, si en realidad era eso, la mataría. Fuera como fuera, no podía dejar que la viera.

—¿Por qué se iría sin el dinero? Debía de saber que la votación de la absorción sería en contra —comentó Cindy, que ignoraba el pánico que embargaba a Kat—. Quizá la haya retirado Ortega. Sus tratos con los Escorpiones Negros se han complicado últimamente. Ortega incumplió un pago. Adrede. A los Escorpiones Negros eso no les ha gustado nada.

La banda de los Escorpiones Negros controlaba el tráfico local de drogas. También traficaban con armas en el mercado negro y eran sospechosos de cierto número de tiroteos de los bajos fondos no resueltos.

—¿Cómo sabes todo eso? —Kat pulsó todas las teclas, pero la pantalla siguió bloqueada. Intentó disimular el pánico. ¿Sería posible comprar a Cindy —. ¿Tú trabajas para Ortega? —preguntó.

—Oficialmente no.

—¿Qué demonios significa eso? —A Kat se le aceleró el corazón todavía más. Miró su teléfono, que Cindy había vuelto a colocar en el escritorio. Aunque pudiera alcanzarlo, no podría derrotar a Cindy. Y la pantalla seguía bloqueada.

—Kat, llevo más de dos años infiltrada en los Escorpiones Negros. Estoy al cargo de la logística y eso incluye meter y sacar el producto sin que lo detecten. Así fue como conocí a Ortega. Él suministra armas a cambio de heroína.

—¿Y él controla a los Escorpiones Negros? —preguntó Kat.

Dio la vuelta al ordenador, abrió la tapa y sacó la batería. Tenía que apagar la pantalla delatora.

—No. Son socios de negocios. Pero Ortega es un hombre listo. Siempre busca modos de maximizar sus beneficios. Así que me paga a mí aparte. Yo le aumento el producto y él desvía algo del dinero hacia mí. Y añade una prima si todo sale bien. ¿Por qué desmantelas el ordenador?

—Es muy irritante. Se bloquea constantemente. ¿Si va bien el qué? ¿Secuestras gente? ¿La matas?

—Tranquila. Todo forma parte del trabajo de infiltrada. Paramos las cosas antes de que lleguen demasiado lejos. Me infiltré en los Escorpiones Negros para que pudiéramos cerrar su tráfico de heroína. Cuando descubrimos que Ortega estaba mezclado, la operación adquirió una dimensión nueva por sus contactos con el terrorismo internacional y el crimen organizado. Además de armar a los Escorpiones Negros, Ortega suministra armas a muchas de las principales organizaciones terroristas del mundo. Estamos trabajando con las policías argentina y libanesa para derribar su imperio.

—¿Los Escorpiones Negros no estaban mezclados en todos esos asesinatos de bandas? ¿No intentaron aniquilar a otras bandas para quedarse con su territorio? —preguntó Kat.

Al menos Cindy ya no podía ver lo había en la pantalla. Volvió a colocar la batería y reinició el ordenador.

—Sí. Y prácticamente controlan toda la venta de heroína aquí. Ortega empezó a hacer tratos con ellos hace un par de años.

—¿No podrías haberme dicho todo esto antes?

—No. Aunque lo hubiera sabido, y no lo sabía, no te lo habría contado. Y todavía no entiendo cómo encaja Liberty en todo esto.

—Mmm. ¿Hace dos años? Clara llegó a Liberty sobre la época en que tu banda empezó a hacer negocios con Ortega. —Kat empezaba a atacar cabos—. Entonces fue cuando Nick recibió amenazas de muerte anónimas. Utilizó todas sus opciones de compra de acciones y provocó el pánico ente los accionistas. Nunca dijo por qué. Se habló mucho de eso en su momento.

—Seguramente necesitaría dinero. ¿No has dicho que tenía el hábito del juego?

—Se rumoreaba que se había endeudado en el casino. —En realidad, habían sido más que rumores. Todo el mundo sabía que tenía problemas.

—Debió de usar dinero de las opciones para pagar sus deudas de juego. ¿Pero no le llegó y pagó un préstamo de tiburón con otro?

—No exactamente —contestó Kat—. Creo que Ortega saldó su deuda. Pero los hombres como Ortega no son buenos samaritanos. Y Ortega es demasiado importante para dedicarse a prestar dinero. Si sacó a Nick del aprieto, fue porque quería algo a cambio.

—¿Algo de qué? Has dicho que estaba en la ruina.

—Pero aunque no tenga dinero, tiene algo valioso. Controla Liberty. Eso vale algo.

—¿Y cómo ayudaría eso a Ortega?

—Dándole acceso. De pronto Ortega tenía también acceso, en especial con Clara instalada como directora ejecutiva. Liberty extrae diamantes y Ortega blanquea diamantes. Los diamantes que analizaste eran de El Congo y Sierra Leona, ¿recuerdas?

Kat observó la pantalla de su ordenador. Necesitaba volver a la cuenta de Opal Holdings en Bancroft Richardson. La persona que había hecho las dos primeras transferencias quizá hubiera terminado de transferir el resto del dinero. Pero no podía arriesgarse a entrar con Cindy allí.

—Kat, eres muy lista. ¿Y los cinco mil millones también están relacionados con los diamantes?

La interpelada no contestó. Observaba la lista manchada de café con las transferencias bancarias. Solo llevaría unos minutos transferir el resto del dinero.

—¿Kat?

—¿Ajá? —Kat observaba fijamente la lista. Las dos transferencias siguientes eran por 23,4 millones de dólares y 21,6 millones. Una vez que transfirieran el dinero, se perdería para siempre.

—Kat, ¿estás prestando atención?

Kat decidió arriesgarse. Volvió a conectarse, al tiempo que escuchaba a medias a Cindy, quien hablaba del blanqueo de diamantes. Esa vez comparó las cifras de la lista con las del monitor. La primera transacción se correspondía con los detalles de la cuenta que había sacado de la basura de Clara, pero con una diferencia. Esa vez aparecía el nombre del banco, un detalle que faltaba en la lista de Clara. Los cinco mil millones se habían trasferido esa mañana al Bank of Cayman, a la hora en que tenía lugar la asamblea de Liberty. Kat decidió que tenía que librarse de Cindy.

Las dos transferencias siguientes eran a bancos de las Islas del Canal y de Liechtenstein. En conjunto, las transferencias sumaban 49,9 mil millones, casi la totalidad del dinero de la cuenta de Bancroft Richardson.

CAPÍTULO 50

—¿Cómo ha podido ocurrir eso? Dime que es un error. Por favor.

Kat solo oía la parte de Cindy de la conversación. Y era evidente que no le gustaba lo que le decía el que llamaba. A Kat eso le daba igual. Mientras Cindy siguiera hablando por teléfono, ella ganaba tiempo para emplearse a fondo.

El dinero había salido de la cuenta de Opal Holdings en Bancroft Richardson, pero al menos tenía bastante buena idea de dónde podía estar. Anotó el número de cuenta del Bank of Cayman que aparecía en los detalles de la transacción en la pantalla y lo comparó con el papel manchado de café que había arrebatado a los mapaches en el jardín de Clara. Los números de cuenta coincidían. Ya solo tenía que colarse en la cuenta de Opal Holdings en el Bank of Cayman. No parecía muy difícil.

La voz de Cindy se alejaba por el pasillo. Bien. Kat estaba a salvo de interrupciones por el momento.

Mecanografió con cuidado el número de cuenta y miró la pantalla. No podía permitirse desperdiciar uno de los intentos de conexión por un error al escribir, pues le permitirían muy pocos intentos con la contraseña.

La voz de Cindy se acercó de nuevo.

—De acuerdo —dijo—. Llámame cuando lo sepas. ¿Qué?

La voz volvió a alejarse.

Kat tenía que darse prisa. No podía dejar que Cindy descubriera que se colaba en las cuentas bancarias de otras personas.

Lo siguiente era la contraseña. ¿Habría vuelto Clara a usar el nombre de Vicente? Probablemente. La mayoría de la gente utilizaba la misma contraseña en todas partes y solo la cambiaba cuando se lo requería un sistema informático o una página web. Era increíble cómo personas inteligentes se hacían vulnerables así a los piratas. Y ella era eso en aquel momento. Mecanografió *vicente* y se quedó mirando cómo entraban los siete asteriscos en el campo de la contraseña.

La voz de Cindy y sus pasos subieron de volumen al acercarse al despacho. Kat se quedó paralizada un momento con las manos en el teclado, oyendo a Cindy discutir con alguien.

—¿Cómo que no están? ¿Quién ha dado permiso para soltarlos?

Cindy estaba justo en la puerta.

Kat subió la mano, preparándola para pulsar la tecla o abortar la operación, dependiendo de lo que hiciera Cindy.

—¿Ah, sí? Pues me gustaría hablar con él. —Cindy se volvió y paseó hacia la zona de recepción. Su voz se fue alejando.

Kat pulsó Intro y se mordió el labio inferior.

La pantalla del Bank of Cayman cambió. Ya estaba dentro y la información de la cuenta de Opal Holdings aparecía en el monitor.

—No. No espero. Hazlo ya.

La voz de Cindy subió de volumen. Estaba enfadada. Kat oyó su taconeo rápido y segundos después estaba justo al lado de la puerta del despacho.

Kat volvió su atención a la pantalla. La última transacción era un depósito de cinco mil millones. Era el otro lado de la operación que había visto momentos antes en la web de Bancroft Richardson. Respiró aliviada y se recostó en su silla. Ahora solo tenía que impedir que saliera de allí.

El modo más fácil sería cambiar la contraseña.

—Me da igual qué reunión tengas que interrumpir. Esto es importante.

Kat oyó a Cindy reñir a la persona del otro extremo de la línea por no haberla llamado antes. ¿Qué contraseña debía poner? Mecanografió *muchaprisa* y pulsó Intro.

Su contraseña ha sido cambiada.

Volvió a la página de las transacciones de la cuenta y se quedó paralizada por la sorpresa. El saldo ahora era de casi cero. En el tiempo que había tardado en cambiar la contraseña, los cinco mil millones se habían vuelto a mover, esa vez al Bank of Liechtenstein. Alguien más había accedido a la cuenta al mismo tiempo que ella. Clara.

—Tú no lo entiendes. Gus y Mitch son la clave de esto. Si han huido, no sabemos lo que podría pasar. Sin ellos no tenemos caso.

¿Qué? Kat recordó el día que Gus había entrado en su oficina y el ataque posterior en el sendero. De pronto se sintió muy indefensa. ¿Qué le impediría a Gus volver a por ella? Había querido matarla en el McBarge y sabía dónde estaba.

—Quiero que los encuentres ya. —Cindy entró en el despacho y se dejó caer en el sillón—. No me llames hasta que vuelvan a estar encerrados.

—¿Gus y Mitch se han escapado? —preguntó Kat.

—No exactamente. —Cindy apoyó la cabeza en las manos y se frotó los ojos—. Los han soltado por accidente. Un error en el papeleo.

—Estupendo. ¿Van a venir de nuevo a por mí? —Kat buscó el Bank of Liechtenstein en Google y navegó por la red. La cabeza le daba vueltas.

—Tal vez. Se lo prometieron a Ortega.

Kat escribió el número de cuenta y la contraseña y pulsó Intro.

Contraseña no válida. Por favor, inténtelo de nuevo.

Kat se maldijo por las prisas. Acababa de desperdiciar una oportunidad de conectarse.

—¿Qué le prometieron? —preguntó.

Cindy vaciló.

—Que te matarían.

—¿Pero tú no los convenciste de que yo valía más viva que muerta?

—Sí. Pero es difícil negarle algo a un hombre como Ortega.

—¡Cindy! ¿Tú me proteges o no me proteges?

—Cálmate. Me aseguraré de que no corras peligro. Simplemente no vuelvas a irte por tu cuenta y no hagas estupideces.

Kat volvió a leer la pantalla, esa vez más despacio.

Las casillas de la contraseña suelen ser muy sensibles.

Vicente. La primera letra sería con mayúsculas.

Volvió a escribir el nombre con la V en mayúscula y pulsó Intro.

Funcionó. El Bank of Liechtenstein tenía los cinco mil millones. Kat cambió la contraseña al instante. Volvió a la página con los detalles de la transacción. Esa vez el saldo no había cambiado. Eso le daba algo de tiempo. Solo tenía que hacer lo mismo con todos los demás bancos que había en la lista de Clara.

—¿No tienes que ir a ninguna parte? —preguntó. Le resultaba difícil concentrarse en la tarea de congelar transferencias con Cindy sentada enfrente de ella.

—De momento no. —Cindy puso los pies encima del escritorio—. ¿Tienes café?

—Se terminó. Tienes que ir a perseguir a Gus y Mitch, ¿recuerdas?

—Cierto. Pero no puedo dejarte aquí sola.

—Sí puedes. No me pasará nada —contestó Kat.

Cada segundo que pasaba hablando con Cindy era tiempo que podía usar Clara para mover el resto del dinero.

—No sé —comentó Cindy—. ¿Puedes llamar a Jace?

—Claro que sí —mintió Kat.

Jace estaba en otra salida de búsqueda y rescate, esa vez de un estudiante japonés de intercambio que había quedado atrapado por la nieve. Pero Cindy no tenía por qué saber eso. Kat fingió que llamaba y fingió la conversación.

—Ya está. Arreglado. Llegará en quince minutos. Ya puedes irte.

—Prefiero esperar. —Cindy se recostó en el sillón y miró por la ventana—. Aunque no me da mucha confianza dejar a Platt al cargo. El error que los ha puesto en libertad ha sido suyo.

—Vete ya, Cindy. Por favor.

—¿Por qué quieres librarte de mí?

—Eso no es verdad. Lo que no quiero es que Gus me ataque otra vez.

—¿Y no sería mejor que me quedara aquí contigo?

—Cindy, Jace llegará en unos minutos. Tú tienes mucho que hacer. No quiero contestar a más preguntas ni escuchar más conversaciones tuyas sobre la fuga de Gus y Mitch. Después de pasar lo que creía que serían mis últimas horas en el mundo con Nick en una barcaza desierta y de que tú casi me rompieras la espalda, he tenido más que suficiente. ¿Puedes hacer el favor de marcharte?

Cindy alzó las manos en un gesto de protesta.

—Tranquila, Kat, lo entiendo. Es demasiado para un día. ¿Por qué no podías decirlo claramente? —No esperó respuesta—. Llámame si sales de aquí. —Se levantó—. Y cuando llegues a casa.

—De acuerdo —contestó Kat.

Oyó las botas de Cindy alejándose por el pasillo.

—Cierro la puerta con llave. No olvides llamarme.

Kat esperó a oír el ruido de la puerta a cerrarse. ¡Por fin! Ya podía concentrarse en capturar a Clara.

Si esta veía que no podía entrar en su cuenta, lo primero que haría sería llamar al banco. La gente que manejaba ese tipo de dinero tenía buenas relaciones con sus banqueros privados. Miró el reloj del monitor. Era la una y cinco. En las Islas Caimán habían cerrado ya los bancos y en el Caribe también, pero en Liechtenstein era ya por la mañana. Cambiar las contraseñas le había hecho ganar tiempo, pero solo era una solución temporal.

El dinero tenía que volver a Bancroft Richardson. Pero una transferencia a la misma cuenta le daría a Clara la oportunidad de robarlo otra vez. Solo había otra solución. Escribió la contraseña. Si le ocurría algo a ella, Harry sabría lo que tenía que hacer.

CAPÍTULO 51

*H*arry entró con el automóvil en el serpenteante camino que llevaba a la amplia casa de estilo Tudor y aparcó delante. Kat sabía por su encuentro anterior que Audrey no se había casado nunca. Se la había imaginado viviendo en un ático en el centro de la ciudad, no en una casa grande en las afueras de Vancouver. Con una propiedad de aquel tamaño, necesitaba sirvientes y Kat se preguntó si estarían ya por allí tan temprano.

Salió del Lincoln Town Car y caminó por el camino de entrada circular hasta la puerta principal. Allí se detuvo a observar la propiedad. A su izquierda había un corral de montar y establos que daban a un prado grande. No veía caballos, pero era temprano y todavía no había mucha luz.

Desde el seto bajo que bordeaba la entrada se elevaba el dulce aroma a jazmín de invierno. Llamó con el aldabón de bronce y volvió la vista hacia Harry, que se movía ya nervioso en el asiento del conductor del Lincoln. ¿Cuánto tiempo se quedaría dentro del coche sin meterse en líos? Harry le devolvió la mirada.

—¿Seguro que no quieres que salga? —preguntó, esperanzado.

Kat le dijo que no con la mano. No necesitaba que su tío complicara todavía más las cosas con Audrey.

Harry se había ofrecido a llevarla, puesto que el Celica de Kat seguía en el fondo del río Fraser y ella no podía permitirse comprar otro. Después del episodio con la basura maloliente, Harry no confiaba en ella lo bastante como para darle las llaves del Lincoln. Kat se sentía como una niña a la que llevaban a jugar a casa de una amiga.

Volvió la vista hacia la puerta y esperó. Al cabo de un minuto, Audrey la sorprendió abriendo personalmente la pesada puerta de roble. Seguramente acababa de salir de la ducha, pues llevaba el pelo envuelto en una toalla del mismo color que su bata de satén azul celeste. Iba descalza y llevaba en la mano un zumo de naranja, con la pulpa visible en el vaso. Aquella Audrey era un gran contraste con la versión de abrigo de piel y perlas que había visto Kat en la asamblea de los accionistas.

Audrey no la invitó a entrar. A Kat eso no le gustó, porque implicaba que Harry quizá oyera la conversación. Se estremeció a pesar del abrigo de lana que llevaba. El vapor de su aliento permanecía un momento en el aire al respirar.

—¿De verdad tenía que venir aquí a las seis de la mañana? Dijo que tenía el dinero. Eso es lo único que importa. ¿Qué más hay que hablar? —preguntó Audrey.

Le temblaba la mano con la que sujetaba el vaso y Kat se apartó para evitar que le salpicara.

—Tengo el dinero... más o menos. Pero no sé qué hacer con él.

—Devolverlo. ¿Qué otra cosa va a hacer?

—¡Ojalá fuera tan sencillo!

Kat miró a Harry, que ignoraba que su saldo había aumentado en casi cinco mil millones. La decisión de transferir el dinero de las cuentas de Clara a la suya había resuelto un gran problema, pero también había creado otros dos nuevos.

Audrey la miró sin decir nada.

—No puedo devolverlo a la cuenta de Opal Holdings en Bancroft Richardson —explicó Kat—. Clara consiguió robarlo delante de las narices de los reguladores, a pesar de que la cuenta estaba congelada. Si encontró el modo de hacerlo la primera vez, volvería a llevárselo. Tuve que ponerlo en otra parte.

Hablaba sin alzar la voz para que Harry no la oyera. ¿Por qué no la invitaba Audrey a entrar?

—¿En otra parte? ¿Qué significa eso? —Audrey tragó la mitad del zumo de naranja y cerró un momento los ojos. Emitió un suspiro de satisfacción.

Debía de ser un zumo de naranja fortificado.

—Tuve que pensar deprisa. Así que lo puse en la cuenta de Harry.

Audrey entrecerró los ojos.

—¿Harry? —preguntó.

Kat hizo una mueca.

—Sí, ese soy yo. —Al oír mencionar su nombre, Harry se apresuró a bajar del Lincoln. Se acercó a la puerta rápidamente—. Encantado de conocerla, señora...

—Braithwaite. Audrey Braithwaite —Audrey echó atrás la cabeza y vació lo que quedaba en el vaso. Fuera lo que fuera lo que bebía, la animaba como una inyección de cafeína. Observó a Kat.

—No me dijo que iba a traer un invitado.

—No pensaba hacerlo, lo siento. —Kat lanzó una mirada amenazadora a su tío. Harry sabía perfectamente quién era Audrey. Se hacía el tonto para tomar parte en la conversación, exactamente lo que le había prometido que no haría.

Su tío esquivó su mirada.

—O sea que usted es la persona que tiene todo el dinero —dijo Audrey.

Lo miró sonriente. A Kat le dio un vuelco el estómago. ¿Audrey se burlaba de él o se alegraba de saber dónde estaba el dinero? Quizá era solo el zumo de naranja alterado, pero, en cualquier caso, lo mejor sería continuar la conversación en otra parte.

—¿Eh? Supongo que sí. Siempre he sido ahorrador. Ahorra centavos y los dólares se ahorrarán solos. —Harry sonrió, satisfecho de que le hicieran un cumplido aunque desconociera la razón.

—Tío Harry, ¿no tienes que hacer una llamada?

—Ah, sí. Casi lo olvido. Encantado de conocerla, Audrey. Si alguna vez...

—¿Tío Harry? —repitió Kat.

—Sí, sí. —Harry suspiró y se volvió.

Kat lo observó volver al Lincoln. Cuando estuvo de nuevo sentado al volante, miró a Audrey.

—¿Él no lo sabe? —preguntó esta.

—Todavía no. Tenía que enviar el dinero a alguna parte para alejarlo del alcance de Clara.

—Y se lo dio a Harry, que da la casualidad de que es su tío. ¿Eso no resulta un poco extraño?

—No es lo que parece. Tenía un segundo para actuar antes de que el dinero se perdiera para siempre, así que tenía que moverlo. Como la cuenta de Harry también es de Bancroft Richardson, pensé que al menos así devolvía el dinero al mismo banco del que lo robaron.

—Me ha mentido otras veces. ¿Por qué debo creerla ahora? Dijo que trabajaba para Liberty cuando ya la habían despedido.

—Nunca dije que trabajaba para Liberty. Lo que dije fue que Liberty me había contratado para...

—Es lo mismo. Me hizo creer que trabajaba ahí sabiendo que, de otro modo, no hablaría con usted. Admítalo. —Audrey miró su vaso y después miró detrás de sí, como si pensara si debía rellenarlo.

—Audrey, ¿qué importa eso? He recuperado el dinero. Podría habérmelo quedado y haber salido del país, igual que Clara. Y ahora no estaría aquí. ¿Eso no prueba que soy honrada? —¿Qué más tenía que hacer para ganarse la confianza de Audrey?

—Supongo.

Kat empezaba a enfadarse.

—Y sí, Liberty me despidió. Los gorilas de Clara intentaron matarme, destrozaron mi auto, mataron a mi gato y, a pesar de todo ello, he seguido trabajando en el caso. No recibo ningún dinero por mis esfuerzos. Están a punto de desahuciarme porque no puedo pagar el alquiler. Quizá debería fugarme con el dinero.

—Tiene razón —dijo Audrey de mala gana—. Lo siento. Probablemente sea usted la única persona honrada a la que conozco en este momento.

—Por supuesto que lo soy. Impedí que Clara se largara con el dinero y he probado que los asesinatos de su hermano y de Ken

Takahashi están relacionados con el blanqueo de diamantes en Liberty. Y ahora he salvado a Liberty de la bancarrota. O casi. Solo me falta devolverle el dinero.

—¿No puede transferirlo a la cuenta bancaria de Liberty?

—No es tan sencillo. Para empezar, habrá preguntas sobre cómo he conseguido el dinero. La gente asumirá que estuve mezclada en el robo.

—¿Y cómo lo ha conseguido?

Kat le contó cómo había usado Clara los cinco mil millones para vender en corto acciones de Liberty y ganar cuarenta y cinco mil millones más en el proceso. Le habló de la lista que había encontrado en la basura de Clara y le contó cómo había adivinado la contraseña para colarse en las cuentas.

—Usted no se anda con chiquitas, ¿verdad? —Audrey bajó la voz—. ¿Eso no es ilegal?

—Para mí, lo ético supera a lo legal. El dinero tiene que volver a sus legítimos dueños. Cumplir la ley a rajatabla habría implicado retrasos y Clara se habría escapado con el dinero.

—¿Qué quiere que haga?

—Que hable con las autoridades. Que sea mi intermediaria. Los abogados y los de la Comisión de Valores ven las cosas en blanco y negro. Quiero que conozcan toda la historia antes de que hable yo con ellos. Solo me escucharán así.

—¿Pero cómo hago eso? Esto cae fuera de mi área de experiencia.

—Yo le diré lo que tiene que decir. ¿Me ayudará?

—¿Y no puede limitarse a transferir el dinero?

—Sin una explicación, no. Tienen que comprender el rastro del dinero y cómo desenmarañarlo. De otro modo, el dinero quedará congelado durante años. Liberty irá a la bancarrota mientras espera y ellos pueden creer que yo estaba mezclada.

—¿Por qué no llamó a alguien y le dijo dónde estaba el dinero? ¿Por qué no dejó que la policía se ocupara de eso?

—Tenía que actuar rápidamente. Los bancos de aquí estaban cerrados y tenía que parar a Clara antes de que el dinero se perdiera para siempre. El dinero se habría desvanecido antes de que la policía consiguiera una orden judicial.

Había salido el sol y estaba bajo en el horizonte. Los empleados de Bancroft Richardson probablemente estarían llegando al trabajo y a punto de descubrir las transferencias de dinero durante la noche.

—Está hablando de cinco mil millones. ¿Y ahora quiere mezclarme en su engaño? —Audrey bajó la mirada a su vaso vacío—. Llame a la policía, yo no quiero oír nada más.

—Audrey, tiene que ayudarme. ¿Quiere que Clara y su padre queden sin castigo? Tenemos que llevar esto hasta el final. El dinero lleva a ellos y así puedo probar que estuvieron mezclados en los asesinatos.

—¿El asesinato de Alex? —preguntó Audrey con voz emocionada.

—Sí —respondió Kat—. ¿Por qué cree que lo asesinaron? Porque no quería entregar Liberty sin luchar. Y lo mismo pasó con Takahashi. Murió intentando sacar a la luz el blanqueo de diamantes. ¿Puedo contar con usted?

Audrey la miró. Tenía lágrimas en los ojos y le temblaba el labio inferior.

—¿Qué quiere que haga?

Kat se lo dijo.

CAPÍTULO 52

Ortega golpeó con el puño el pesado escritorio de madera, con fuerza suficiente como para que la taza vacía y el platillo de porcelana de china salieran volando por los aires y se estrellaran en el suelo.

—¡Basta! —gritó.

Luis le acababa de dar otra explicación pobre de por qué no podía seguirle el rastro a Clara y el dinero. Era la última de una larga lista de excusas y Ortega estaba cansado de oírlas. ¿Acaso tenía que ocuparse de todo personalmente?

—Jefe. He investigado lo que me dijo. El dinero...

Luis, incómodo, cambió el peso de un pie a otro, como si estuviera a punto de mojarse los pantalones.

—¿Por qué demonios no me has dicho que el saldo era diferente? —Ortega se dio cuenta de pronto de que él tampoco había notado el dinero extra. El día anterior se había conectado mientras hablaba con Bryant, pero solo había prestado atención a las tres últimas transferencias, no a los cuarenta y nueve mil millones transferidos justo antes.

Por supuesto, no estaba dispuesto a confesarle eso a Luis.

Pero jefe, usted me pidió que comprobara que habían movido todo el dinero. Yo he hecho lo que me pidió. Todo el dinero de la cuenta había sido transferido. Usted no me dijo cuánto. —Luis esperó nervioso una respuesta.

Ortega levantó los brazos en el aire.

—¡Idiota! Tú sabes que eran cinco mil millones. ¿No te preguntaste por qué habían crecido de pronto hasta los cincuenta mil?

—Pensé que usted lo sabía. ¿Eso no es algo bueno? ¿Más dinero?

—No, imbécil. Significa que alguien no está siguiendo el plan. —Concretamente, Clara. ¿Qué se proponía?—. Algo no va bien. Y cuando algo no va bien, tienes que decírmelo.

Ortega marcó de nuevo el número de Clara, por tercera vez en una hora. No obtuvo respuesta.

Luis seguía de pie delante de él, visiblemente incómodo.

—¿Pero qué te pasa? ¿Por qué no llamas al banco? Encuentra ese dinero antes de que desaparezca para siempre.

—Al instante, jefe. —Luis parecía aliviado cuando se volvió y salió apresuradamente del despacho.

Ortega pensó que Clara podía estar en alguna playa, disfrutando de su nuevo saldo bancario y riéndose de sus desesperados intentos por contactar con ella. En su mente se agolpaban muchos pensamientos. ¿Y si había desaparecido todo el dinero? No, eso no tenía sentido. Clara no era jugadora. Y menos con el dinero de otras personas. Aun así, Ortega estaba deseando recuperar el dinero.

Tenía la cuenta de Opal Holdings en la pantalla. Las otras transferencias se habían hecho al mismo banco de las Caimán. Respiró aliviado.

—¿Luis?

—Los estoy llamando.

—¡Luis, vuelve aquí!

Luis reapareció. Estaba sin aliento y su cabello ralo se pegaba a su frente sudorosa.

—Lo he encontrado. Está en la cuenta de las Caimán.

El alivio de Luis fue evidente. Casi como si pensara que no iba a morir después de todo.

—Vuelve a tu mesa y ponme con el banquero —dijo Ortega.

Esa vez lo haría él personalmente. Lo transferiría a una cuenta que nadie más conocía. Quizá así asustaría a Clara y le daría una lección. Luis volvió en menos de un minuto.

—¿Jefe?

—¿Qué pasa ahora? Te he dicho que me pusieras con el banco.

—He llamado. La señora Covington dice que no hay dinero en la cuenta. —Luis fijó la vista en la alfombra delante del escritorio de su jefe, evitando mirar a este.

—¿Cómo que no hay dinero? Lo transfirieron allí esta mañana.

—Sí, pero han vuelto a sacarlo. —Luis se sentó.

—Imposible —gruñó Ortega.

¿Pero era imposible? Primero la llamada de Bryant y después la desaparición de Clara. ¿Estaban relacionadas las dos cosas? Bryant tenía que haber conseguido el dinero en alguna parte, aunque Ortega no veía ninguna transferencia por un millón de dólares.

Todavía tenía la cinta con la llamada de Bryant del día anterior. Ortega grababa todas sus llamadas. Nunca se sabía cuándo podía necesitarlas, ya fuera como prueba o para hacer chantaje. Pulso la tecla de reproducción y escuchó. A medida que oía el tono insolente de Bryant, se enfurecía cada vez más.

Se retorció las manos y pensó en las distintas posibilidades. Clara había desaparecido y el dinero también. Y Bryant había dicho que lo tenía él. ¿Tenía también a Clara? Suponiendo que fuera él en realidad, ¿por qué no lo había eliminado Clara como le había ordenado que hiciera?

Su hija tenía que haber asistido a la asamblea general de los accionistas y haberse marchado inmediatamente después. Ese era el plan. ¿Había ido a la reunión?

De pronto se dio cuenta de que no estaba solo.

—Luis, ¿qué haces ahí todavía con cara de tonto? Llama al banco ahora mismo —dijo.

Tomó nota mentalmente de que debía sustituirlo por alguien a quien no hubiera que guiar paso a paso.

—Al instante, jefe. —Luis echó a andar hacia la puerta.

—Oh, y Luis… —dijo Ortega con voz tranquila.

—¿Jefe?

—Recupera ese dinero. Y encuentra a Clara. Hoya, no mañana. Si no...

Ortega había bajado la voz e hizo un gesto con un dedo a través de su cuello. Su frase colgó en el aire, inacabada. Hizo señas a Luis de que se marchara, pero no antes de que este captara lo que quería decir.

Luis salió apresuradamente del despacho y cerró la puerta tras de sí.

Ortega volvió su atención a la cinta.

Por supuesto. ¿Por qué no se había dado cuenta antes? Volvió a reproducir la grabación, escuchando con cuidado el ruido de fondo. El anuncio del altavoz era en español. Como mínimo, indicaba que Bryant no llamaba desde un lugar público en Canadá. ¿Dónde, pues? Rebobinó la cinta y volvió a escucharla, esa vez con el volumen al máximo.

—... partiendo para Rosario.

Ortega solo conocía una Rosario y estaba en Argentina. Eso implicaba que Bryant se encontraba allí. Podía haber llamado desde el aeropuerto de Buenos Aires. Ahora era seguro que Bryant conspiraba con Clara. Solo así podía haber sabido su número privado y los detalles de la cuenta bancaria.

CAPÍTULO 53

Clara tenía el dedo índice en el seguro, contenta de que se acercara el final que había repasado tantas veces en su mente. Saboreó el momento. Vengaba por fin a Vicente, a su madre y muchas otras crueldades que había infligido su padre a lo largo de los años.

Su primer recuerdo de la brutalidad de su padre era el de Ortega disparándole a Bingo y dejando que su cadáver se pudriera en el prado que podía ver ella enfrente de la ventana de su dormitorio. El cadáver había permanecido allí durante semanas, cada día un poco más pequeño por los carroñeros que lo visitaban durante la noche.

¿Fallar el salto había sido culpa de ella o del caballo? Clara no lo sabía. Su padre no había creído que valiera la pena explicárselo a una niña de ocho años. Recordaba que le había quitado su primer caballo de salto ecuestre, un regalo de cumpleaños, y se lo había dado a uno de los hombres que acechaban siempre en las sombras de sus vidas. Pero no sin antes obligarla a mirar y decirle que aquello era una lección de independencia para que aprendiera que no debía atarse nunca a nada ni a nadie. Y Clara había captado el mensaje.

Aun así había intentado complacerlo, con la esperanza de conseguir que superara su decepción porque ella no hubiera nacido chico. Lo único bueno que había vivido con su padre era conocer a Vicente a través de él. Vicente era uno de los guardias asignados a la propiedad de Ortega. Todos aquellos hombres se interesaban por ella, pero solo porque era hija de Ortega. Vicente era el único que la veía como una persona.

Se habían casado al cumplir ella los dieciocho años. Clara había visto a Vicente como una salida, un modo de poner fin al control de su padre. En lugar de eso, el control de su padre se había hecho aún más fuerte, puesto que controlaba a Vicente tanto como a ella. Luego lo había matado para castigarlo por haberse quedado una parte en el comercio de los diamantes. Así era como su padre veía las cosas. O blancas o negras, o vida o muerte.

Ahora era ella la que tomaba esa opción. Soltó el seguro y miró a los hombres abajo, en el asfalto. Estaba oculta ente los árboles de un bosquecillo situado encima de la pista de aterrizaje, en un extremo del aeródromo.

Había ido directamente allí desde el aeropuerto. Sabía que su padre iría allí para huir. El rastro del dinero llevaba hasta él. No había tenido que esperar mucho. El utilitario negro de su padre había llegado y estaba aparcado en la pista, a menos de setenta metros de ella.

Clara frunció el ceño cuando vio correr a su padre por el asfalto hacia la Cessna, el único avión que había en la pista. Al este se hallaba el aeropuerto principal, del que ella acababa de llegar. En la distancia se movían figuras minúsculas y carros de carga alrededor de los aviones de pasajeros. Aquella pista estaba más tranquila, era parte del aeropuerto original, pero ahora la usaban solo Cessnas pequeñas y Pipers propiedad de porteños ricos.

Satisfecha de que nadie la veía, volvió su atención a su padre y el entorno de este. Las extremidades cortas de Ortega brotaban de su cuerpo grueso como ramitas en un muñeco de nieve. A pesar de su barriga, caminaba al menos seis metros por delante de los otros cuatro hombres. Siempre con prisa. Ansioso por llegar a la mejor mesa de un restaurante, a un negocio de armas o con prisa por comprar a uno de los hombres más poderosos de un gobierno. Clara lo vio correr para escapar y solo sintió odio y repulsión. Esa vez se iría sin nada. Ella tenía todo el dinero.

Lo seguía Luis, con el pelo ralo moviéndose como una bandera que ondeaba al viento. Llevaba una maleta en cada mano, probablemente el dinero con el que viajaba siempre su padre. No le duraría mucho.

Detrás iba Rodríguez. Clara lo odiaba por haber traicionado a Vicente y por haberse congraciado después con su padre para ocupar su puesto. Rodríguez pasaría por encima de quien fuera, incluido Ortega, con tal de llegar lejos. ¿Por qué su padre no veía que se podía comprar a todo el mundo? Porque, cuando se trataba de él mismo, estaba sorprendentemente ciego a los defectos de la naturaleza humana.

Dos hombres voluminosos vestidos con trajes oscuros cerraban la marcha. Clara no los conocía, pero sabía que eran los últimos guardaespaldas de su padre y que estaban dispuestos a disparar a todo el que se acercara lo suficiente y representara una amenaza real o imaginada.

Entrar en Argentina con un pasaporte falso había sido fácil. Esquivar la red de vigilantes de su padre en el aeropuerto había resultado algo más difícil, pero no mucho. Estaban por todas partes en Buenos Aires, pero ella sabía cómo descubrirlos. En aquel momento se mostraban distraídos, como si estuvieran pendientes de otra cosa.

Clara siguió su marcha con la vista y con mano firme. Esperó hasta que Ortega llegó a los escalones del avión y se volvió hacia los hombres. Abrió la boca pero el viento silenció sus palabras. Sin duda los maldecía por su lentitud, los insultaba como hacía siempre. Era increíble lo que aguantaban aquellos hombres por un buen sueldo y una existencia sin ley.

Cuando Clara se preparaba, su padre guardó silencio de pronto y miró más allá de los hombres, como si pudiera verla. Pero eso era ridículo. Ella estaba bien oculta por los árboles. Su dedo índice estaba preparado encima del gatillo.

Apuntó. Quería ver la cara de su padre cuando ocurriera.

Apretó el gatillo.

Ellos no oyeron el disparo, que quedaba apagado por el silenciador. El tiro falló y no alcanzó nada que pudiera alertarlos de su presencia. A Clara no le preocupó. Había tiempo de sobra para dar en el blanco. El fallo aumentaba el riesgo de ser descubierta, pero también le provocaba una oleada de adrenalina saber que podía prolongar aquello todo lo que quisiera. Era un juego que no quería finalizar. Aun así, no era propio de ella desperdiciar oportunidades. Disparó por segunda vez.

La segunda bala dio en el blanco. Clara lo vio caer al suelo como un juguete hinchable pinchado. Resultó extrañamente anticlimático ver cómo se le escapaba la vida.

Luis soltó las maletas y corrió hasta su padre. Una mancha oscura empezaba a extenderse por la camisa blanca de Ortega, justo debajo del hombro. Luis lo incorporó e intentó frenéticamente cortar la pérdida de sangre. La mancha oscura se extendía rápidamente por la camisa de su padre.

¿Debía dispararle también a Luis? Sabía lo del dinero, conocía todos los secretos de su padre. Pero no. Luis no haría nada sin su padre. Se marchitaría lentamente y moriría. Clara casi sentía lástima por él, otra vida desperdiciada en la órbita del mundo de su padre. Y los demás hombres... mejor dejarlos que vivieran y lo contaran.

Respiró profundamente y sintió el pecho más ligero. El hombre más poderoso de Argentina abatido por una simple mujer. ¿Qué pensarían todos?

Había conseguido ella sola multiplicar casi por diez los primeros cinco mil millones. Había sido idea suya vender en corto acciones de Liberty, sabiendo que el escándalo de Bryant haría caer el precio de las acciones. Se lo había ocultado a su padre porque sabía que él no tendría en cuenta ninguna idea que partiera de ella. Cuando el dinero extra había aparecido en la cuenta de Opal Holdings, él se había atribuido el mérito de la idea entre sus compinches. No había reconocido la inteligencia de ella ni una sola vez. Hasta la adquisición de Liberty había sido idea de ella. Y él tampoco le había reconocido ese mérito. Era una idea genial. Podía vender más tarde Liberty con enormes beneficios o conservar la empresa y utilizarla para blanquear sus diamantes de guerra.

Habría sido perfecto, solo con que el imbécil del corredor de bolsa no hubiera duplicado su negocio y atraído la atención sobre Opal. Si no hubieran congelado la cuenta de Bancroft Richardson, su padre quizá no se habría enterado nunca de la existencia del dinero extra. Y cuando se enteró de que había cincuenta mil millones en Opal Holdings, ¿se le había ocurrido felicitarla? En absoluto. En vez de eso, la había regañado por llamar la atención. Y luego había intentado robarlo. Pero ella había sido más lista que él, que los reguladores de la Comisión de Valores y que todos los demás. Iba camino de una nueva vida en un país donde no la conocerían, no la vigilarían y donde su riqueza no llamaría la atención. Sería libre de vivir su nueva vida con más dinero del que podría gastar nunca.

El impacto de la bala lanzó su cuello hacia delante y Clara empezó a caer. Intentó recuperar el equilibrio, pero ya no sentía las piernas. Un espasmo recorrió su cuerpo, la pistola cayó de su mano y golpeó las piedras del borde del asfalto. Quedó tumbada en la tierra, sin sentir su cuerpo. A su alrededor era todo negro. No era la negrura de las sombras de cuando desciende la noche, sino la negrura rigurosa de la ceguera total.

Pero todavía oía. Oyó que se acercaba alguien, siguió sus pasos por el crujir de las hojas secas.

Entonces lo entendió. Todo ese dinero no había cambiado nada. Seguía siendo prisionera de los vigías de su padre. Estaban por todas partes, ubicuos, parásitos oportunistas que la vigilaban dondequiera que iba, incluso en Liberty. En aquel instante lo supo. El chivo expiatorio no había expiado nada después de todo.

CAPÍTULO 54

—*P*aul, gracias a Dios que estás aquí. Llévame al hospital —susurró Clara mientras se esforzaba por respirar—. Por favor, ayúdame.

—¿Por qué? Tú pensabas quedarte todo el dinero para ti sola, ¿verdad?

Clara tenía que haber movido el dinero a la nueva cuenta que habían abierto juntos en Guernsey. En vez de eso, lo había transferido a su cuenta en las Caimán, dejándolo a él al margen. Bryant lo sabía porque había guardado una copia de la información bancaria de ella e instalado un programa de rastreo de teclas en la computadora de ella. No era una persona muy confiada.

—Eso no es cierto. Pensaba llamarte —dijo Clara. A continuación guardó silencio. El esfuerzo de mentir resultaba demasiado.

—¿Cuándo, Clara? ¿Dentro de unos años? ¿Cuándo me hubieran condenado y encarcelado por haber robado el dinero?

Bryant no esperaba respuesta, y no la tuvo. La piel pálida de Clara empezaba a volverse azul. Su largo pelo estaba apelmazado por el charco de sangre que se congelaba en la tierra debajo de ella. ¿De verdad hacía solo semanas que habían planeado juntos el robo? Solo que ella no le había contado el resto del plan: los diamantes blanqueados, la venta en corto de las acciones y el plan de matarlo cuando tuviera el dinero.

Paul se sentía extrañamente distante, como si ella fuera otra persona y no la mujer que amaba. No la mujer con la que había planeado huir, la mujer por la que había sacrificado su carrera. Ahora lo veía todo claro. Jamás podría volver atrás, estaba ya sentenciado por haberse llevado el dinero, aunque no fuera verdad. Ella se había asegurado de ello al designarlo como el cabeza de turco, el que quedaría manchado por la culpa independientemente de cómo acabaran las cosas.

Había estado todo ese tiempo esperando y preocupándose en Bruselas para nada. Un día se había convertido en varios y después en una semana. Ella había dicho que tenía que esperar más antes de conseguir el dinero. Luego las autoridades habían descubierto la cuenta de Opal Holdings y Clara había tenido que huir sin el dinero. Al menos, eso era lo que le había dicho.

Los dos hombres habían aparecido en su hotel más o menos en ese momento. Hombres morenos ataviados con traje y gafas de sol, como guardaespaldas de alguien importante. Solo que allí no había nadie al que proteger. Paul se había dado cuenta de pronto de por qué le resultaban familiares. Eran los mismos hombres con los que había visto a Clara hablar en Vancouver. Una llamada se lo había confirmado. Clara se había ido. Y no en dirección a Bruselas, como habían planeado, sino a Argentina.

Paul se había dirigido al aeropuerto sin molestarse en volver al hotel a recoger sus cosas o a convertirse en la próxima víctima de ella. Había llegado a Buenos Aires justo a tiempo de ver a Clara dispararle a su padre. Ella no había pensado nunca reunirse con él.

Aunque eso ya no importaba. Sabía dónde estaba el dinero. Depositado en el Bank of Cayman. Se había cerciorado antes de dispararle. Ese día lo movería a su cuenta en Guernsey. Pero antes tenía que asegurarse de que ella estuviera muerta.

Sorprendentemente, no sentía nada. Sus dos años juntos carecían de significado, quedaban borrados por el odio que había alimentado su persecución de ella hasta Buenos Aires. La vio luchando por respirar y se preguntó por qué había creído en ella.

—Ayúdame —susurró ella. Era más una súplica que una orden.

Él no dijo nada. La miró desde arriba, contento de verla sufrir.

El sol de la tarde empezaba a hundirse por el horizonte y ya no calentaba la tierra en la que yacía ella.

—Puedes quedarte el dinero. Te diré dónde está —susurró Clara.

—Ya sé dónde está.

—Paul, ayúdame. Te daré lo que quieras.

A Clara le borboteaba la garganta al hablar. Su rostro, que ya no era hermoso, lo miraba con ojos sin vista. Él no pudo resistirse.

—Ya tengo todo lo que pueda desear. Tengo el dinero. —Hablaba con lentitud, con intención de hacer daño—. Y tú tienes lo que te merecías.

Entonces se acabó todo. El cuerpo de ella se estremeció una vez y después se quedó inmóvil.

Bryant se guardó la pistola en el cinturón con un suspiro de satisfacción. Giró sobre sus talones y echó a andar hacia la carretera. Había sido un día productivo. Era la primera vez en su vida que mataba a un ser vivo.

CAPÍTULO 55

—ate prisa, Kat.

—Ya lo intento —contestó Kat.

Corría por el aeropuerto detrás de Cindy y pasaba en aquel momento por delante de *Jade Canoe,* la monumental escultura de Haida Gwai. Las míticas criaturas remaban al unísono hacia su destino, a diferencia de Kat, que se desviaba del suyo.

Al menos habían pillado a Bryant con las manos en la masa. Las fuentes policiales de Cindy lo habían confirmado una hora atrás y la historia estaba ya en muchos titulares de internet. La policía de Argentina estaba vigilando a Ortega, así que, cuando la bala de Clara dio en el blanco, siguieron la trayectoria y encontraron a Bryant. ¿De verdad habían llegado demasiado tarde para impedir que Bryant apretara el gatillo? ¿O había sido más fácil eso que intentar condenar a la hija de un jefe mafioso? Kat nunca lo sabría.

El rodeo no planeado de Cindy no podía haber llegado en peor momento. La llamada de Platt se había producido cuando estaban a pocos minutos de Liberty. El inspector había insistido en que se reunieran con él en el aeropuerto y Cindy no se fiaba de él lo suficiente como para no ir. Audrey esperaba a Kat en Liberty, donde habían pensado hablar con Nick menos de quince minutos después.

Pero aunque partieran en ese mismo momento, tardarían al menos media hora en llegar al centro. Ahora que las noticias sobre Clara, Ortega y Bryant eran ya públicas, Kat estaba segura de que Nick estaría planeando su propia fuga.

Cindy estaba ya casi en el control de seguridad y seguía corriendo cuando se volvió a medias, miró a Kat y gritó algo que esta no pudo oír por encima del ruido del aeropuerto.

—¿Qué? —preguntó.

Pero Cindy ya no la miraba. Sacó algo del bolsillo y se lo mostró a los dos guardias de seguridad que había en la puerta. El más pesado, el que parecía que había comido demasiados bistecs, asintió y le hizo señas de que pasara. Se enderezó cuando se acercó Kat, se lanzó hacia ella como un león marino y le bloqueó el paso.

Kat señaló a Cindy, pero el guardia la retuvo agarrándole el brazo.

—Un momento, señora. Enseñe la tarjeta de embarque.

Kat miró su doble barbilla. Subía y bajaba al ritmo al que flotaban sus palabras en el aire con un tono flemático lento.

—¿Qué?

—Ya me ha oído. La tarjeta de embarque. Sin ella no puede pasar. —Soltó una risita desagradable—. Vamos, la tarjeta.

—No tengo tarjeta de embarque. Voy con la policía... con la mujer a la que acaba de dejar pasar. —¿Cindy no podía haber esperado unos segundos?

El guardia de los bistecs miró a su compañero y alzó los ojos al cielo. Su compañero era huesudo y de piel amarillenta, como si viviera de café y nicotina.

—¿Su placa? —El huesudo, que parecía el más serio de los dos, extendió la mano.

—No tengo. No soy policía. Soy parte de la investigación de...

—Conozco a la gente como usted. Se creen más importantes que el resto de los mortales. Eso no significa que lo sea. La próxima vez planee por adelantado, como hacemos los demás. —Tomó su taza de café y miró a Kat por encima del borde.

—Pero voy con la mujer policía. Tienen que dejarme pasar.

¿Por qué no la había esperado Cindy?

—He dicho que no. No tiene tarjeta de embarque ni puede identificarse como policía. No tiene nada que hacer aquí. —El guardia huesudo la miró de arriba abajo, disfrutando claramente del poder que tenía sobre ella—. Mi trabajo es parar a las personas como usted.

—Usted no lo entiende. Soy contable forense. Tiene que dejarme pasar, es una emergencia. —Kat era consciente de que sonaba estúpido, pero no sabía qué más decir.

El huesudo miró al de los bistecs.

—George, ¿has oído eso? Es un problema de contabilidad de vida o muerte. ¿Qué ocurre? ¿Muerte por débito?

—No. Oiga, no quiero causar problemas, pero tengo que seguirla.

—Apártese, deje pasar a la gente.

El guardia de los bistecs sonrió con benevolencia a una pareja mayor. Llevaban las tarjetas de embarque preparadas, que era lo que a él le gustaba. Kat volvió a pensar en Audrey, que estaría ya en Liberty preguntándose dónde se había metido. Podía ser peligroso que se enfrentara sola con Nick. El rodeo de Cindy ponía en peligro su plan.

Pasó delante del guardia de los bistecs justo cuando este devolvía las tarjetas de embarque a la pareja.

—¡Eh! ¡Vuelva aquí!

Pero Kat había entrado ya en la terminal de salidas. Corrió detrás de Cindy, que le sacaba ya doscientos metros de ventaja.

—¡Cindy, espera! ¿Adónde vamos? —gritó.

Su amiga volvió la cabeza sin disminuir el paso y le hizo señas con la mano de que continuara. Kat dio un salto para evitar una colisión con el carrito de un pasajero.

—¡Eh! Mire por dónde va —le gritó este, un hombre grueso.

Dos pasajeras ancianas la miraron con desaprobación.

—Va a provocar un accidente, señorita. Tenga cuidado.

Kat vio que Cindy se metía por un pasillo a la izquierda, pero en ese momento vibró su teléfono y frenó para contestar.

—¿Hola?

No contestó nadie, pero oyó ruido en la línea, como si tiraran del teléfono o lo estuvieran apretando.

—¿Quién es? —Kat se esforzó por oír por encima de la cacofonía de voces del aeropuerto. Captó dos voces, un hombre y una mujer que discutían.

—¿Qué ha sido eso? —preguntó la voz de hombre.

Kat llegó por fin al pasillo y giró por él. No vio ni rastro de Cindy.

—¿Hola? —gritó más alto, con la esperanza de llamar su atención.

—Ahí está otra vez. Es una voz —dijo el hombre.

—Yo no oigo nada —repuso la mujer.

Era Audrey. A juzgar por lo apagado del sonido, su teléfono debía de haber golpeado algo en el bolso y había llamado al número de Kat. O quizá Audrey la había llamado adrede porque pensaba confrontar a Nick ella sola.

—El dinero ha desaparecido, Nick. Los cinco mil millones.

—¿Pero qué dices? Está congelado en Bancroft Richardson.

—Desde anoche ya no. Ha desaparecido. Mira esto. Clara murió rica.

—¡Dame eso!

Kat oyó rumor de papel.

—¿De dónde has sacado esto? Tiene que haber un error.

Kat podía visualizar todas las transacciones del extracto de Bancroft Richardson. Nick vería las transferencias de los cinco mil millones igual que las había visto ella la noche anterior. Ese había sido su plan con Audrey, asustar a Nick para que confesara. Pero Audrey no debía enfrentarse a él sola.

—No hay ningún error, Nick. Esta mañana he hablado con Bancroft Richardson. El dinero ya no está.

—¿Qué demonios ha pasado?

—Dímelo tú. Tú sabías lo que se proponía Clara. ¿Cómo has podido dejar que pasara esto?

Hubo un silencio. Después un ruido fuerte, seguido de gruñidos y maldiciones.

—Dar puñetazos a las paredes es muy infantil, Nick. ¿Ha valido la pena?

—¿Si ha valido la pena qué? Yo no me he llevado el dinero.

—Tú estabas en el ajo. Matasteis a mi hermano. ¿Y para qué? ¿Por una parte del dinero?

Kat soltó un respingo. Audrey corría un peligro real.

—Yo no maté a Alex. No tuve nada que ver con eso.

—Tú estabas con él. Os vieron juntos la noche que murió.

—Eso es mentira. Yo no lo había visto en todo el día. ¿Quién te ha dicho eso? ¡Dímelo!

—¡Basta, Nick! Me haces daño.

En aquel momento, Kat llegó al final del pasillo y se encontró una puerta que ponía *Policía*. Giró el picaporte y entró como una tromba, preocupada por sacar a Cindy de allí y llegar a Liberty antes de que fuera demasiado tarde para Audrey. Y a tiempo de impedir que Nick desapareciera para siempre.

Se quedó paralizada en el sitio sin saber qué hacer. Era como revivir de nuevo la noche en el McBarge.

CAPÍTULO 56

—¡*L*os tenemos!—gritó Cindy.

Estaba al lado de la entrada y le sonreía a Kat. La oficina exterior estaba vacía, pero el despacho que había detrás de Cindy no. Gus la miraba de hito en hito a través de un cristal. Kat confió en que la habitación en la que se encontraba estuviera cerrada con llave. Platt paseaba delante del cristal y le decía algo. Cuando vio a Kat, salió del despacho y cerró la puerta tras de sí.

—Katerina, ya está libre de sospecha. Hemos detenido a Gustsav Eriksen y Michael Jamieson por el asesinato de Ken Takahashi.

—Enhorabuena por haber llegado a esa conclusión. ¿Cuál fue la pista?

—Encontramos rastros de su pelo en la casa de Takahashi. Los forenses analizaron de nuevo la casa y encontraron huellas dactilares que no pertenecían a… —Platt se detuvo en mitad de la frase. Acababa de captar el sarcasmo de Kat.

El inspector le debía una disculpa, pero no se la dio. De todos modos, Kat no tenía tiempo para eso. Miró a Cindy.

—Vámonos —dijo—. Audrey está sola con Nick. Él podría hacerle algo.

—De acuerdo. —Cindy miró al inspector—. ¿Seguro que puedes encargarte de ellos esta vez?

—Sí. No volverá a ocurrir lo de la otra vez.

—Me alegro. Nos vemos luego.

Cindy y Kat se dirigieron a la puerta.

—¡Yo no lo maté!

Todos los ojos se clavaron en el teléfono de Kat, que llevaba enfundado en la cadera.

—¿De dónde ha salido esa voz? —preguntó Cindy.

Kat se llevó un dedo a los labios para pedir silencio.

—Ya está otra vez. Es una voz. ¿Pero qué? ¡Eh! Sale de tu bolso. ¡Dame eso!

—Suéltame —gritó Audrey—. ¡Cómo te atreves! Me haces daño.

Cindy se inclinó para oír mejor a Audrey y Nick.

—Dame ese bolso ahora mismo.

El ruido de fondo se hizo más alto. Kat imaginó a Audrey y Nick peleando por el bolso.

—¡Cindy! —susurró—. Vámonos —Platt podía ocuparse de Gus y Mitch.

—No me toques, Nick. ¿Me vas a matar también a mí?

—No digas ridiculeces. Yo no maté a Alex, ni a ninguna otra persona.

—Embustero. Quizá no apretaste el gatillo, pero sí lo mataste. Lo llevaste al río porque le mentiste sobre un encuentro secreto con Takahashi. No contabas con que él me hablara de vuestra cita, ¿verdad? Alex nunca se fio de ti. Ahora sé por qué.

Nick no contestó o, si lo hizo, Kat no lo oyó.

Gus le hizo una mueca a Kat y se levantó de la silla. De pronto se echó hacia atrás. Un policía de uniforme se acercó a él.

—No se preocupe por Gus —dijo Platt—. Está esposado a la mesa. Mitch va ya camino de la comisaría.

—Tenemos que irnos —murmuró Kat.

Cindy asintió y abrió la puerta. Kat la siguió, pero no antes de soplarle un beso a Gus. Él le correspondió con un rugido.

Estaban en mitad del pasillo cuando volvieron a oír la voz de Audrey.

—Contéstame, Nick. Tú estabas allí, admítelo.

—No tienes pruebas.

—Te equivocas. Hay testigos. Alguien te vio con Alex justo antes de que lo mataran.

—Eso es imposible porque yo no estuve allí. ¿Quién?

—Kat Carter te vio. Os vio salir de Liberty juntos.

A Kat le dio un vuelco el corazón. Ella los había visto juntos más temprano, pero nada más. Confió en que a Audrey le funcionara el farol. Por fin habían salido de la terminal del aeropuerto y corrían por el aparcamiento hacia el coche de Cindy.

—¿Otra vez ella? —Nick hizo una mueca de disgusto—. A esa sí que habría valido la pena cargársela. No es más que una pesada incompetente.

Kat no pudo oír la respuesta de Audrey.

—Eh, ¿qué haces aquí? —dijo la voz de Nick.

Audrey gritó.

Había alguien más en el despacho con Audrey y Nick. El teléfono quedó en silencio.

CAPÍTULO 57

Cindy entró muy deprisa en el aparcamiento subterráneo de Liberty. Kat salió del coche con el estómago en la garganta y corrió al ascensor. Quizá no debería haber asumido que Audrey y Nick estaban en Liberty. Ese había sido el plan, pero Audrey podría haber llamado desde cualquier parte.

Pulsó repetidamente el botón del ascensor mientras Cindy se reunía con ella. Por fin llegó el ascensor. Kat se alegraba de que Gus y Mitch volvieran a estar detenidos, pero se preguntaba si el rodeo había sido más importante que la seguridad de Audrey.

Pulsó el botón del piso veinte. No se iluminó y volvió a intentarlo. Hasta que se dio cuenta de que el ascensor estaría bloqueado y ella no tenía medio de entrar en Liberty.

—Cindy, el ascensor está bloqueado porque es fin de semana. Tendremos que ir por la entrada principal y confiar en que esté el guardia de seguridad.

Salieron del ascensor y corrieron por el aparcamiento, por la rampa de salida y por la acera. Entre lo del aeropuerto y aquello, Kat tenía la sensación de haber corrido ocho kilómetros. Doblaron la esquina y corrieron hacia las puertas de cristal del vestíbulo.

Estaban cerradas. Kat se asomó por el cristal y no vio a nadie. El guardia de seguridad debía de estar haciendo la ronda. ¿Cómo podía hacerle volver? ¿Haciendo soltar la alarma? Miraba a su alrededor en busca de algo que tirar contra el cristal cuando Cindy abrió su teléfono.

Un minuto después salió el guardia de una de las zonas de ascensores. Aparentaba unos sesenta años y era delgado. Corrió a abrir la puerta. Cindy le mostró su placa.

—Tenemos que ir al piso veinte rápidamente.

Los tres llegaban a la recepción de Liberty menos de un minuto después. Los recibieron más gritos, pero esa vez eran de Nick.

El guardia de seguridad miró a Cindy esperando indicaciones, pero ella no le hizo caso. Él se quedó en el mostrador de recepción y sacó su teléfono. Kat y Cindy echaron a correr por el pasillo.

—¡Quítame las manos de encima! —gritaba Nick.

—¡A por él! —gritó también Audrey.

¿Con quién hablaba?

Cindy y Kat llegaron al despacho que hacía esquina y vieron a dos hombres luchando en el suelo.

Audrey estaba de pie al lado de la puerta, con aspecto sofisticadamente vulnerable con un pantalón negro y un suéter de cachemira. Sin el abrigo de piel, parecía aún más pequeña.

—Gracias a Dios que han llegado. —Hizo señas a Kat y Cindy de que entraran—. Este joven ha aparecido de pronto y me ha salvado la vida.

Kat tardó un momento en reconocerlo porque estaba de espaldas y sujetaba a Nick con una llave de lucha libre. Era Jace.

—Estaba esperando fuera —explicó él—, pero como no llegabas, he pensado que debía ver si Audrey estaba a salvo. —Hizo una mueca, sin dejar de sujetar a Nick con firmeza en el suelo—. Me he escondido en otro despacho hasta que Audrey me ha hecho la señal.

—¿Pero cómo lo sabías?

—Audrey llamó a la casa preguntando por ti. Cuando me di cuenta de que estabas con Cindy, supe que no llegarías a tiempo —contestó Jace. Miró a Cindy para ver su reacción.

—¿Qué quieres decir con eso? —preguntó Cindy.

—Solo que a menudo llegas en el último momento.

Kat estaba totalmente de acuerdo. Estaba segura de que algún día los rodeos de última hora de Cindy acabarían mal. Se sentía contenta y aliviada de que no hubiese sido aquel día.

—Debí suponer que estarías metida en esto. —Nick la miró con rabia—. Pero lo pagarás. No puedes acusarme de asesinato y tratarme como a un criminal.

—Eres un criminal, Nick —repuso Kat—. Dejaste que Ortega le robara cinco mil millones a Liberty. ¿Te prometió una parte?

—Eres una idiota. Por eso te contrató Clara. Porque eras demasiado estúpida para averiguar lo que hacía. Quería que pareciera que Bryant se había llevado el dinero, pero ella lo utilizaba —dijo Nick mientras Cindy le esposaba los brazos a la espalda. Se sentó en el suelo con las rodillas en el pecho. Se apoyó en el sofá de piel con la misma expresión arrogante de siempre—. ¡Quítame las esposas! —gritó.

Evidentemente, todavía no estaba al tanto de la venganza de Bryant contra Clara.

—Nada de eso, Nick. Puede que Clara terminara con el dinero, pero no fue ella la que instigó el crimen. Fuiste tú. Tú hiciste un trato con su padre para blanquear diamantes de guerra. Ortega trajo a Clara aquí para que te vigilara y eso no te gustó. ¿No pensaste que querría cobrar por los diamantes que traía a Liberty? El trato no salió como esperabas, ¿verdad?

—No sé de qué me hablas.

—No te hagas el tonto conmigo. Ortega descubrió que podía sacar mucho dinero por sus diamantes de guerra si encontraba el modo de legalizarlos. Eso lo consiguió canalizándolos a través de Liberty. Tú accediste porque era un modo fácil de aumentar los beneficios de Liberty y el precio de las acciones. Si subía su precio, tú eras más rico. El único problema fue que Ortega se dio cuenta de que Liberty era el vehículo perfecto para blanquear sus diamantes y tú le estorbabas. Vendiendo en corto las acciones justo antes de que desapareciera el dinero, ganó todavía más. La absorción de Porter tenía que ser el último paso para que Ortega se apoderara de Liberty.

Yo le estropeé el plan al denunciar a Susan como Clara. ¿Quién es el estúpido ahora?

Nick miró el suelo y no contestó de inmediato. Pareció sopesar antes sus opciones.

—Eso es una locura. ¿Por qué iba a aceptar yo diamantes de guerra y fingir que habían salido de la mina de Liberty?

—Para hacer pasar una mina agotada por otra productiva y utilizarla para aumentar los beneficios de Liberty —respondió Cindy—. Analizamos algunos de los diamantes que dijisteis que procedían de Mystic Lake. Tienen la misma huella que los diamantes de minas de Costa de Marfil y de la República Democrática del Congo. Curiosamente, también encajan con los diamantes hallados en casa de Takahashi cuando lo asesinaron.

—Yo no tuve nada que ver con eso. Lo mató la gente de Clara.

—También tenemos registros telefónicos, Nick —intervino Cindy—. Hablaste con Ortega de libraros de Kat.

—Eso fue idea suya, no mía. Yo no acepté.

—O sea que admites que lo conocías —repuso Kat—. No esperabas que Ortega bajara el precio de las acciones robando el dinero y vendiendo en corto, ¿verdad? Cuando intentó apoderarse de la empresa, ya era demasiado tarde.

—Fue Clara la que robó los cinco mil millones. —La voz de Nick se había suavizado, había adoptado un tono de desesperación.

—Eso era el pago por los diamantes —repuso Kat—. ¿Pensabas que no costarían nada? El dinero tenía que canalizarse a través de Opal Holdings y volver a Ortega. Pero fue demasiado tentador para Clara e intentó robárselo a su padre.

—Quiero un abogado. No hablaré más con vosotros.

—Como quieras —respondió Kat.

Llegó el guardia de seguridad seguido de dos policías. Pusieron a Nick de pie y se lo llevaron.

Cuando pasó al lado de Kat, hizo una mueca de desprecio y ella captó el olor a menta en su aliento.

—Sigo pensando que eres idiota —dijo él—. Nada de esto importa porque no puedes recuperar el dinero. La bancarrota de Liberty es culpa tuya.

Kat quería contárselo todo. Presumir de cómo había recuperado hasta el último centavo del dinero más los beneficios mal adquiridos de Clara. Pero se mordió la lengua. Por mucho que quisiera restregárselo por las narices, Cindy no sabía todavía que había encontrado el dinero.

Menta. Se preguntó si Nick podría mantener su interminable suministro de caramelos de menta en la cárcel.

De pronto entendió la nota de Verna. No era una planta de menta, sino caramelo de menta. Nick Racine había matado a Buddy.

CAPÍTULO 58

Cindy y Kat estaban sentadas en la oficina de la segunda. A Kat le costaba creer que hubiera pasado solo una semana desde que entrara por primera vez en Liberty. Fuera estaba oscuro y nevaba ligeramente, algo tarde para finales de marzo. Kat miraba los copos de nieve caer a cámara lenta y se sentía más relajada que en mucho tiempo. Audrey estaba a salvo, Nick en la cárcel, y ella volvería a tener dinero en el banco. Audrey había insistido en pagarle una buena prima, que ella consideraba compensación por el peligro. Y Cindy volvía a ser la de siempre.

—Lo has conseguido, Kat. Aunque no hayas recuperado el dinero, me ayudaste a infiltrarme en la organización de Ortega y a detener a Gus y Mitch por el asesinato de Takahashi. Y la confesión de Nick significa que podemos cerrar el caso del asesinato de Braithwaite.

Kat se disponía a contarle lo del dinero cuando entró Harry.

—Kat, ¿puedo ver de nuevo el saldo de mi cuenta? Elsie no me cree. Le he dicho que soy multimillonario.

—Tío Harry, ahora no. —Kat hizo un gesto con la mano para alejarlo.

—Pero mañana ya no estará. Quiero imprimir la página. Nunca volveré a ver tanto dinero.

—Harry, ¿de qué estás hablando? —preguntó Cindy.

—¿No te lo ha dicho Kat? Recuperó todo el dinero de Clara. Todo. ¿No es genial? Y me lo dio a mí para que se lo guardara.

Cindy miró a Kat. Se puso de pie de un salto.

—Dime que no es cierto.

—Soy multimillonario, Cindy. A decir verdad, soy más que eso. Kat pirateó las cuentas de Clara y me lo transfirió todo a mí.

—¿Tú qué? —Cindy se puso roja—. Eso es ilegal.

—Tenía que hacerlo. El dinero habría desaparecido para siempre.

—O tal vez no. Clara está muerta. Y la policía argentina ha encerrado a Bryant.

—Cierto, pero yo entonces no lo sabía. Solo sabía que ella había desaparecido y el dinero también. Cuando lo encontré, hacía horas que Clara estaba desaparecida. Tenía que transferirlo a un lugar seguro. ¿Tan malo es eso?

—No es lo que hiciste, es cómo lo hiciste. —Cindy se cruzó de brazos, con la cara roja.

—Cindy, aunque Bryant, Clara y su padre no estuvieran neutralizados, el dinero habría quedado congelado durante meses o años mientras se aclaraban los tinglados legales. Y entretanto, Liberty habría entrado en bancarrota.

—Cierto. ¿Pero qué crees que va a parecer eso, Kat? No va a ser fácil explicarlo.

—Tranquila, ya está hecho —repuso Kat.

Audrey había hablado con el banco y con los reguladores de la Comisión de Valores. La cuenta de Harry estaba congelada temporalmente hasta el lunes, cuando empezarían a devolver el dinero a Liberty y colocar el resto en un fondo de restitución a los inversores.

—¿Cómo? Nadie te dará ocasión de explicarlo. Vas a parecer una criminal. ¿Cómo vas a salir de esta?

—¿Jace? —preguntó Kat.

Él entró en el despacho con un ejemplar del periódico. Lo dejó sobre la mesa, enfrente de Cindy. La cara de Harry les sonrió desde la primera página.

—La edición de la mañana. Saldrá a la calle en unas horas. El reportaje le conseguirá muchos clientes a Kat. Y Harry será famoso —respondió Jace—. Yo pienso sacar media docena de reportajes más de esta historia. Empezaré con la organización de Ortega, el blanqueo de diamantes y la absorción de Liberty. Haré una serie. Y un artículo de interés humanos sobre nuestro multimillonario.

Kat observó que Cindy fruncía los labios, como hacía siempre que estaba estresada.

—Cindy, esta tarde he llamado a Bancroft Richardson —explicó Kat—. Ya han transferido el dinero de la cuenta de Harry a un fideicomiso. Solo necesito que tú aclares un poco las cosas para que a Harry no lo acusen de nada. El dinero ha recorrido un círculo completo. Solo falta volver a transferirlo a Liberty.

—¿Por qué siempre eres tan poco ortodoxa, Kat? Podrías haber llamado a alguien y que congelaran el dinero.

—¿A las dos de la mañana? Aunque hubiera sabido a quién llamar, no me habrían creído. No podía dejar el dinero quieto y correr el riesgo de que siguiera allí.

—Tú te metiste en este dilema. ¿Por qué tendría que sacarte yo?

—Me lo debes, Cindy. Por tus patadas y por dejarme en la McBarge con Nick. Es lo mínimo que puedes hacer.

—Supongo que me ayudaste a entrar en la organización de Ortega. Cuando me enteré del blanqueo de diamantes, convencí a Ortega de que podía hacer más y mover las piedras para él. Luego Gus y Mitch se incriminaron solos presumiendo de los asesinatos de Takahashi y Braithwaite. Y finalmente Nick nos dio pruebas suficientes para incriminarse él mismo como cómplice. Clara quizá apretara el gatillo, pero él tomó parte en la organización. Aunque me gustaría que fueras un poco más... normal en tu modo de actuar.

—Lo que me recuerda —dijo Jace— que Verna ha dejado otra nota.

Le tendió un sobre a Kat. Esta deslizó el dedo bajo la solapa y lo abrió.

· · ·

HE DECIDIDO SEGUIR con el tour. Praga está muy hermosa en esta época del año. Por favor, cuide del jardín. Este año hay que podar los lilos. Y plantemos lirios cala esta primavera.

Verna

~

¿Le ha gustado **Maniobra de evasión?**
Lee *Teoría del Juego,* el siguiente volumen de la serie.

Puede acceder a todas las obras de Colleen aquí o suscribirse a su boletín de noticias en su sitio web: http://www.colleencross.com Tan solo recibirá 1 o 2 emails más al año anunciando nuevos lanzamientos.

POSTFACIO

Los lugares de *Maniobra de evasión* son reales, aunque he cambiado o alterado algunos detalles para añadirles interés. Como las vistas desde la ventana del despacho de Kat, por ejemplo. Aunque los lugares son reales, los personajes no lo son. Nacieron en mi imaginación antes de cobrar vida propia y llevar el argumento en direcciones que yo no había planeado seguir.

Los diamantes de guerra, el blanqueo de dinero y el fraude tienen su impacto en todos nosotros. Escarben un poco bajo la superficie y verán que, como mínimo, producen un impacto en los precios que pagamos y en nuestro nivel de vida. Llevado al extremo, un fraude puede arruinar países enteros y las vidas de la gente, solo para enriquecer a unos pocos. Los delitos de guante blanco sí tienen víctimas.

Puede buscar más información sobre *Maniobra de evasión* y el resto de mis libros en mi página web.

Visíteme en http://ColleenCross.com

¡Inscríbete su boletín para estar al tanto de sus nuevos lanzamientos!

Enlaces de Colleen en las redes sociales:

Facebook:www.facebook.com/colleenxcross

Twitter:@colleenxcross
o también en Goodreads

OTRAS OBRAS DE COLLEEN CROSS

Los misterios de las brujas de Westwick

Caza de brujas

La bruja de la suerte

Bruja y famosa

Brujil Navidad

Serie de suspenses y misterios de Katerina Carter, detective privada

Maniobra de evasión

Teoría del Juego

Fórmula Mortal

Greenwash: Un Engaño Verde

Fraude en rojo

Luna azul

No-Ficción:

Anatomía de un esquema Ponzi: Estafas pasadas y presentes

¡Inscríbete su boletín para estar al tanto de sus nuevos lanzamientos!
http://eepurl.com/c0js9v

www.colleencross.com

ACERCA DEL AUTOR

Colleen Cross - autor de thriller, crimen y misterio

Colleen Cross tiene tres sagas de thriller y misterio. La última, Los misterios de las brujas de Westwick, es una serie de misterios paranormales ambientados en el pequeño pueblo de Westwick Corners, un pueblo casi fantasma donde nunca ocurre nada... excepto cuando las brujas se involucran.

Las dos sagas anteriores son de Katerina Carter, una contadora forense e investigadora de fraudes muy espabilada. Siempre hace lo correcto, aunque sus métodos poco ortodoxos sean de infarto.

Colleen también escribe no-ficción de delitos de guante blanco. Anatomía de un esquema Ponzi: Estafas pasadas y presentes, que expone a los mayores estafadores de todos los tiempos y cómo se libraron de sus crímenes. Predice el lugar y el momento exacto en el que ocurrirá la mayor estafa Ponzi de la historia, y será muy pronto.

Visita la página web www.colleencross.com y regístrate para recibir notificaciones sobre nuevos lanzamientos y ofertas especiales.

boletín de noticias: http://eepurl.com/c0js9v

Puedes contactarme en colleen@colleencross.com

También puedes encontrarme en las redes sociales:

Facebook: www.facebook.com/colleenxcross

Twitter: @colleenxcross

Y encontrarme en Goodreads.

Website: www.colleencross.com

Printed in the USA
CPSIA information can be obtained
at www.ICGtesting.com
LVHW041923051023
760242LV00014B/217/J